J·R·R· TOLKIEN

BERENAS IR LUTIJENA

J. R. R. Tolkienas ketino parašyti atskirą
Bereno ir Lutijenos legendai skirtą pasakojimą ir
sukūrė net kelias jo versijas tiek eilėmis, tiek proza,
tačiau iki galo nė vienos istorijos taip ir nebaigė.
Tik 2017 m. Tolkieno sūnus Christopheris iš
atskirų gausybės tėvo rankraščių fragmentų
atrinko ir sudėliojo visą Bereno ir Lutijenos
istoriją su skirtingomis variacijomis, paaiš-
kinimais ir patikslinimais.

J·R·R· TOLKIEN

TEKSTĄ PARENGĖ
CHRISTOPHERIS TOLKIENAS

BERENAS IR LUTIJENA

Iš anglų kalbos vertė
VILMA RINKEVIČIŪTĖ

Alma littera
VILNIUS / 2024

Versta iš:
J. R. R. TOLKIEN
BEREN AND LÚTHIEN
HarperCollinsPublishers,
London, 2017

Bibliografinė informacija pateikiama
Lietuvos integralios bibliotekų informacinės
sistemos (LIBIS) portale *ibiblioteka.lt*.

Šį kūrinį, esantį bibliotekose, mokymo ir mokslo įstaigų
bibliotekose, muziejuose arba archyvuose, draudžiama
mokslinių tyrimų ar asmeninių studijų tikslais atgaminti,
viešai skelbti ar padaryti viešai prieinamą kompiuterių
tinklais tam skirtuose terminaluose tų įstaigų patalpose.

ISBN 978-609-01-6105-0

Skiriama Baillie

Turinys

SPALVOTŲ ILIUSTRACIJŲ SĄRAŠAS

ĮŽANGA

Kai 1977-aisiais buvo išleistas „Silmariljonas", aš keletą metų gilinausi į ankstyvąją kūrinio istoriją ir rašiau knygą, kurią pavadinau „Silmariljono istorija". Vėliau ji (gerokai sutrumpinta) tapo pirmųjų „Viduržemės istorijos" dalių pagrindu.

1981-aisiais parašiau ilgą laišką Rayneriui Unwinui, „Allen and Unwin" leidyklos vadovui, pateikdamas ataskaitą apie tai, ką veikiu ir jau nuveikiau. Tuo metu, kai jam rašiau, knyga jau buvo 1968 puslapių ir šešiolikos su puse colio storio, tikrai skirta ne spausdinti. Aš jam rašiau: „Jei arba kada pamatysi šią knygą, tuojau pat suprasi, kodėl sakiau, kad jos neįmanoma išleisti. Aprašymai pernelyg smulkūs ir detalizuoti, tokios apimties (kuri dar didės) tekstas būtų neįperkamas. Rašau ją savo paties malonumui norėdamas viską teisingai sudėlioti, be to, ištirti, kaip nuo pat pradžių vystėsi visas sumanymas. [...] Jei būtų tokių tyrimų paklausa, noriu būti visiškai tikras, kad bet kokie vėlesni JRRT „literatūrinės istorijos" tyrimai nebūtų paversti niekais neteisingai suprantant tikrąją teksto evoliucijos eigą. Tiesiog neįmanoma perdėti daugumai tekstų būdingo sudėtingumo ir painiavos (keitimų keitimai viename vieninteliame rankraščio puslapyje, svarbios užuominos po visą archyvą išbarstytuose lapeliuose, tekstai kitų rankraščių lapų antrose pusėse, išsimėtę puslapiai, kai kur beveik arba visiškai neįskaitomas tekstas). [...]

Teoriškai iš „Istorijos" galėčiau padaryti daugybę knygų, yra daugybė galimybių ir jų derinių. Tarkime, galėčiau parašyti „Bereną", apimdamas pirmąją „Prarastąją sakmę"*, „Leitiano baladę" ir apybraižą apie legendos raidą. Jei kartais atsirastų toks pozityvus poreikis, mieliau išdėstyčiau vieną legendą kaip besivystančią visumą, nei leisčiau visas „Prarastąsias sakmes" viename rinkinyje; bet tada kiltų didelių sunkumų pateikiant smulkmenas, nes tektų nuolatos aiškinti, kas nutiko kitur ir yra aprašyta kituose, dar neišleistuose, rankraščiuose."

Rašiau, kad su džiaugsmu rašyčiau knygą pavadinimu „Berenas" laikydamasis savo pasiūlytų rėmų, bet „būtų problemiška ją sudaryti, kad viskas būtų suprantama pernelyg nesikišant redaktoriui".

Kai tai rašiau, išties taip ir galvojau, nes nemaniau, kad galima būtų padaryti kitaip, nei išleisti vieną „legendą kaip visumą". Atrodo, kad dabar padariau būtent tai – nors ir neprisiminiau, ką rašiau Rayneriui Unwinui prieš trisdešimt penkerius metus: buvau visiškai pamiršęs tą laišką, kol atsitiktinai radau jį tada, kai knyga jau buvo parašyta.

Tačiau tarp jos ir mano pirmosios idėjos yra esminis skirtumas ir jis slypi kontekste. Nuo to laiko buvo išleista daugybė rankraščių, susijusių su Pirmuoju amžiumi arba Senosiomis dienomis, tai nuodugnūs ir detalūs leidimai, daugiausia „Vidur-

---

* „Prarastosiomis sakmėmis" vadinamos originalios „Silmariljono" legendų versijos. (Aut. past.)

žemės istorijos" knygose. Mintis apie knygą, skirtą vien Bereno istorijai, kurią drįsau paminėti Rayneriui Unwinui kaip galimą leidimą, tuomet būtų iškėlusi į dienos šviesą iki tol nežinotus ir dar nespausdintus rankraščius. Tačiau šioje knygoje nėra nė puslapio istorijos, kuri būtų originali ir dar nespausdinta. Tai kodėl prireikė tokios knygos?

Pamėginsiu pateikti (neišvengiamai painų) atsakymą ar netgi keletą jų. Pirmiausia vienas iš šio leidimo tikslų buvo taip pateikti tekstus, kad jie pakankamai atspindėtų mano tėvo akivaizdžiai ekscentrišką kūrimo būdą (tiesą sakant, dažnai paskatintą išorinių sunkumų), taip atskleidžiant etapų seką plėtojant pasakojimą, be to, pateisinti mano paties įvykių interpretaciją.

Tuo pat metu Pirmasis amžius „Viduržemės istorijos" knygose buvo suvokiamas kaip „istorija" dviem prasmėmis. Tai iš tiesų buvo istorija – Viduržemės gyvenimo ir įvykių kronikos, bet taip pat literatūrinių koncepcijų kaita metams bėgant, todėl pasakojimas apie Bereną ir Lutijeną išsisklaidė per daugelį metų ir keletą knygų. Be to, kadangi ši istorija persipynė su lėtai besirutuliojančiu „Silmariljonu" ir tapo svarbia jo dalimi, ji vystoma iš eilės einančiuose rankraščiuose, pirmiausia susijusiuose su visa Senųjų dienų istorija.

Todėl „Viduržemės istorijoje" nėra lengva sekti Bereno ir Lutijenos istoriją kaip atskirą ir aiškiai apibrėžtą pasakojimą.

Dažnai cituojamame 1951 metų laiške mano tėvas ją pavadino „svarbiausiu „Silmariljono" pasakojimu", o apie Bereną sakė, kad jis „už įstatymo ribų atsidūręs mirtingasis, kuriam pavyko (padedamam Lutijenos, paprastos mergelės, net jei ji ir yra karališko kraujo elfė) ten, kur visos armijos ir kariai patyrė nesėkmę: jis įsiveržė į priešo tvirtovę ir išplėšė vieną iš Silmarilų iš Geležinės karūnos. Taip jis laimėjo Lutijenos ranką ir įvyko pirmoji mirtingojo ir nemirtingosios santuoka".

Tad ši istorija (mano nuomone, nuostabi ir išraiškinga) yra pasakiškas herojinis romanas, kurį galima suprasti netgi beveik atskyrus nuo viso istorinio fono. Bet tuo pat metu ji jungia visą ciklą ir taip netenka savo pilnos reikšmės.

Antra, mano tikslas rašant šią knygą buvo dvejopas. Viena vertus, pamėginau atskirti Bereno ir Tinuvielės (Lutijenos) istoriją, kad ji taptų savarankiška, kiek tai įmanoma padaryti (mano nuomone) jos neiškraipant. Kita vertus, norėjau parodyti, kaip pagrindinė istorija kito metams bėgant. Savo įvade pirmajai „Prarastųjų sakmių" daliai rašiau apie istorijų pasikeitimus:

> Viduržemės istorijos pasakojimai retai kada keičiami akivaizdaus atmetimo būdu – daug dažniau tai subtilūs palaipsniai pakeitimai, kai legendos augimas (pavyzdžiui, Nargotrondo istorija susipina su pasakojimu apie Bereną ir Lutijeną, bet šio susipynimo nepastebėsime „Prarastosiose sakmėse", nors yra abu elementai) gali būti panašus į legendų pokyčius tarp tautų, kai dalyvauja daugybė kartų ir protų.

Esminis šios knygos bruožas tas, kad ši Bereno ir Lutijenos sakmės raida atskleidžiama paties mano tėvo žodžiais, nes pateikiu pastraipas iš ilgesnių rankraščių, parašytų eilėmis ar proza per daugelį metų.

Be to, taip į dienos šviesą iškeliami smulkūs įvykių aprašymai ar dramatinė įtampa, kurie buvo prarasti labai glaustame, lakoniškame pasakojime, taip būdingame „Silmariljonui"; taip pat galime atrasti pasakojimo elementų, kurie vėliau buvo prarasti. Tai, pavyzdžiui, Raganiaus Thu (pirmasis Saurono pasirodymas) surengtas Bereno, Felagundo ir jų orkais persirengusių palydovų tardymas arba bjauriojo Tevildo, kačių valdovo, atėjimas į istoriją, kuris irgi nusipelno dėmesio, kad ir koks trumpas būtų jo literatūrinis gyvenimas.

Galiausiai pacituosiu dar vieną savo įvadą, parašytą pasakojimui „Hurino vaikai" (2007):

Sunku paneigti, kad Senųjų dienų legendos visiškai nežinomos didumai skaičiusiųjų „Žiedų Valdovą", gal tik kai kurie iš jų girdėjo, esą jos parašytos keistai ir sunkiai suprantamos.

Taip pat negalima nuneigti, kad „Viduržemės istorijos" tomai irgi gali šiek tiek bauginti. Tai yra dėl to, kad mano tėvo kūrybos būdas iš esmės labai sudėtingas, o pirminis „Istorijos" tikslas buvo viską atpainioti, todėl (kaip gali pasirodyti) Senųjų dienų pasakojimai pateikiami kaip nesibaigiančios kaitos pavyzdys.

Manau, kad apie vieną ar kitą atmestą pasakojimo elementą jis galėtų pasakyti: „galiausiai supratau, kad buvo visai ne taip" arba „tai buvo netinkamas vardas". Kaitos nevertėtų perdėti, vis dėlto didingi esminiai dalykai išliko nepakitę. Bet sudarydamas šią knygą labai tikėjausi, kad ji atskleis, kaip senovinės Viduržemės legendos, kitusios ir augusios metams bėgant, kūrimas atspindėjo autoriaus paieškas, kaip pristatyti mitą pagal savo troškimą.

Savo laiške Rayneriui Unwinui 1981 metais paminėjau, kad stengiantis laikytis vienos legendos iš daugybės „Prarastųjų sakmių" istorijų „kiltų didelių sunkumų pateikiant smulkmenas, nes tektų nuolat aiškinti, kas nutiko kitur ir yra aprašyta kituose, dar neišleistuose, rankraščiuose". Pasirodo, kalbant apie „Bereną ir Lutijeną" tai buvo tiksli pranašystė. Reikėjo ieškoti vienokios ar kitokios išeities, nes Berenas ir Lutijena negalėtų gyventi, mylėti ir mirti su savo draugais bei priešais vieni tuščioje scenoje, be jokios praeities. Todėl pasinaudojau savo paties sprendimu, kurį pritaikiau ir „Hurino vaikuose".

Tos knygos įvade rašiau:

> Tad po tokių mano tėvo žodžių nebelieka dvejonių, kad tris didžiąsias Senųjų dienų sakmes – „Bereną ir Lutijeną", „Hurino vaikus" ir „Gondolino žlugimą", kurias vylėsi užbaigti ir deramai išplėtoti, – jis regėjo kaip savarankiškus kūrinius, gerai suprantamus ir neišmanant visos plačios „Silmariljono" legendų panoramos. Kita vertus, kaip tėvas rašė tame pačiame laiške, „Hurino vaikų" sakmė neatskiriama nuo Senųjų dienų elfų ir žmonių istorijos, ir tikrai nemažai įvykių ir aplinkybių siejasi su platesniuoju pasakojimu.

Todėl pateikiau labai trumpą apžvalgą apie Beleriandą ir jo tautas baigiantis Senosioms dienoms ir įdėjau visų tekstuose pasitaikančių vardų sąrašą su trumpais aprašymais prie kiekvieno. Šioje knygoje iš „Hurino vaikų" perėmiau tą trumpą apžvalgą, pritaikiau ją ir sutrumpinau, taip pat įdėjau visų tekstuose pasitaikančių vardų sąrašą su įvairiais paaiškinimais ir nuorodomis. Visi šie šalutiniai tekstai nėra esminiai, bet sumanyti kaip pagalbinė priemonė, jei tokios prireiktų.

Kita problema, kurią turiu paminėti, kyla iš nuolatinės vardų kaitos. Tiksliai ir nuosekliai sekti vardų kaitą skirtingai datuotuose tekstuose nėra šios knygos tikslas. Todėl dėl įvairių tikslų kai kur atskyriau senus ir naujus vardus, o kai kur – ne. Labai dažnai mano tėvas vėlesniuose ar netgi gerokai vėlesniuose rankraščiuose pakeisdavo vardus, bet tai darė nesistemingai, pavyzdžiui, žodžio „elfiškas" rašyba*. Šiuo atveju

---

* Kalbama apie angliškus žodžius *Elfin* ir *Elven*; tekste palikta tik pastaroji forma.

formą suvienodinau, arba Broseliandą pakeičiau Beleriandu; tačiau kitais atvejais palikau abi formas, kaip Tinvelintas/Tingolas ar Artanoras/Doriatas.

Tad šios knygos tikslas yra visai kitas negu „Viduržemės istorijos" tomų, iš kurių ji kilusi. Be jokios abejonės, ji nėra sumanyta kaip šių knygų priedas. Tai mėginimas paimti vieną pasakojimą iš neaprėpiamo ir nepaprastai turtingo veikalo; bet pats pasakojimas, Bereno ir Lutijenos istorija, nuolatos kito ir vystėsi, atsirasdavo naujų sąsajų su platesniąja istorija. Sprendimas, ką iš šio senovinio pasaulio detalių įtraukti, o ką atmesti, tegali būti asmeninis ir todėl ginčytinas: šiais mėginimais negali būti pasiektas „teisingas būdas". Tačiau apskritai stengiausi siekti aiškumo ir atsispirti pagundai viską aiškinti, bijodamas pakenkti pirminiam šios knygos tikslui ir sudarymo metodui.

Sulaukus devyniasdešimt trejų metų, tai (spėju) bus mano paskutinė knyga ilgoje tėvo raštų, didžia dalimi niekada anksčiau nespausdintų, redagavimo grandinėje, ir ji atsirado dėl gana keistos priežasties. Ši istorija pasirinkta kaip in memoriam, nes ji giliai susijusi su jo paties gyvenimu bei giliu dėmesiu Lutijenos, kurią jis vadino „didžiausia iš Eldarų", ir Bereno, mirtingo žmogaus, sąjungai, jų likimui ir gyvenimui po mirties.

Ši istorija lydėjo mane beveik visą gyvenimą, tai pirmoji istorija, kurios detales atsimenu – ir tai ne vien prisiminimai apie pasakos pasakojimą. Tėvas papasakojo man šią istoriją ar jos dalis iš atminties, be jokių užrašų, 1930 metų pradžioje.

Labiausiai man į atmintį įstrigo vilkų akys, vienos po kitų sublizgančios Raganiaus Thu požemių tamsoje.

Laiške apie mano motiną, rašytame praėjus metams po jos mirties ir likus metams iki jo paties mirties, jis rašė apie sukrečiantį netekties jausmą ir troškimą, kad po jos vardu ant kapo būtų įrašyta „Lutijena". Šiame laiške, kaip ir tame, kuris cituojamas 27-ame šios knygos puslapyje, jis prisiminė pasakojimo apie Bereną ir Lutijeną ištakas miško pievelėje, nusėtoje žydinčiomis maudomis, prie Roso miestelio Jorkšyre, kur ji šoko; ir jis parašė: „Bet istorija pasisuko ne taip ir aš likau vienas, ir *man* negalima netgi maldauti negailestingojo Mandoso."

PASTABOS APIE SENĄSIAS DIENAS

Laiko gelmę, kurią siekia ši istorija, įsimintinai atskleidžia viena „Žiedų Valdovo" ištrauka. Rivendeile, kur vyko didysis pasitarimas, Elrondas kalbėjo apie Paskutinę elfų ir žmonių sąjungą bei Saurono nugalėjimą Antrojo amžiaus pabaigoje, daugiau kaip prieš tris tūkstančius metų:

Čia Elrondas stabtelėjo ir atsidusęs kalbėjo toliau.

– Šita kariuomenė, jos galia ir vėliavos man priminė Senuosius Laikus ir Beleriando kariuomenę – tiek daug ten susirinko didžių princų ir karvedžių. Bet ne tiek daug ir ne tokių puikių kaip tada, kai buvo sugriautas Tangorodrimas. Elfai tikėjosi, jog blogis pribaigtas, bet taip nebuvo.

– Tu prisimeni? – garsiai nusistebėjo Frodas. – Bet aš maniau, – sumirksėjo hobitas, kai Elrondas į jį pasižiūrėjo, – maniau, jog Gil-galadas žuvo labai seniai.

– Tavo tiesa, – rimtai atsakė Elrondas, – bet aš prisimenu dar ir Senuosius Laikus. Juk mano tėvas buvo Gondoline

gimęs Earendilis, o motina – Elvinga, Dioro duktė ir Lutijenos iš Dorijato anūkė. Aš mačiau visus tris pasaulio Amžius
vakaruose, mačiau daug pralaimėjimų ir bevaisių pergalių.*

Apie Morgotą

Morgotas, Juodasis priešas, kaip jį vėliau ėmė vadinti, iš tikro
buvo, kaip pats pareiškė į nelaisvę patekusiam Hurinui, „Melkoras, pirmasis ir galingiausias iš valarų, buvęs prieš pasaulio
sukūrimą". Jis visam laikui įsikūnijo priėmęs milžiniško ir didingo, tačiau siaubingo karaliaus pavidalą ir gyveno Viduržemės šiaurės vakaruose, milžiniškoje Angbando, Geležies Pragarų, tvirtovėje: juodi dūmai kilo virš Tangorodrimo, kalnų,
supiltų virš Angbando, viršūnių, ir buvo matomi iš tolo bjaurojantys šiaurės dangų. „Beleriando metraščiuose" rašoma, kad
„Morgoto vartai buvo per šimtą penkiasdešimt lygų nuo Menegroto tilto, toli, tačiau vis tiek per arti." Čia kalbama apie tiltą,
kuris vedė į elfų karaliaus Tingolo buveinę; ji buvo vadinama
Menegrotu, Tūkstančiu Olų.

Tačiau įsikūnijęs Morgotas bijojo. Mano tėvas apie jį rašė:

„Pykčiui augant jis skleidė blogį savo sumanytais melais ir
naudojosi nedorais padarais, jo galia perėjo į juos ir sumenko,
o jis pats tapo vis labiau prikaustytas prie žemės ir nenorėjo
trauktis iš tamsiosios tvirtovės." Tad, kai Fingolfinas, didysis noldorų elfų karalius, vienas atjojo prie Angbando kviesti Morgoto į kovą, jis sušuko prie vartų: „Ateik, tu, baily, ir
kaukis pats, savo rankomis! Tu, kuris lindi urvuose, vergvaldy,
melagi ir pasalūne, dievų ir elfų priеšе, išeik! Noriu pamatyti
tavo bailų veidą." Ir tuomet (kaip pasakojama) Morgotas išėjo.

---

* J. R. R. Tolkien, *Žiedų Valdovas*. I dalis, *Žiedo brolija* (vertė A. Tapinas),
  2007, p. 237–238.

Nes jis negalėjo neatsakyti į tokį iššūkį savo karininkų akivaizdoje. Jis kovėsi savo didžiuoju kūju Grondu, kuris sulig kiekvienu smūgiu išmušdavo žemėje duobę, ir parbloškė Fingolfiną ant žemės, bet prieš mirdamas šis dūrė į didžiulę Morgoto pėdą ir pasipylęs juodas kraujas pripildė Grondo išmuštas duobes. Nuo to laiko Morgotas šlubavo. O kai Berenas ir Lutijena įsibrovė į giliausią Angbando menę, kur sėdėjo Morgotas, Lutijena jį užbūrė; ir staiga jis krito tarsi griūvantis kalnas grumėdamas lyg griaustinis ir liko gulėti kniūbsčias ant pragaro grindinio.

Apie Beleriandą

Medžiabarzdis, žingsniuodamas Fangorno mišku su Meriu ir Pipinu ant rankų, dainavo jiems apie senovės miškus didingoje Beleriando žemėje, kuri buvo sunaikinta Didžiojo mūšio sąmyšyje Senųjų dienų pabaigoje. Didžioji jūra išsiliejo ir paskandino visas žemes į vakarus nuo Mėlynųjų kalnų, vadinamų Ered Luinu ir Ered Lindonu; tad prie „Silmariljono" pridėtas žemėlapis baigiasi kalnų grandine rytuose, tačiau „Žiedų Valdovo" žemėlapis baigiasi vakaruose tais pačiais Mėlynaisiais kalnais. Pakrantės jų vakarinėje pusėje buvo visa, kas liko Trečiajame amžiuje iš šių žemių, vadinamų Osiriandu, Septynių Upių žeme, kur kadaise vaikščiojo Medžiabarzdis:

Vasarą aš vaikščiojau po guobynus Osiriande.
Ak! Šviesa ir muzika vasarą prie Septynių Osirio upių!
Kas galėtų būti geriau – pamaniau.

Žmonėspatekoį Beleriandą Mėlynųjų kalnų perėjomis, tuose kalnuose buvo įsikūrę nykštukų miestai Nogrodas ir Belegostas;

ir būtent Osiriande gyveno Berenas ir Lutijena, kai Mandosas leido jiems grįžti į Viduržemę (p. 219).

Medžiabarzdis taip pat vaikščiojo Dortoniono (Pušų žemės) pušynuose:

Žiemą aš atsidūriau Dortoniono kalvų pušynuose.
Ak! Tie vėjai, baltumas ir juodos šakos žiemą
Orod-na-Tone!
Mano balsas kilo ir skambėjo danguj. *

Tą kraštą vėliau imta vadinti Taur-nu-Fuinu, „nakties slegiamu mišku", kai Morgotas pavertė tas žemes „tamsių burtų ir siaubo, klajonių ir nevilties kraštu" (žr. p. 99).

Apie elfus

Elfai pasirodė tolimame krašte (Palisore) prie ežero, vadinamo Kuivienenu, Atbudimo vandenimis, iš čia valarai juos pašaukė palikti Viduržemę ir perplaukus Didžiąją jūrą apsigyventi „Palaimintame krašte" Amane, pasaulio vakaruose, dievų žemėje. Tuos, kurie atsiliepė į kvietimą, valaras Oromė, Medžiotojas, išvedė į didį žygį per visą Viduržemę, todėl jie vadinami eldarais, Didžiosios kelionės elfais, aukštaisiais elfais, kurie skiriasi nuo atmetusiųjų kvietimą ir pasirinkusiųjų Viduržemę kaip savo kraštą ir lemtį.

Bet ne visi eldarai, perėję Mėlynuosius kalnus, iškeliavo jūra, tie, kurie liko Beleriande, vadinami sindarais, pilkaisiais elfais. Jų karalius buvo Tingolas (tai reiškia „Pilkasis apsiaustas"), kuris valdė iš Menegroto, Tūkstančio Olų Doriate (Artanore).

***

* J. R. R. Tolkien, *Žiedų Valdovas*. II dalis, *Dvi tvirtovės* (vertė A. Tapinas), 2006, p. 70.

Ir ne visi eldarai, perplaukę Didžiąją jūrą, liko valarų žemėse, nes viena jų didžiulė giminė, noldorai (išminties saugotojai), grįžo į Viduržemę ir yra vadinami Ištremtaisiais.

Jų maištui prieš valarus vadovavo Feanoras, Silmarilų kūrėjas, jis buvo vyriausias Finvės, vedusio noldorus nuo Kuivieneno, bet tuo metu jau žuvusio, sūnus. Pasak mano tėvo:

> Akmenų geidė Priešas Morgotas. Jis juos pagrobė, sunaikino Medžius ir nusigabeno Silmarilus į Viduržemį, kur saugojo juos savo didžiojoje Tangorodrimo tvirtovėje. Prieš valarų valią Feanoras paliko Palaimintąją Žemę ir išvyko į tremtį Viduržemyje, išsivedęs didžiąją dalį tautos, nes dėl savo išdidumo tikėjosi jėga atgauti Akmenis iš Morgoto.
>
> Vėliau kilo beviltiškas eldarų ir edainų (trys žmonių giminės, elfų sąjungininkai) karas prieš Tangorodrimą, kurį jie visiškai pralaimėjo.*

Prieš jiems išvykstant iš Valinoro nutiko siaubingas įvykis, aptemdęs noldorų istoriją Viduržemėje. Feanoras pareikalavo, kad telerai, trečiasis eldarų būrys per Didžiąją kelionę, kurie dabar gyveno Amano pakrantėje, atiduotų noldorams savo laivyną, savo pasididžiavimą, nes be laivų perplaukti jūras iki pat Viduržemės būtų neįmanoma. Telerai griežtai atsisakė.

Tada Feanoras užpuolė telerus jų mieste Alkvalondėje, Gulbių uoste, ir atėmė laivus jėga. Šiame mūšyje, kuris buvo pavadintas Brolžudyste, žuvo daugybė telerų. Apie tai užsimenama „Sakmėje apie Tinuvielę" (p. 38): „pikti gnomų darbai Gulbių uoste", taip pat žr. p. 120–121, 516–521 eilutės.

---

* J. R. R. Tolkien, *Žiedų Valdovas*. III dalis, *Karaliaus sugrįžimas* (vertė A. Tapinas), 2006, p. 319.

Netrukus po noldorų grįžimo į Viduržemę Feanoras žuvo mūšyje ir septyni jo sūnūs įsikūrė plačiose žemėse Beleriando rytuose tarp Dortoniono (Taur-nu-Fuino) ir Mėlynųjų kalnų.

Antrasis Finvės sūnus buvo Fingolfinas (Feanoro įbrolis), kuris buvo laikomas visų noldorų valdovu ir su savo sūnumi Fingonu valdė Hitlumą, plytėjusį milžiniškos Ered Vetrino, Šešėlio kalnų, grandinės šiaurės vakaruose. Fingolfinas žuvo dvikovoje su Morgotu. Antrasis Fingolfino sūnus, Fingono brolis, buvo Turgonas, slaptojo Gondolino miesto įkūrėjas ir valdovas.

Trečiasis Finvės sūnus, Fingolfino brolis ir Feanoro įbrolis, ankstyvesniuose tekstuose vadinamas Finrodu, o vėliau – Finarfinu (žr. p. 96). Finrodo/Finarfino vyriausias sūnus ankstesniuose tekstuose pavadintas Felagundu, bet vėliau – Finrodu; sužavėtas Menegroto Doriate didybės ir grožio, jis įkūrė požeminį Nargotrondo miestą-tvirtovę, todėl buvo pramintas Felgundu, Urvų Valdovu, tad ankstyvųjų tekstų Felagundas vėlesniuose tekstuose virsta Finrodu Felagundu.

Nargotrondo vartai vedė į Narogo upės tarpeklį Beleriando vakaruose; tačiau Felagundo karalystė driekėsi plačiai į rytus iki Siriono upės ir į vakarus iki Neningo upės, kuri įtekėjo į jūrą prie Eglaresto uosto. Bet Felagundas žuvo Raganiaus Thu (vėliau – Saurono) požemiuose, tada Orodretas, antrasis Finarfino sūnus, buvo karūnuotas Nargotrondo karaliumi, kaip pasakojame šioje knygoje (p. 101, 110).

Kiti Finarfino sūnūs, Angrodas ir Egnoras, savo brolio Finrodo Felagundo vasalai, gyveno Dortonione, iš kurio šiaurės pusėje buvo matyti plačiosios Ard-galeno lygumos. Galadrielė, Finrodo Felagundo sesuo, ilgai gyveno Doriate su karaliene Meliane. Melianė (ankstesniuose tekstuose Gvendelinga ir kitaip) buvo majarė, galinga dvasia, priėmusi žmogaus pavidalą ir gyvenusi Beleriando miškuose su karaliumi Tingolu: ji buvo Lutijenos motina ir Elrondo pramotė.

Šešiasdešimtaisiais metais po noldorų grįžimo baigėsi ilgi taikos metai, minios orkų atėjo iš Angbando, bet buvo noldorų visiškai sumuštos ir išblaškytos. Šis mūšis buvo pavadintas Dagor Aglarebu, Pergalinguoju mūšiu; bet elfų lordai iš jo pasimokė ir apsupo Angbandą, ši apsuptis truko beveik keturis šimtus metų.

Apsuptis baigėsi siaubingai staigiai (nors tam buvo ilgai ruoštasi) vieną žiemos naktį. Tangorodrimo šlaitais Morgotas paleido ugnies upes ir plačioji žole apaugusi Ard-galeno lyguma, plytėjusi į šiaurę nuo Dortoniono, virto apdegusia nederlinga dykviete, vėliau ji buvo žinoma pakeistu vardu Anfauglitas, Dusinantys Smėlynai.

Šis pražūtingas puolimas buvo pavadintas Dagor Bragolachu, Staigios Liepsnos mūšiu (p. 99). Tuomet pirmą kartą visa savo galybe iš Angbando tvirtovės pasirodė Glaurungas, drakonų tėvas, ir nesuskaičiuojamos orkų armijos pasipylė į pietus; Dortoniono elfų valdovai buvo nužudyti, taip pat ir didelė dalis Beoro tautos žmonių (p. 97–98). Karalius Fingolfinas su sūnumi Fingonu ir visais Hitlumo kariais buvo nustumti iki Eitel Siriono (Siriono šulinio) tvirtovės, kur iš Šešėlio kalnų išteka didžioji upė. Ugnies srautus sustabdė Šešėlio kalnai, o Hitlumas ir Dor-Lominas liko nenugalėti.

Būtent tais metais po Bragolacho mūšio Fingolfinas apimtas pykčio ir nevilties nujojo prie Angbando mesti iššūkio Morgotui.

*

BERENAS IR LUTIJENA

VIENAME LAIŠKE, datuotame 1964 metų liepos 16 diena, mano tėvas rašė:

Mėginimų kurti savo legendas, kurios tiktų prie mano kuriamų kalbų, pradžia buvo nelaimingojo Kulervo istorija suomių „Kalevaloje". Ji išliko svarbi tema Pirmojo amžiaus legendose (kurias tikiuosi išleisti „Silmariljono" pavadinimu), nors „Hurino vaikuose" ji visiškai perkeista ir likusi tik tragiška pabaiga. Antras atspirties taškas buvo per ligos atostogas nuo armijos 1917-aisiais „iš savo galvos" parašytas pasakojimas apie Gondolino žlugimą, Idrilės ir Earendelio istoriją; o vėliau tais pačiais metais – pirmoji „Legendos apie Lutijeną Tinuvielę ir Bereną" versija. Ji buvo paremta įvykiu nedidelėje giraitėje, nusėtoje „maudomis" (be abejo, ten buvo ir daugybė kitokių augalų), netoli Roso, Holdernese, kur aš kurį laiką tarnavau Hamberio įguloje.

Mano tėvai susituokė 1916-ųjų kovą, jam tuo metu buvo dvidešimt ketveri, o jai – dvidešimt septyneri. Pradžioje jie gyveno Stafordšyre, Greit Heivudo kaimelyje, bet kiek vėliau, tų pačių metų birželio pradžioje, jis išplaukė į Prancūziją, į Somos mūšį. Susirgęs buvo parsiųstas atgal į Angliją 1916-ųjų lapkričio pradžioje; o 1917-ųjų pavasarį buvo parsiųstas į Jorkšyrą.

27

Ši pirmoji „Sakmės apie Tinuvielę", kaip jis ją vadino, versija, parašyta 1917-aisiais, neegzistuoja, tiksliau, egzistuoja rankraštyje-vaiduoklyje, rašytame pieštuku, kurį jis beveik visą ištrynė ir tuose pačiuose lapuose užrašė tekstą, kuris mums dabar yra ankstyviausia versija. „Sakmė apie Tinuvielę" yra viena iš istorijų, sudarančių mano tėvo ankstyvosios „mitologijos", „Prarastųjų sakmių" knygos, pagrindą; tai nepaprastai sudėtingas veikalas, kurį aš sudėjau į pirmąsias dvi „Viduržemės istorijos" dalis 1983–1984 metais. Bet, kadangi ši knyga skirta būtent legendos apie Bereną ir Lutijeną raidai, aš didžiąja dalimi neatsižvelgsiu į keistą „Prarastųjų sakmių" išdėstymą ir pasakojimo rėmus, nes „Sakmė apie Tinuvielę" nuo šio išdėstymo yra beveik visiškai nepriklausoma.

Pagrindinė „Prarastųjų sakmių knygos" istorija pasakoja apie anglų jūrininką vardu Eriolas arba Elfvinas, gyvenusį „anglosaksų" laikais, kuris plaukdamas per vandenyną į vakarus atvyko į Tol Eresėją, Vienišąją salą, kur gyveno elfai, atvykę iš „Didžiosios žemės", vėliau pavadintos Viduržeme (šis pavadinimas „Prarastosiose sakmėse" nevartojamas). Viešėdamas Tol Eresėjoje jis sužinojo tikrąją kūrinijos senovės istoriją, apie dievus, apie elfus ir apie Angliją. Ši istorija ir yra „Prarastosios elfų krašto sakmės".

Šis veikalas yra išlikęs keliuose aplamdytuose sąsiuviniuose, prirašytuose rašalu ir pieštuku, dažnai nepaprastai sunkiai skaitomuose, nors valandų valandas praspoksojus į rankraščius pro lupą prieš daugelį metų man pavyko iššifruoti visus tekstus, išskyrus tik keletą neaiškių žodžių. „Sakmė apie Tinuvielę" buvo viena iš istorijų, kurias Eriolui papasakojo elfai Vienišojoje saloje, o būtent šią istoriją papasakojo mergelė vardu Veanė; pasakojimų klausydavosi ir daugybė vaikų. Istorija pasakojama su didžiuliu dėmesiu smulkmenoms (įspūdinga savybė) ir nepaprastai savitu stiliumi, pavartojant keletą senovinių žodžių ir posakių, visai nepanaši į vėlesnį mano tėvo stilių – sodri, poetiška, kai kur persunkta giliu elfišku paslaptingumu. Be to, tai šen, tai ten į paviršių prasiveržia pašaipaus humoro srovė (susidūrusi su demoniškuoju vilku Karkarasu, kai kartu su Berenu spruko iš Melkoro menės, siaubingos akistatos metu Lutijena paklausia: „Ko toks surūgęs, Karkarasai?").

Manau, kad nelaukiant legendos pabaigos būtų naudinga atkreipti dėmesį į kai kuriuos ankstyvosios legendos versijos aspektus ir trumpai paaiškinti kai kuriuos svarbius vardus (kuriuos taip pat galima rasti vardų sąraše knygos pabaigoje).

Perrašyta „Sakmė apie Tinuvielę", kuri mums yra ankstyviausia versija, be jokios abejonės, nėra ankstyviausia iš „Prarastųjų sakmių" ir ją nušviečia kitų sakmių įvykiai. Kalbant vien apie pasakojimų struktūrą, kai kurie iš jų, tokie kaip legenda apie Turiną, nelabai skiriasi nuo „Silmariljone" išspausdintos versijos; kai kurie, ypač „Gondolino žlugimas", parašytas pats pirmas, išleistame tekste yra labai sutrumpinti; o kai kurie, labiausiai šis nuostabus pasakojimas, kai kuriais bruožais stebėtinai skiriasi.

Esminis pokytis legendos apie Bereną ir Tinuvielę (Lutijeną) raidoje yra tai, kad vėliau į ją įtraukiama Felagundo iš Nargotrondo ir Feanoro sūnų istorija; bet lygiai taip pat reikšminga, tik kitu aspektu, yra Bereno tapatybės raida. Vėlesnėse legendos versijose labai svarbus elementas yra tai, kad Berenas buvo mirtingas žmogus, o Lutijena – nemirtinga elfė, bet „Prarastojoje sakmėje" to dar nėra – čia Berenas taip pat elfas. (Vis dėlto iš mano tėvo pastabų apie kitas sakmes matyti, kad jis iš pat pradžių buvo žmogus, be to, aišku, kad taip buvo ir ištrintame „Sakmės apie Tinuvielę" rankraštyje.) Berenas elfas buvo iš noldolių (vėliau noldorai) tautos, šis žodis „Prarastosiose sakmėse" (ir vėliau) yra išverstas kaip *gnomai**: Berenas buvo gnomas. Šis vertimas vėliau mano tėvui sukėlė problemų. Jis vartojo žodį „gnomas" visiškai kita prasme ir kildino jį iš visai kito šaltinio negu šių laikų gnomai, arba nykštukai, dažnai siejami su sodais. Savąjį žodį „gnomai" jis kildino iš graikiško žodžio *gnōmē*, kuris reiškia „mintis", „protas"; šiuolaikinėje anglų kalboje jis dar likęs aforizmo ar sentencijos prasme, taip pat yra būdvardis *gnomic*, kuris reiškia „mįslingas", „sunkiai suprantamas".

„Žiedų Valdovo" priedo F juodraštyje jis rašė:

> Kartais (tik ne šioje knygoje) esu vartojęs žodį „gnomai" kalbėdamas apie noldorus ir jų kalbą. Taip elgiausi, nes kai kuriems *gnome* vis dar reiškia išmintį. O aukštųjų elfų tautos pavadinimas noldorai reiškia „tie, kurie žino"; nes iš visų trijų eldarų giminių noldorai nuo pat pradžių išsiskyrė ir šio pasaulio praeities bei dabarties pažinimu, ir troškimu sužinoti daugiau. Tačiau jie niekuo nepriminė nei mokslinės teorijos, nei liaudies pasakojimų „nykštukų"; ir dabar aš atsisakiau šio vertimo, nes jis klaidinantis.

(Užbėgdamas už akių pasakysiu, kad jis taip pat yra rašęs (1954-ųjų laiške), jog labai gailėjosi vartojęs žodį „elfai", kuris tapo „perkrautas apgailėtinais atspalviais", kuriuos „per sunku nugalėti".)

Priešiškumas, parodytas Berenui kaip elfui, taip paaiškinamas senojoje Legendoje (p. 40): „visi miško elfai laikė Dor-Lomino gnomus išdavikais, žiauriais ir neištikimais padarais".

---

* Angl. *Gnomes*.

Gali atrodyti sunkokai suprantama, kad vietoj žodžio „el-fai" dažnai pavartojamas žodis „fėjos". Pasakojant apie baltuo-sius drugius, kurie skrajojo miškuose, sakoma, kad „Tinuvielė buvo fėja ir jų nebijojo" (p. 38); ji vadina save fėjų princese (p. 58); apie ją sakoma (p. 66), kad ji „pasitelkė visas savo galias ir fėjų magiją". Visų pirma žodis „fėja" „Prarastosiose sakmė-se" yra žodžio „elfas" sinonimas; be to, šiuose pasakojimuose yra keletas užuominų apie žmonių ir elfų ūgio santykį. Tomis ankstyvomis dienomis mano tėvo samprata apie šiuos dalykus buvo šiek tiek neapibrėžta, bet neabejotina, kad jis buvo suma-nęs santykio kitimą bėgant amžiams. Tad rašė:

> Žmonės pradžioje buvo beveik tokio pat ūgio kaip pir-mieji elfai, fėjos buvo gerokai didesnės, o žmonės – mažes-ni nei dabar.

Tačiau elfų pasikeitimams žmonių pasirodymas padarė di-džiulę įtaką:

> Kaip žmonių daugėjo ir jie darėsi vis galingesni, taip fėjos nyko, mažėjo ir silpo, tapdamos perregimos, tačiau žmonės tapo vis didesni, tvirtesni ir brutalesni. Galiausiai žmonės ar beveik žmonės nebegalėjo fėjų nė įžiūrėti.

Todėl, sprendžiant iš šių žodžių, nėra reikalo manyti, kad mano tėvas laikė šios legendos „fėjas" perregimomis; ir žino-ma, kai po daugybės metų Trečiojo amžiaus elfai įžengė į Vi-duržemės istoriją, juose nebebuvo nieko „fėjiško" šiuolaikine šio žodžio prasme.

Žodis *fay* (fantastinis padaras) yra dar miglotesnis. „Sakmė-je apie Tinuvielę" jis dažnai vartojamas apibūdinti Melianei

(Lutijenos motinai), kuri buvo kilusi iš Valinoro (ir yra vadi-
nama [p. 37] „dievų dukra"), bet taip pat ir Tevildo, kuris, kaip
sakoma, buvo „piktoji dvasia žvėries pavidalu" (p. 63). Dar ki-
toje sakmių vietoje užsimenama apie „eldarų ir kitų fantastinių
padarų išmintį", apie „orkus, drakonus ir kitus piktus padarus"
ir apie „miškų ir slėnių padarus". Galbūt labiausiai įsidėmėtina
yra ši pastraipa iš „Legendos apie valarų atėjimą":

> Aplink juos susibūrė didžiulė minia, medžių ir miškų,
> slėnių ir kalnų dvasių, tų, kurios dainuoja tarp žolių rytais
> ar vakarais pasėliuose. Tai nermirai ir tavariai, nandinai ir
> orosai [pievų, miškų, slėnių ir kalnų dvasios], fėjos, miški-
> nukai, ka – kaip tik jų nevadina, nes jų yra daugybė, tačiau
> nereikia jų painioti su eldarais [elfais], nes jie atsirado prieš
> pasaulio sukūrimą, yra senesni už pačius seniausius ir skir-
> tingi nuo jų.

Kitas keistas dalykas, pasirodantis ne vien „Sakmėje apie
Tinuvielę", kuriam neradau paaiškinimo nei jokių specialių
pastabų, yra valarų galios keisti žmonių ir elfų likimus ir, tiesą
sakant, valdyti jų širdis ir protus tolimoje Didžiojoje žemėje
(Viduržemėje). Pavyzdžiai: p. 71: „valarai atvedė jį [Huaną] į
laukymę Artanoro šiaurėje", kur pabėgę iš Angbando ant že-
mės gulėjo Berenas ir Lutijena; ir ji pasakė tėvui (p. 74–75):
„vien tik valarai išgelbėjo jį [Bereną] nuo baisios mirties". Arba
vėl, pasakojime apie Lutijenos pabėgimą iš Doriato (p. 52), sa-
koma, kad ji „neįžengė į šį tamsos kraštą ir sukaupusi drąsą ėjo
tolyn", tačiau vėliau šis sakinys buvo pakeistas: „ji neįžengė į šį
tamsos kraštą, bet valarai uždegė naują viltį jos širdyje ir ji vėl
keliavo toliau".

Kalbant apie pasakojimuose pasirodančius vardus atkreipsiu dėmesį, kad Artanoras atitinka vėlesnį Doriatą, taip pat yra vadinamas Anapusinėmis žemėmis; šiaurėje buvo Geležies kalnų juosta, taip pat vadinama Karčiosiomis kalvomis, per kurią atėjo Berenas: vėliau jie tapo Ered Vetrinu, Šešėlio kalnais. Už kalnų plytėjo Hisilomė (Hitlumas), Šešėlių kraštas, dar vadinamas Dor-Lominu. Palisoras (p. 34) – tai kraštas, kur atbudo elfai.

Valarai dažnai vadinami dievais, taip pat ainurais. Melko (vėliau Melkoras) yra didis blogasis valaras, pavadintas Morgotu, Juoduoju Priešu, tada, kai pavogė Silmarilus. Mandosas yra valaras, tuo pat vardu vadinama ir jo buveinė. Jis yra Mirusiųjų namų saugotojas.

Manvė yra valarų valdovas, o Varda, žvaigždžių kūrėja, yra jo sutuoktinė ir gyvena kartu su juo Tanikvetilio, aukščiausio Ardos kalno, viršūnėje. Du Medžiai yra didingi medžiai, kurių žiedai apšvietė Valinorą, juos sunaikino Morgotas padedamas siaubingos vorės Ungoliantos.

Ir galiausiai čia tiktų pasakyti šį tą apie Silmarilus, kurie labai svarbūs sakmėje apie Bereną ir Lutijeną, – juos padarė Feanoras, didžiausias iš noldorų, „didis žodžių ir rankų darbų meistras"; jo vardas reiškia „Ugnies Dvasia". Pacituosiu pastraipą iš vėlesnio (1930 m.) „Silmariljono" teksto, vadinamo *Quenta Noldorinwa*, apie kurį kalbama p. 95.

Tomis senovės dienomis Feanoras ėmėsi ilgo ir nuostabaus darbo, jis pasitelkė visas savo galias, visą sumanumą ir magiją, nes siekė pagaminti daiktą, gražesnį už visa, ką eldarai iki šiol buvo padarę, kuris išliktų net pasauliui žuvus. Jis padarė tris brangakmenius ir pavadino juos Silmarilais. Juose liepsnojo gyvoji ugnis, paimta iš Dviejų

Medžių šviesos, jie švytėjo iš vidaus netgi tamsoje, joks netyras mirtingasis negalėjo jų paliesti, nes apdegdavo ir sunykdavo. Šiuos brangakmenius elfai vertino labiau už visus kitus savo rankų darbus, Manvė juos pašventino, o Varda pasakė: „Juose slypi elfų likimas, ir daugybės kitų dalykų taip pat." Feanoro širdis buvo prikaustyta prie savo rankų darbų.

Baisią ir pragaištingą priesaiką davė Feanoras ir septyni jo sūnūs pareikšdami savo tvirtą ir nesugriaunamą teisę į Silmarilus, kai juos pavogė Morgotas.

Veanės pasakojimas skirtas Eriolui (Elfvinui), kuris niekada nebuvo girdėjęs apie Tinuvielę, bet pasakodama ji nepateikia jokios priešistorės, iš karto pradeda nuo Tinvelinto ir Gvendelingos (vėliau pavadintų Tingolu ir Meliane) istorijos. Vis dėlto aš grįšiu prie *Quenta Noldorinwa* norėdamas nušviesti šį esminį legendos bruožą. Šiame pasakojime grėsmingasis Tinvelintas (Tingolas) yra pagrindinis veikėjas: elfų karalius, kuris gyveno Artanoro miškų gilumoje, valdydamas iš didžiulių savo olų pačiame miško viduryje. Tačiau svarbi veikėja yra ir karalienė, nors retai pasirodanti, tad pateiksiu pasakojimą apie ją iš *Quenta Noldorinwa*.

Pasakojama, kad didžiojoje elfų kelionėje iš Palisoro, prabudimo vietos, siekiant patekti į Valinorą vakaruose už vandenyno

[daugybė elfų] paklydo ilgame tamsiame kelyje ir klajojo pasaulio miškuose bei kalnuose, ir niekada nepasiekė Valinoro, nepamatė Dviejų Medžių šviesos. Todėl vadinami jie Ilkorindais, elfais, kurie niekada negyveno Kore, eldarų (elfų) mieste dievų šalyje. Jie yra tamsieji elfai ir daugybė yra jų išblaškytų genčių, daugybe kalbų jie kalba.

Iš tamsiųjų elfų šlovingiausias buvo Tingolas. Štai kodėl jis niekada taip ir nenuvyko į Valinorą. Melianė buvo majarė. Gyveno [valaro] Lorieno soduose ir iš visų nuostabių jo namiškių niekas negalėjo prilygti jai grožiu, išmintimi ir magijos bei kerėjimų išmanymu. Kalbama, kad dievai mesdavo savo darbus, Valinoro paukščiai pritildavo ir Valmaro varpai liaudavosi skambėję, o fontanai – tryškę, kai susiliejusioje Medžių šviesoje Melianė uždainuodavo Sapnų dievo sode. Nuolatos ją lydėdavo lakštingalos, o ji mokė jas giesmių. Tačiau ji mylėjo gilius šešėlius ir leisdavosi į ilgas keliones į Išorines žemes (Viduržemę), ir ten auštančio pasaulio tylą suvirpindavo jos daina ir paukščių giesmės.

Melianės lakštingalas išgirdo Tingolas, buvo pakerėtas ir paliko savo tautą. Melianę jis pamatė po medžiais ir apėmė jį gilus snaudulys, ir jis užmigo, o jo tauta tuščiai jo ieškojo.

Veanė pasakoja, kad pabudęs iš savo ilgo paslaptingo miego Tinvelintas „nebegalvojo apie savo tautą (ir ištes tai būtų buvusios tuščios mintys, nes jie seniai jau buvo pasiekę Valinorą)", tačiau troško vien regėti prieblandos mergelę. Ji buvo netoli, nes stebėjo jį miegantį. „Bet daugiau apie jų istoriją nieko nežinau, o Eriolai, tik tiek, kad galiausiai ji tapo jo žmona, nes Tinvelintas ir Gvendelinga labai ilgai buvo prarastųjų Artanoro, arba Anapusinių žemių, elfų karalius ir karalienė, bent jau taip pas mus pasakojama."

Toliau Veanė pasakoja, kad Tinvelinto buveinė „buvo paslėpta nuo Melko žvilgsnio Gvendelingos magija, nes ji apraizgė savo kerais visus takus taip, kad niekas negalėjo jais vaikščioti, išskyrus eldarus (elfus), ir taip karalius buvo apsaugotas nuo visų pavojų, išskyrus nebent išdavystę. Jo rūmai buvo įrengti didžiuliuose urvuose, tačiau buvo karališki ir nuostabūs. Šie urvai buvo pačiame milžiniško Artanoro miško viduryje, o tai

pats didžiausias miškas, prie jų durų tekėjo upelis ir niekas ne-
galėjo įžengti į rūmus kitaip, kaip tik per jį, ten vedė siauras ir
gerai saugomas tiltas." O tuomet Veanė sušuko: „Ak, o dabar
papasakosiu tau apie tai, kas nutiko Tinvelinto menėse"; ir, at-
rodo, būtent nuo šios vietos pritiktų pradėti pasakojimą.

Sakmé apie Tinuvielę

Tad Tinvelintas turėjo du vaikus, Daironą ir Tinuvielę, ji buvo gražiausia iš visų slaptųjų elfų mergelių, nes jos motina buvo majarė, dievų dukra; o Daironas buvo stiprus ir linksmas vaikinas, labiausiai mėgęs groti nendrine fleita ar kitais miško instrumentais, ir dabar jo vardas minimas tarp trijų nuostabiausių elfų muzikantų, o kiti du yra Tinfangas Giesmininkas ir Ivarė, grojanti prie jūros. Tačiau Tinuvielė mėgo šokti ir nėra jai lygių nei lengvų kojelių mirgėjimo grožiu anei grakštumu.

Daironas ir Tinuvielė su džiaugsmu pasprukdavo iš tėvo rūmų urvuose ir kartu leisdavo laiką miškuose tarp medžių. Dažnai Daironas prisėsdavo ant kokio kupsto ar medžio šaknies ir grodavo, o Tinuvielė ten šokdavo, ir šokdama pagal Dairono muziką ji buvo lankstesnė už Gvendelingą, labiau kerinti už Tinfangą Giesmininką mėnulio spinduliuose, ir niekas nebuvo regėjęs tokio grožio, nebent Valinoro rožių soduose, kur Nesa šoka amžinai žaliose pievose.

Netgi naktimis šviečiant blyškiam mėnuliui jie grodavo ir šokdavo nieko nebijodami, kaip bijočiau aš, nes Tinvelinto ir Gvendelingos galia neįleido į miškus blogio, Melko dar nekėlė jiems rūpesčių, o žmonės gyveno toli anapus kalvų.

Vieta, kurią jie mėgo labiausiai, buvo paskendusi šešėliuose, čia augo guobos, taip pat ir bukai, tačiau nelabai aukšti, ir keletas kaštainių, apsipylusių baltais žiedais, tačiau žemė po medžiais buvo drėgna ir tarsi rūku nuklota žydinčiomis maudomis. Ir vienąkart birželį jie čia buvo, balti maudų skėčiai kūpsojo lyg debesys aplink medžių kamienus, o Tinuvielė šoko, kol sutemo gilus vakaras, daugybė naktinių baltų drugių skrajojo aplinkui. Tinuvielė buvo fėja ir jų nebijojo, kaip bijo daugelis žmonių vaikų, nors vabalų ji nemėgo, o jau vorų joks elfas nebūtų lietęs dėl Ungveliantės, – tačiau dabar balti naktiniai drugiai sukiojosi aplink jos galvą, o Daironas grojo liūdną melodiją, tik staiga nutiko keistas dalykas.

Niekad nesu girdėjusi, kaip ten per kalvas atėjo Berenas; tačiau jis buvo drąsesnis už kitus, kaip tuojau išgirsi, ir turbūt vien meilė klajonėms vijo jį per Geležinius kalnus, kol jis pasiekė Anapusines žemes.

Berenas buvo gnomas, sūnus Egnoro miškininko, kuris medžiodavo tamsiose vietose Hisilomės šiaurėje. Baimė ir įtarumas tvyrojo tarp eldarų ir tų jų giminių, kurie buvo patyrę Melko vergiją, prie to prisidėjo ir pikti gnomų darbai Gulbių uoste. Be to, Melko melai sklandė tarp Bereno tautos ir jie tikėjo visokiais blogais dalykais apie slaptuosius elfus, bet dabar jis pamatė Tinuvielę, šokančią prieblandoje, o ji vilkėjo sidabriško perlo spalvos suknia ir basos baltos jos kojos mirgėjo tarp maudų stiebų. Ir Berenui jau neberūpėjo, ar ji valarė, ar elfė, ar žmonių vaikas. Jis prislinko arčiau pasižiūrėti, prigludo prie jaunos guobos kalvos viršūnėje, kad galėtų matyti pievelę, kur ji šoko, nes susižavėjimas pakirto jam kojas. Ji buvo tokia

liauna ir tokia graži, kad jis ilgai stovėjo sustingęs laukymėje, trokšdamas vien ja gėrėtis, bet staiga pro šakas ryškiai sušvito mėnulio pilnatis ir Daironas pamatė Bereno veidą. Jis tuojau pat suprato, kad tai svetimas, o visi miško elfai laikė Dor-Lomino gnomus išdavikais, žiauriais ir neištikimais padarais, tad Daironas metė savo fleitą ir, šaukdamas „Bėk, bėk, o Tinuviele, po miškus vaikšto priešas", greitai dingo tarp medžių. Tačiau apstulbusi Tinuvielė iš karto juo nepasekė, nes ne tuojau pat suprato jo žodžius, ir, žinodama, kad negali taip bėgioti ir šokinėti kaip brolis, susigūžė tarp baltų maudų ir pasislėpė po viena aukšta gėle iškerojusiais lapais; čia ji atrodė lyg baltas mėnesienos mirgėjimas tarp žolynų.

Berenas nusiminė dėl tokio jų išgąsčio, nes buvo vienišas, ir visur dairėsi Tinuvielės manydamas, kad ji nepabėgo. Staiga palietė liauną jos ranką tarp lapų, o ji suklikusi šoko bėgti tolyn kaip išgąsdintas paukštelis plazdėdama ir vinguriuodama blausioje mėnulio šviesoje, kaip tik eldarai gali, puldama šen ir ten tarp medžių kamienų ir maudų stiebų. Švelnus jos rankos prisilietimas paskatino Bereną dar labiau trokšti ją surasti, jis greit nubėgo iš paskos, tačiau nepakankamai greit, nes ji paspruko ir baimės apimta pasiekė savo tėvo namus; ir dar daug dienų nėjo šokti viena miškuose.

Bereną apėmė didis sielvartas, jis nepajėgė pasitraukti iš tų vietų tikėdamasis dar kartą išvysti vėl šokant tą nuostabią mergelę, dienų dienomis jis klaidžiojo miškuose vienišas ir paklaikęs, ieškodamas Tinuvielės. Auštant rytui ir temstant vakarui jos dairėsi, bet viltingiausiai tuomet, kai šviesdavo mėnesiena. Galiausiai vieną naktį jis pastebėjo mirgėjimą tolumoje ir štai, ten šoko ji dainuodama pati sau, viena ant nedidelės plikos kalvelės, o Dairono kartu nebuvo. Ir vėliau ji dažnai čia ateidavo, šokdavo ir dainuodavo, kartais greta būdavo Daironas, ir tuomet Berenas juos stebėdavo iš tolo, nuo miško pakraščio, o kartais jo nebūdavo, ir tuomet Berenas išdrįsdavo prislinkti arčiau. Bet Tinuvielė jau seniai buvo jį pastebėjusi, tik apsimesdavo nematanti, ir jau seniai jos baimę buvo prarijęs troškimas matyti mėnesienos nušviestą jo veidą, nes jis buvo malonus ir įsimylėjęs jos nuostabų šokį.

Kartais Berenas slapta sekdavo Tinuvielę per miškus iki pat įėjimo į urvus ir tilto pradžios, o jai pradingus švelniai šaukdavo:

– Tinuviele! – nes buvo girdėjęs šį vardą iš Dairono lūpų.

Nors jis to nežinojo, Tinuvielė dažnai klausydavosi pasislėpusi šešėliuose už durų ir tyliai juokdavosi arba šypsodavosi. Galiausiai vieną dieną, kai ji šoko viena, jis kiek drąsiau žengė į priekį ir tarė:

– Tinuviele, išmokyk mane šokti.

– Kas tu? – paklausė ji.

– Berenas. Atėjau per Karčiąsias kalvas.

– Tada, jei nori šokti, sek mane, – tarė mergelė ir ėjo šokdama vis tolyn į miškus, vikriai, bet nelabai greitai, kad jis spėtų sekti, ir nuolatos vis atsisukdama juokėsi iš jo nevikrumo, vis ragino: – Šok, Berenai, šok! Kaip šokama anapus Karčiųjų kalvų!

Taip klaidžiais takeliais jie atėjo iki pat Tinvelinto buveinės, Tinuvielė nuviliojo Bereną per upelį ir jis stebėdamasis nusekė ją į urvus, į gilumoje slypinčias menes, jos namus.

Tačiau atsidūręs priešais karalių Berenas neteko žado ir stebėjosi matydamas karalienės Gvendelingos didybę, o kai karalius paklausė:

– Kas tu toks, neprašytas atėjęs į mano menes? – jis nieko negalėjo atsakyti.

Tada už jį atsakė Tinuvielė:

– Čia, mano tėve, yra Berenas, klajoklis iš anapus kalvų, ir jis norėtų išmokti šokti, kaip šoka Artanoro elfai, – ir nusijuokė, bet karalius susiraukė išgirdęs, iš kur Berenas atėjo, ir tarė:

– Pasilaikyk juokus, vaikeli, ir pasakyk, ar šis laukinis elfas iš šešėlių krašto nenorėjo padaryti tau ko pikto?

– Ne, tėve, – atsakė ji, – manau, nėra nė krislo blogio jo širdyje, ir nebūk jam rūstus, nebent norėtum pravirkdyti savo dukrą Tinuvielę, nes jis žavisi mano šokiu kaip nė vienas kitas.

Tad Tinvelintas pasakė:

– O Berenai, noldolių sūnau, ko nori iš miško elfų, kad iškeliautum iš kur atėjęs?

Bereno širdis taip apstulbo iš džiaugsmo, kai Tinuvielė šitaip jį užtarė prieš savo tėvą, kad vėl atbudo jo narsa ir nuotykių ištroškusi dvasia, atvedusi jį iš Hisilomės per Geležies kalnus. Drąsiai žvelgdamas į Tinvelintą jis tarė:

– O karaliau, trokštu tavo dukters Tinuvielės, nes ji gražiausia ir mieliausia iš visų mergelių, kokias mačiau ar sapnavau.

Ir menėje stojo tyla, tik Daironas nusijuokė, o visi, kurie tai girdėjo, buvo priblokšti, tačiau Tinuvielė nuleido akis, o karalius nužvelgęs susivėlusį ir apšepusį Bereną irgi prapliupo juoku. Berenas iškaito iš gėdos, tačiau Tinuvielei jo pagailo.

– O ką? Vesk mano Tinuvielę, gražiausią iš mergelių pasaulyje, ir tapk miško elfų princu, ne tokios jau didelės malonės prašai, – ištarė Tinvelintas. – Bet galbūt galiu šio to paprašyti mainais. Tai tik mažmožis, tavosios pagarbos ženklas. Atnešk man Silmarilą iš Melko karūnos, ir tą dieną Tinuvielė bus tavo, jei norės.

Ir visi ten buvę suprato, kad karalius pagailėjo vargšo gnomo ir palaikė reikalą piktu pokštu; jie ėmė šypsotis, nes Feanoro Silmarilų šlovė pasaulyje buvo plačiai pasklidusi ir noldoliai pasakodavo apie juos legendas, o tie, kuriems buvo pavykę ištrūkti iš Angamando, buvo matę juos ryškiai švytinčius geležinėje Melko karūnoje. Tos karūnos jis niekada nenusiimdavo ir saugojo brangakmenius lyg savo akį. Nė vienas padaras pasaulyje, ar tai būtų fėja, ar elfas, ar žmogus, negalėjo tikėtis nė pirštu jų paliesti ir likti gyvas. Visa tai Berenas žinojo ir suprato pašaipių jų šypsenų priežastį, tad užsiliepsnojęs pykčiu suriko:

– O ne, tai dar per maža dovana tokios mielos nuotakos tėvui. Bet stebiuosi miško elfų papročiais, kurie panašūs į šiurkščius žmonių tautų įstatymus – reikalauji dovanos už dar neįvykusias sužadėtuves, bet žiūrėk! Aš esu Berenas, noldolių medžiotojas, ir išpildysiu šį menką tavo norą.

Ir tai pasakęs puolė iš menės niekam nespėjus nė atsipeikėti. O Tinuvielė pravirko.

– Piktai pasielgei, o mano tėve, – pro ašaras tarė ji, – pasiuntei jį mirti savo apgailėtinu pokštu, nes man atrodo, įsiutęs dėl tavo paniekos, jis mėgins tai atlikti ir Melko jį nužudys, ir jau niekas su tokia meile nebestebės mano šokio.

Tada karalius pasakė:

– Tai nebus pirmas Melko nužudytas gnomas, o žudo jis ir dėl menkesnių priežasčių. Jam dar pasisekė, kad neguli čia supančiotas skausmingais kerais už savo įsibrovimą į mano menes ir įžūlias kalbas.

Tačiau Gvendelinga nieko nepasakė, nebarė Tinuvielės ir neklausinėjo, ko ji taip netikėtai pravirko dėl šio nepažįstamo klajoklio.

O Berenas pasišalinęs iš Tinvelinto akivaizdos įsiūčio apimtas bėgo per miškus, kol atsidūrė netoli žemų kalvų ir bemiškių žemių, rodančių, kad jau netoli pliki Geležies kalnų šlaitai. Ir tik tada jis pajuto nuovargį, sulėtino žingsnį ir prasidėjo didieji jo sunkumai. Gilaus liūdesio kupinos naktys ėjo viena po kitos ir jis nematė jokios vilties, iš tiesų nedaug jos ir bebuvo, o netrukus, kai jis priartėjo prie Geležies kalnų ir baisių vietų aplinkui Melko buveinę, užklupo didesni siaubai. Ten veisėsi daugybė nuodingų gyvačių, aplinkui bastėsi vilkai, o dar baisesnės buvo klajojančios goblinų ir orkų gaujos –

dvokiantys Melko išperos, kurie valkiojosi plačiai pasklidę, grobdami ir gaudydami žvėris, žmones bei elfus ir tempdami juos savo valdovui.

Daugybę kartų orkai vos nepagavo Bereno, o kartą jam vos pavyko pasprukti nuo didžiulio vilko, nors tebuvo ginkluotas uosine lazda, dar begalę kitų pavojų ir nuotykių jis patyrė keliaudamas į Angamandą. Be to, jį dažnai kamuodavo troškulys ir alkis, ir atgal jis nepasuko tik todėl, kad tai buvo ne mažiau pavojinga negu eiti pirmyn, tačiau širdyje jam skambėjo Tinuvielės, maldaujančios dėl jo karalių, balsas, o naktimis kartais atrodydavo, kad girdi tolumoje, miškuose, kur buvo jos namai, tylų jos verksmą – ir tai buvo tikra tiesa.

Vieną dieną, kai buvo labai išalkęs, jis ieškojo maisto likučių apleistoje orkų stovykloje, bet keletas jų netikėtai grįžo ir paėmė jį į nelaisvę, kankino, bet nenužudė, nes jų vadas, matydamas Bereno, kad ir išvargusio, jėgą, pamanė, kad Melko galbūt bus patenkintas pamatęs tokį belaisvį, kurį galima pasiųsti dirbti sunkių vergiškų darbų į kasyklas arba kalves. Tad nutiko taip, kad Berenas buvo nutemptas pas Melko, tačiau neprarado drąsos, nes jo tėvo tauta tikėjo, kad Melko galia netruks amžinai, kad valarai galiausiai išklausys noldolių raudas, pakils ir sukaustys Melko vėl atverdami Valinorą išvargusiems elfams ir didis džiaugsmas sugrįš į žemę.

Tačiau Melko įsiuto žvelgdamas į jį ir paklausė, kaip gnomas, vergas nuo gimimo, išdrįso nekviestas brautis į miškus, bet Berenas atsakė, kad jis ne bėglys, bet atėjo nuo gnomų tautos, kuri gyvena Arjadore ir dažnai bendrauja su žmonėmis. Tada Melko įsiuto dar labiau, nes nuolatos siekė sugriauti elfų ir žmonių draugystę, ir pasakė, kad štai prieš jį tikriausiai išdavikas, rezgantis sąmokslą prieš viešpatį Melko, kuris vertas balrogų kankinimo, bet Berenas suprasdamas pavojų atsakė:

– Negalvok, o galingasis ainurai Melko, kad tai gali būti tiesa, nes jei būtų, argi stovėčiau čia vienas, be pagalbos? Berenas, Egnoro sūnus, nėra žmonių genties draugas; o ne, išvargintas jų antplūdžio savo žemėse jis iškeliavo iš Arjadoro. Kadaise tėvas man pasakojo daugybę nuostabių istorijų apie tavo didybę ir šlovę, ir nors nesu išdavikas vergas, nieko daugiau netrokštu, kaip tik tau tarnauti, kad ir kokios menkos būtų mano jėgos, – ir tuojau pat Berenas pridūrė, kad yra geras mažų žvėrelių medžiotojas ir paukščių gaudytojas, jų ieškodamas pasimetė kalvose ir ilgai klajojęs atėjo į keistą kraštą, bet net jei orkai nebūtų jo sučiupę, jam išties nebuvo kur kitur ieškoti saugumo, kaip tik kreipiantis į jo didenybę ainurą Melko ir maldaujant suteikti jam kokią nors menką tarnystę – galbūt padėti tiekti žvėrieną jo stalui.

Turbūt valarai įkvėpė šią jo kalbą, o galbūt Gvendelingos užuojauta apgaubė jį gudrios iškalbos burtu, bet iš tiesų tai išgelbėjo jam gyvybę, nes Melko matydamas galingą jo stotą patikėjo ir noriai paskyrė vergu virtuvėse. Šio ainuro nosis su malonumu uosdavo pataikavimų kvapą ir, nepaisant neišmatuojamos jo išminties, daugybė tų, kuriuos jis niekino, sugebėdavo melais, jei tik šie būdavo įvynioti į saldų liaupsių apvalkalą, apsukti jam galvą. Tad dabar jis įsakė paskirti Bereną Tevildo, kačių valdovo, vergu. O Tevildo buvo galingas katinas – galingiausias iš visų – ir kai kurie sakydavo, kad jį lydi pikta dvasia, jis buvo nuolatinis Melko sekėjas; tas katinas valdė visas kitas kates bei katinus, jis ir jo pavaldiniai buvo medžiotojai ir mėsos tiekėjai Melko stalui ir nuolatinėms jo puotoms. Todėl elfai nekenčia visų kačių iki pat šiol, nors Melko jau žlugęs ir jo žvėrys praradę galią.

Tad, kai Berenas buvo nuvestas į Tevildo menes, o jos buvo nelabai toli nuo Melko sosto menės, jis labai bijojo, nes nelaukė tokio įvykių posūkio, o šiose menėse tvyrojo prietema, pilna siaubingo narnėjimo ir murkimo tamsoje.

Visur aplink švytėjo kačių akys tarsi žalios, raudonos ar geltonos ugnelės, ten Tevildo pavaldiniai tupėjo raitydami ir vyniodami savo puikiąsias uodegas, o pats Tevildo tupėjo pačiame priekyje, tai buvo juodas lyg anglis grėsmingai atrodantis katinas. Jo pailgos įkypos ir labai siauros akys blizgėjo raudonai ir žaliai, o ilgi pilki ūsai buvo pasišiaušę ir aštrūs lyg adatos. Jo murkimas buvo panašus į būgnų dundėjimą, o narnėjimas – į perkūniją, kai jis įsiutęs surikdavo, tas riksmas stingdė kraują, o maži žvėriukai ir paukščiai iš siaubo sustingdavo lyg akmenys ar krisdavo negyvi vien išgirdę šį garsą. Pamatęs Bereną jis taip prisimerkė, kad akių beveik neliko, ir tarė:

– Užuodžiu šunį, – ir nuo tos akimirkos pajuto Berenui priešiškumą. Berenas gyvendamas namuose, tyruose, išties labai mylėjo šunis.

– Nagi, – kalbėjo Tevildo, – kaip drįstate atvesti čia, mano akivaizdon, tokį padarą, nebent tai būtų maistas?

Tačiau atlydėjusieji Bereną atsakė:

– O ne, Melko įsakė, kad šis nelaimingas elfas visą gyvenimą vargtų gaudydamas paukščius ir žvėris, taip tarnaudamas Tevildo.

Tevildo niekinamai žvygtelėjo ir tarė:

– Tada mano Viešpats išties buvo apsnūdęs ar jo mintys klajojo kitur, nes kuo, jo nuomone, elfų vaikas gali padėti kačių valdovui ir jo tarnams gaudant paukščius ar žvėris? Lygiai taip galėjot atvesti ir kokį vos paeinantį žmogų, nes nei elfai, nei žmonės negali susilyginti su mumis medžioklėje. – Tačiau jis vis dėlto paskyrė Berenui išbandymą liepdamas pagauti tris peles. – Nes mano menėse jų knibždėte knibžda, – pasakė jis. Bet tai nebuvo tiesa, kaip galėjo pasirodyti, vis dėlto kelios buvo – laukinės, piktos ir magiškos, jos drįso gyventi čia tamsiuose urvuose, bet buvo didesnės už žiurkes ir labai nuožmios, o Tevildo jas tausojo savo paties pramogoms ir nebūtų pakentęs jų skaičiaus sumažėjimo.

Berenas jas vaikėsi tris dienas, bet neturėdamas iš ko sumeistrauti spąstus (jis iš tiesų nemelavo Melko, sakydamas, kad puikiai moka juos meistrauti) vaikėsi tuščiai ir už visą savo vargą tegavo įkąstą pirštą. Tevildo supyko ir iš jo išsišaipė, bet nei jis, nei jo tarnai tuo metu nepadarė Berenui nieko pikto dėl Melko įsakymo, tik šiek tiek apibraižė. Bet liūdnos dienos prasidėjo Berenui Tevildo menėse. Jie pristatė jį tarnauti virtuvėje ir vargingos dienos slinko plaunant grindis ir indus, šveičiant stalus, kapojant malkas ir nešiojant vandenį. Taip pat dažnai jam liepdavo kepti katėms ant iešmų pamautus paukščius ir riebias peles, tačiau pats retai kada gaudavo pavalgyti ar išsimiegoti, jis pervargo, apspuro ir ne kartą troško, kad niekada nebūtų palikęs namų Hisilomėje ir niekada nebūtų pamatęs Tinuvielės.

O ji Berenui išvykus ilgai verkė ir jau nebešoko miškuose, Daironas pyko ir negalėjo jos suprasti, bet ji buvo pamilusi Bereno veidą, žvelgiantį į ją pro šakas, ir jo žingsnių garsą, sekant ją per miškus, ji troško vėl išgirsti jo balsą, ilgesingai šaukiantį „Tinuviele, Tinuviele" iš anapus upelio prie jos tėvo namų vartų, ir nebenorėjo šokti, kai Berenas išvyko į blogiu persisunkusią Melko buveinę, o gal jau ir žuvo. Ši mintis taip apkartino jai širdį, kad ši meiliausioji mergelė nuėjo pas motiną, nes pas tėvą eiti nedrįso, nenorėjo netgi, kad jis matytų ją verkiant.

– O Gvendelinga, motina mano, – tarė ji, – savo burtais naudodamasi pažvelk, jei gali, kaip sekasi Berenui. Ar jam viskas gerai?

– O ne, – atsakė Gvendelinga. – Jis išties gyvas, bet patekęs į žiaurią nelaisvę ir viltis jo širdyje mirusi, nes štai, jis vergauja Tevildo, kačių valdovui.

– Jei taip, – atsakė Tinuvielė, – turiu eiti ir jam padėti, nes niekas kitas to nepadarys.

Gvendelinga nesijuokė, nes buvo itin išmintinga ir turėjo pranašystės dovaną, tačiau kad elfas, o tuo labiau mergelė, karaliaus dukra, viena keliautų į Melko menes, buvo negirdėtas dalykas ir didelė kvailystė netgi tomis senomis dienomis prieš Ašarų mūšį, kai Melko galia dar nebuvo taip išaugusi, kai jis slėpė savo planus ir rezgė melų tinklus. Todėl Gvendelinga tik švelniai paprašė jos nekalbėti tokių kvailysčių, tačiau Tinuvielė atsakė:

– Tada turėtum prašyti mano tėvo pagalbos, kad jis pasiųstų į Angamandą karius ir pareikalautų, kad ainuras Melko duotų Berenui laisvę.

Ir Gvendelinga išties taip padarė, nes mylėjo savo dukterį, bet Tinvelintas taip įtūžo, kad Tinuvielė troško, jog niekada nebūtų prasitarusi apie šį savo norą; o Tinvelintas liepė daugiau apie Bereną nebekalbėti, nebegalvoti ir prisiekė nužudyti jį, jei dar kartą pamatys savo menėse. Dabar Tinuvielė susimąstė, ką galėtų padaryti, ir nuėjusi pas D

roną maldavo padėti arba keliauti kartu į Angamandą, bet Daironas nebuvo pamėgęs Bereno, tad atšovė:

– Kodėl turėčiau keliauti į siaubingiausią pavojų pasaulyje dėl kažkokio klajoklio miškų gnomo? Iš tiesų jis man nepatinka, nes sugriovė mūsų džiaugsmą, mūsų muziką ir šokį.

Be to, jis persakė karaliui Tinuvielės troškimą – bet ne blogo norėdamas, o bijodamas, kad Tinuvielė širdgėlos apimta nepaspruktų ir nežūtų.

Tai išgirdęs Tinvelintas pasišaukė Tinuvielę ir pasakė:

– Kodėl, o mano vaikeli, neatsisakai šios kvailystės, kodėl manęs nepaklausai?

Bet Tinuvielė tylėjo ir karalius liepė jai pažadėti, kad nebegalvos apie Bereną ir nekrės kvailysčių mėgindama sekti jį į blogio žemes nei viena, nei viliodama kitus kartu su savimi. Bet Tinuvielė atsakė, kad pirmojo ji nepažadės, o antrąjį tik iš dalies, nes nevilios nieko iš miško tautos keliauti kartu.

Tada tėvas labai supyko, nors po pykčiu slypėjo nuostaba ir baimė, nes jis mylėjo Tinuvielę, ir štai kokį sugalvojo planą, negalėdamas uždaryti dukters amžiams į tamsius urvus, kuriuos pasiekdavo tik blausi ir mirganti šviesa. Tačiau virš vartų į jo menes buvo status į upę nusileidžiantis šlaitas, ten augo didžiuliai bukai, o vienas iš jų buvo vadinamas Hirilornu, medžių karaliumi, nes buvo galingas, o jo kamienas šakojosi prie pat žemės, taip, kad atrodė, į viršų šauna trys didingi medžiai, visi vienodo storumo, tiesūs ir išlakūs, pilka jų žievė buvo lygi lyg šilkas, be jokios šakelės iki pat lapijos, kuri skleidėsi labai aukštai virš žmonių galvų.

Tad Tinvelintas įsakė šiame keistame medyje įrengti mažutį medinį namuką taip aukštai, kiek tik galėjo pasiekti ilgiausios kopėčios, jis buvo pastatytas virš pirmųjų šakų ir švelniai apsuptas lapų. Tas namelis buvo trikampis, turėjo po tris langus kiekvienoje sienoje, o kiekvienas kampas rėmėsi vis į kitą Hirilorno kamieną. Ten Tinvelintas įsakė gyventi Tinuvielei, kol ji apsigalvos ir sutiks elgtis išmintingai, o kai ji užlipo ilgomis pušinėmis kopėčiomis, šios buvo paimtos ir ji niekaip nebegalėjo nulipti žemyn. Viskas, ko jai reikėjo, buvo atnešta, elfai užlipdavo kopėčiomis, paduodavo jai maisto ar ko kito, ko tik ji norėjo, tada nulipdavo ir pasiimdavo kopėčias, o karalius prigrasino mirtimi kiekvienam, kas paliktų bent vienas atremtas į medį ar mėgintų slapta atnešti naktį. Todėl prie kamieno buvo pastatyta sargyba, ir vis dėlto Daironas dažnai čia ateidavo susisielojęs dėl to, ką padarė, nes jautėsi vienišas be Tinuvielės, tačiau ji pradžioje netgi mėgavosi tame namelyje tarp lapų ir žvelgdavo pro langelį Daironui apačioje grojant švelniausias melodijas.

Bet vieną naktį valarai atsiuntė Tinuvielei sapną, ji sapnavo Bereną, o jos širdis kalbėjo: „Leisk man keliauti ir ieškoti jo, kurį visi kiti pamiršo", tada prabudo, pro lapus švietė mėnulis ir ji giliai susimąstė, kaip galėtų pasprukti. Tinuvielė, Gvendelingos dukra, negalėjo neišmanyti apie burtus ir magiją, kaip ir galima tikėtis, ir gerai pagalvojusi sukūrė planą. Kitą dieną ji paprašė atėjusiųjų, ar galėtų jie atnešti tyriausio vandens iš upelio apačioje.

– Bet, – pasakė ji, – jis turi būti pasemtas vidurnaktį sidabriniu dubeniu ir atneštas man neištariant nė žodžio. – Ir dar ji paprašė vyno: – Bet, – pasakė, – jis turi būti atneštas čia vidurdienį, aukso ąsotyje ir nešantysis turi dainuoti visą kelią.

Ir jie padarė, ko buvo prašyti, bet Tinvelintui nepapasakojo.

Tada Tinuvielė paprašė:

– Eikite dabar pas mano motiną ir pasakykite, kad jos dukra norėtų verpimo ratelio, kuris padėtų trumpinti nuobodžias valandas.

Bet Dairono ji paslapčia paprašė padaryti nedideles audimo stakles, ir jis padarė tokias, kad tilptų į mažutį Tinuvielės namuką medyje.

– Bet ką gi tu verpsi ir ką ausi? – paklausė jis ir Tinuvielė atsakė:

– Burtus ir magiją.

Bet jis neperprato jos sumanymo ir nieko nepasakė nei karaliui, nei Gvendelingai.

O Tinuvielė likusi viena paėmė vyną su vandeniu ir sumaišė juos giedodama ypač magišką giesmę, pildama juos į aukso ąsotį ji giedojo augimo giesmę, o pildama į sidabro dubenį – kitą, ji giedojo apie ilgiausius ir aukščiausius dalykus visoje žemėje: indravangų barzdas, Karkaraso uodegą, Glorundo kūną, Hirilorno kamienus, paminėjo ji ir Nano kardą, nepamiršo ir grandinės Angainuro, kurią nukalė Tulkas ir Aulė, nei milžino

Gilimo kaklo, o paskiausiai ir ilgiausiai ji giedojo apie Uine-
nos, jūrų valdovės, plaukus, kurie išsisklaidę po visus vandenis.
Tada išsitrinko galvą sumaišytais vandeniu ir vynu ir tai da-
rydama giedojo trečią – giliausio miego giesmę, tuomet Tinu-
vielės plaukai, kurie buvo tamsūs ir švelnesni už švelniausias
prieblandos gijas, staiga pradėjo nepaprastai greitai augti ir
po dvylikos valandų beveik pripildė mažąjį kambarėlį, ir labai
patenkinta Tinuvielė atsigulė pailsėti, o kai prabudo, namu-
kas buvo pilnas tarsi tamsios miglos, ji buvo beveik palaidota
po sruogomis ir jos veržėsi pro visus langelius ir plaikstėsi apie
medžio kamienus siūbuojamos ryto vėjo. Paskui ji šiaip ne taip
susirado savo nedideles žirkles ir nusikirpo plaukus sruoga po
sruogos beveik prie pat odos, nuo tada jos plaukai jau augo
kaip įprastai.

Tuomet prasidėjo Tinuvielės darbai, ir nors ji dirbo su elfės
miklumu, ilgai teko verpti ir dar ilgiau austi, o jei kas ateidavo
ir šūkteldavo iš apačios, ji prašydavo juos eiti sau sakydama:

– Aš lovoje ir tenoriu miegoti.

Daironas labai stebėjosi ir dažnai ją kviesdavo, bet ji neat-
sakydavo.

Iš tų plaukų Tinuvielė išaudė tamsų lyg migla drabužį,
persmelktą magišku mieguistumu, stebuklingesnį netgi už
tą, kuriuo apsivilkusi kadaise šoko jos motina. Ji paslėpė po
tuo rūbu savo baltus žibančius apdarus ir aplinkui pasklido
mieguistumas, bet iš plaukų likučių ji nuvijo tvirtą virvę ir pri-
rišo ją prie medžio kamieno namuko viduje, o tada, užbaigusi
darbus, ji pažvelgė pro langą į vakarus, upės link. Tarp me-
džių jau geso saulėlydžio šviesa ir prieblandai užliejant miš-
kus ji ėmė tyliai ir švelniai dainuoti, ir dainuodama nuleido
savo plaukus pro langą tiek, kad jie pasiekė apačioje stovinčių
sargų galvas ir veidus, o jie, klausydami jos balso, tuojau pat
kietai įmigo. Tada Tinuvielė apsisiautė savo tamsos apsiaustu

ir nulipo žemyn iš plaukų nuvyta virve vikriai lyg voveraitė ir šokdama nubėgo prie tilto, sargams nespėjus nė surikti, ji jau šoko tarp jų, paliesti jos tamsos drabužio krašto visi tuojau pat užmigo ir Tinuvielė nubėgo tolyn taip greitai, kaip tik jos šokančios kojelės nešė.

O kai žinia apie Tinuvielės pabėgimą pasiekė Tinvelinto ausis, didis buvo jo sielvartas ir rūstybė, sujudo visas dvaras ir visi miškai skambėjo ieškotojų šauksmais, bet Tinuvielė jau buvo toli, ji artinosi prie niūrių kalvų, kur prasideda Nakties kalnai; ir pasakojama, kad Daironas sekdamas ją visiškai pasiklydo ir niekada nebegrįžo į elfų žemes, pasuko į Palisorą ir ten vis dar groja savo stebuklingas melodijas, susimąstęs ir vienišas pietų miškuose bei giriose.

Tinuvielė ėjo tolyn, tačiau netrukus ją apėmė didžiulė baimė pagalvojus, ką padarė ir kas jos laukia, tada truputį paėjo atgal ir pravirko trokšdama, kad greta būtų Daironas. Pasakojama, kad jis iš tiesų buvo netoli, bet klaidžiojo Nakties miško pušynuose, kur vėliau Turinas netyčia nužudys Belegą.

Labai arti tų vietų buvo Tinuvielė, bet neįžengė į šį tamsos kraštą ir sukaupusi drąsą ėjo tolyn, dėl jos magiškų galių ir miego burtų jos nekamavo tokie pavojai, kokie kamavo Bereną, tačiau mergelei tai buvo ilga, baisi ir varginga kelionė.

Dabar reikia pasakyti, kad tomis dienomis Tevildo teturėjo vieną rūpestį pasaulyje, ir tai buvo šunų giminė. Daugelis iš jų katėms nebuvo nei draugai, nei priešai, nes buvo Melko pavaldiniai, tokie pat laukiniai ir žiaurūs kaip ir kiti jo gyvūnai, o iš pačių baisiausių ir žiauriausių jis išvedė vilkų padermę, kurią išties labai brangino. Argi ne iš jų buvo didžiulis pilkas vilkas, Karkarasas Peiliadantis, visų vilkų tėvas, kuris saugojo Angamando vartus tomis dienomis ir anksčiau? Daug tarp jų buvo ir tokių, kurie nei lenkėsi Melko, nei troško gyventi jo bijodami, bet glaudėsi žmonių būstuose saugodami juos nuo didžio

blogio, kuris galėjo ištikti, arba bastėsi Hisilomės miškuose ar
kalnuotose vietovėse kartais išdrįsdami užklysti netgi į Arta-
norą ir tolimesnius kraštus pietuose.

Jei kurie iš jų pamatydavo Tevildo ar kurį kitą iš jo tarnų ar
pakalikų, kildavo didžiulis lojimas ir prasidėdavo medžioklė,
nors retai kada koks katinas būdavo nužudomas, nes jie buvo
įgudę gerai laipioti ir slapstytis, be to, juos saugojo Melko ga-
lybė, tačiau tarp šunų ir kačių tvyrojo didžiulis priešiškumas,
o kai kurių iš šių skalikų katės be galo bijojo. Bet Tevildo nebi-
jojo nieko, nes buvo stiprus kaip bet kuris iš jų, be to, vikres-
nis ir greitesnis už visus, išskyrus Huaną, šunų vadą. Huanas
buvo toks greitas, kad kartą netgi paragavo Tevildo kailio, bet
šis atsilygino giliai įdrėksdamas savo galingais nagais, tačiau
nukentėjo kačių valdovo savigarba ir jis troško žiauriai atker-
šyti Huanui.

Tad, savo laimei, Tinuvielė sutiko Huaną miškuose, nors iš
pradžių ji mirtinai išsigando ir pabėgo. Bet Huanas pasivijo ją
dviem šuoliais ir prabilęs prarastųjų elfų kalba švelniai paprašė
jos nebijoti.

– Ir kodėl, – kalbėjo jis, – matau elfų mergelę, ir dar tokią
gražią, vieną klaidžiojančią taip arti piktojo ainuro buveinių?
Argi nežinai, kad tai labai blogos vietos, mažoji, netgi turint
palydovą, o jau vienišam klajūnui – tikra mirtis?

– Aš tai žinau, – atsakė ji, – klajoju čia ne dėl malonumo,
tik ieškau Bereno.

– O ką tu žinai apie Bereną, ar išties kalbi apie Bereną, elfą
medžiotoją, Egnoro bo-Rimiono sūnų, mano draugą nuo senų
dienų?

– O ne, aš net nežinau, ar mano Berenas yra tas pats tavo
draugas, nes ieškau Bereno, atėjusio iš anapus Karčiųjų kalvų,
kurį pažinau miškuose prie savo tėvo namų. Dabar jis išėjo, ir
mano išmintingoji motina Gvendelinga sako, kad jis vergauja

baisiuose kačių valdovo Tevildo namuose, bet ar tai tiesa, o gal jam jau nutiko kas blogesnio, aš nežinau ir turiu jį surasti, nors jokio plano neturiu sugalvojusi.

– Tada aš sugalvosiu, – atsakė Huanas, – pasitikėk manimi, nes aš esu Huanas, šunų vadas, didžiausias Tevildo priešas. O dabar pailsėk truputį miško šešėliuose, aš tave pasaugosiu ir pagalvosiu.

Tinuvielė padarė, kaip jis siūlė, ir ilgai miegojo Huano saugoma, nes buvo labai išvargusi. Bet prabudusi tuojau pat pasakė:

– Ak, aš užtrukau per ilgai. Pasakyk man, ką sugalvojai, o Huanai?

Ir Huanas atsakė:

– Tai sunkus ir neaiškus reikalas, ir jokio kito patarimo negaliu tau duoti, kaip tik šį. Nusėlink, jei išdrįsi, ten, kur Tevildo gyvena, kol saulė aukštai ir Tevildo su savo namiškiais snaudžia terasose priešais vartus. Paskui kaip nors sužinok, ar Berenas iš tiesų viduje, kaip tavo motina sakė. O aš gulėsiu netoliese miškuose. Padarysi man malonumą ir padėsi sau pačiai, jei kalbėdama su Tevildo, nesvarbu, būtų ten Berenas ar ne, pasakysi jam, kad miškuose šioje vietoje matei Huaną silpną ir pasiligojusį. Tačiau nenurodyk vietos, nes pati turėsi jį atvesti, jei tik galėsi. O tada pamatysi, ką sugalvojau. Man rodos, kad išgirdęs tokias žinias Tevildo nesielgs su tavimi blogai ir neuždarys savo menėse.

Taip Huanas planavo sužeisti Tevildo, o galbūt ir nužudyti, bet kartu padėti Berenui, kurį spėjo tikrai esant tą patį Bereną, Egnoro sūnų, kurį mylėjo visi Hisilomės skalikai. O išgirdęs Gvendelingos vardą ir supratęs, kad ši mergelė yra miško fėjų princesė, užsidegė jai padėti, nes jo širdis tirpo nuo jos švelnumo.

O Tinuvielė sukaupusi drąsą sėlino Tevildo rūmų link ir Huanas, slapčia sekdamas paskui, labai stebėjosi jos drąsa. Jis sekė tiek ilgai, kiek tik galėjo, siekdamas įgyvendinti savo planą. Bet pagaliau ji pradingo jam iš akių ir išėjusi iš medžių priedangos atsidūrė aukšta žole apaugusioje pievoje, nusėtoje krūmokšniais, kylančioje vis aukštyn link kalvų. Virš šios akmenuotos kalnų atšakos švietė saulė, tačiau tolumoje už kalvų ir kalnų telkėsi juodas debesis, nes ten buvo Angamando tvirtovė. Tinuvielė ėjo pirmyn nedrįsdama net pažiūrėti į tą tamsą, ją kamavo baimė, šlaitas darėsi vis statesnis, žolė vis menkesnė, akmenų daugėjo, kol galiausiai takas atsirėmė į stačią uolą, o ten ant akmeninės iškyšos stovėjo Tevildo pilis. Į ją nevedė joks takas, bet šlaitas leidosi miškų link stačiomis terasomis ir niekas negalėjo pasiekti vartų kitaip, kaip tik didžiuliais šuoliais, o terasos kuo arčiau pilies darėsi aukštesnės. Šis pastatas turėjo nedaug langų, o arti žemės visai nė vieno – išties ir patys vartai buvo įrengti labai aukštai, kur žmonių būstuose būna antro aukšto langai, tačiau ant stogo buvo daugybė saulei atvirų plačių ir lygių vietų.

Tinuvielė nusiminusi užkopė į žemiausią terasą ir su baime pažvelgė į tamsią pilį kalvos viršūnėje, bet staiga už išsikišusio akmens pamatė saulėje tįsantį vienišą katiną, kuris atrodė miegąs. Jai priartėjus jis atmerkė savo geltoną akį ir sumirksėjo, o netrukus atsistojo, pasirąžė ir priėjęs arčiau tarė:

– Iš kur čia atklydai, panele, argi nežinai, kad įsibrovei į saulėtąsias jo didenybės Tevildo ir jo tarnų žemes?

Tinuvielė labai išsigando, bet sukaupusi visą drąsą prabilo:

– Šito nežinojau, mano pone, – o tai didžiai pamalonino senąjį katiną, kuris, tiesą sakant, tebuvo Tevildo durų sargas, – bet gal galėtumėte būti toks geras ir nuvesti mane pas Tevildo, net jeigu jis miega, – pridūrė ji pamačiusi, kaip vartų sargas apstulbęs ir nepatenkintas sumojavo uodega. – Turiu jam asmeniškai perduoti nepaprastai svarbią žinią. Vesk mane pas jį, mano pone, – maldavo ji ir katinas tuojau pat taip garsiai sumurkė, kad ji išdrįso paglostyti bjaurią jo galvą, kuri buvo gerokai didesnė už jos pačios, didesnė už bet kurio šuns, gyvenančio žemėje šiomis dienomis. Taip maldaujamas Umujanas, nes toks buvo jo vardas, tarė:

– Eik su manimi, – ir pačiupęs Tinuvielę už drabužių prie peties dideliam jos siaubui užsimetė ant nugaros ir užšoko ant antrosios terasos. Čia sustojo, ir Tinuvielei nusiropštus nuo jo nugaros pasakė: – Tau pasisekė, kad šią popietę mano viešpats Tevildo įsitaisė pagulėti ant šios terasos apačioje toli nuo namų, nes mane apėmė didis nuovargis ir miego troškimas, taigi bijausi dėl savęs ir nebegaliu toliau tavęs nešti.

O Tinuvielė buvo apsigaubusi savo juodos miglos apsiaustu.

Tai pasakęs Umujanas nusižiovavo ir pasirąžė, o paskui nuvedė ją terasa iki atviros vietos, kur įšilusių akmenų guolyje tįsojo siaubingas paties Tevildo pavidalas, abi pikta lemiančios jo akys buvo užmerktos. Prisiartinęs durininkas Umujanas tyliai sumurkė jam į ausį:

– Čia mergelė laukia tavo malonės, mano viešpatie, turi tau svarbių žinių ir mano atsisakymo ji nepriėmė.

Tevildo piktai sumosavo uodega ir pusiau pravėrė vieną akį.

– Ko nori, tik sakyk greitai, – pasakė jis, – nes dabar ne laikas prašyti Tevildo, kačių valdovo, audiencijos.

– Ak, pone, – drebėdama atsakė Tinuvielė, – nepyk, o ir neturėtum, kai išgirsi, ką pasakysiu, tačiau tai toks dalykas, kurio geriau net nesušnabždėti čia, kur vėjai pučia, – ir Tinuvielė tarsi nuogąstaudama žvilgtelėjo miško pusėn.

– Geriau nešdinkis, – atšovė Tevildo, – tu smirdi šunimi, o argi gali gerą žinią atnešti tas, kas turi reikalų su šunimis?

– Ak, pone, nieko nuostabaus, kad smirdžiu šunimis, nes ką tik pasprukau nuo vieno iš jų – tai labai didelis šuo ir mano naujienos apie jį, o jo vardą tu žinai.

Tevildo atsitūpė ir atsimerkė, tada apsidairė aplink ir tris kartus pasirąžė, o galiausiai liepė durininkui nešti Tinuvielę vidun, tad Umujanas užsikėlė ją ant nugaros, kaip ir anksčiau. O Tinuvielę apėmė siaubinga baimė, nes pasiekusi, ko troško, tai yra galimybės įžengti į Tevildo tvirtovę ir galbūt sužinoti, ar ten yra Berenas, toliau ji neturėjo jokio plano ir nežinojo, kas nutiks, – išties, jei būtų galėjusi, būtų pasprukusi. O katinai ėmė šuoliuoti terasomis pilies link, Umujanas nešdamas Tinuvielę įveikė vieną terasą, paskui kitą, bet po trečio šuolio suklupo taip, kad Tinuvielė šūktelėjo iš baimės, o Tevildo paklausė:

– Kas yra, Umujanai, tu nerangus katine? Jei amžius ima tave taip kamuoti, geriau paliktum tarnybą.

Bet Umujanas atsakė:

– O ne, viešpatie, nežinau, kas man yra, bet akyse temsta ir galva apsunkusi, – ir jis susvirduliavo tarsi girtas. Tinuvielė nuslydo jam nuo nugaros, o jis atsigulė ir kietai įmigo, tada įpykęs Tevildo pačiupo Tinuvielę, tikrai ne per švelniausiai, ir pats nunešė ją prie vartų. Stipriai atsispyręs įšoko vidun ir liepęs mergelei nulipti taip garsiai riktelėjo, kad baisus garsas nusirito tamsiais koridoriais. Visi tuojau pat atskubėjo, o jis keletui liepė nueiti pas Umujaną, surišti jį ir numesti nuo uolų.

– Šiaurės pusėje, kur jos stačiausios, man jis jau nebenaudingas, – kalbėjo jis, – nes dėl savo amžiaus nepastovi ant kojų.

Tinuvielė sudrebėjo girdėdama, koks negailestingas šis žvėris. Bet dar nebaigęs kalbėti jis pats nusižiovavo ir susvirduliavo tarsi staiga apimtas snaudulio, tad liepė kitiems nuvesti Tinuvielę į kažkokią patalpą viduje, o tai buvo valgomasis, kur Tevildo su savo pavaldiniais dorodavo mėsą. Ten buvo pilna kaulų ir siaubingai dvokė; nebuvo jokių langų ir tik vienos durys, tačiau buvo įrengtas langelis į virtuves, iš ten sklido raudona šviesa, šiek tiek nušviesdama patalpą.

Kai tie katinai ją paliko, Tinuvielė buvo apimta siaubo, tad kurį laiką stovėjo nedrįsdama nė pajudėti, bet netrukus priprato prie tamsos ir apsižvalgė, pamačiusi langelį su plačia palange kaipmat užšoko ant jos, nes ši buvo neaukštai, o elfė – vikri. Langelis buvo praviras, tad ji pamatė milžinišką skliautuotą virtuvę ir ugnis, liepsnojančias daugybėje židinių, taip pat ir tuos, kurie ten nuolatos plušo, tai buvo daugiausia katės – bet štai prie vieno židinio, išvargintas sunkaus darbo, palinkęs stovėjo Berenas. Tinuvielė prisėdo ir pravirko, bet nieko nedrįso daryti. Jai ten tebesėdint kambaryje staiga pasigirdo bjaurus Tevildo balsas:

– Na ir kurgi, Melko vardan, pasidėjo ta pakvaišusi elfė?

Tai išgirdusi Tinuvielė susigūžė prie sienos, bet Tevildo ją ten užsikorusią tuojau pat pastebėjo ir suriko:

– Tai šis paukštelis jau nebegieda. Lipk žemyn arba tave nukelsiu, nes, žiūrėk, aš neleisiu, kad elfai tyčiotųsi iš manęs reikalaudami audiencijos.

Persigandusi, bet tikėdamasi, kad galbūt Berenas išgirs jos skambų balsą, ji ėmė pasakoti savo istoriją taip garsiai, kad skliautai aidėjo, bet Tevildo ją nutraukė:

– Cit, panelyte, jei tavo reikalas toks slaptas, kad negalėjai kalbėti lauke, tai nėra reikalo šūkauti viduje.

Tinuvielė atsakė:

– Nekalbėk taip, o katine, galingasis kačių viešpatie, argi aš nesu Tinuvielė, fėjų princesė, kuri pasuko iš savo kelio, kad tave pamalonintų?

Sulig šiais žodžiais, kuriuos ji išrėkė netgi dar garsiau nei ankstesniuosius, virtuvėje pasigirdo garsus trenksmas, tarsi žemėn būtų pasipylę daugybė skardinių ir molinių indų, o Tevildo sunarnėjo:

– Turbūt tas kvailas elfas Berenas pargriuvo. O Melko, gelbėk mane nuo tokių.

Tačiau Tinuvielė, supratusi, kad Berenas ją išgirdo ir su-klupo iš nuostabos, pamiršo visas baimes ir jau nebesigailėjo savo drąsos. Tačiau Tevildo įsiutino išdidūs jos žodžiai ir, jei jam nebūtų rūpėję pirmiausia išsiaiškinti, kokios naudos galima išpešti iš jos pasakojimo, Tinuvielei tuojau pat būtų blogai pasibaigę. Ir iš tiesų, nuo tos akimirkos ji atsidūrė dideliame pavojuje, nes Melko ir visi jo vasalai Tinvelintą ir visą jo tautą laikė nusikaltėliais, su dideliu džiaugsmu viliojo juos į spąstus ir žiauriai kankino. Tad Tevildo būtų nusipelnęs didžiulę malonę, jei būtų atvedęs Tinuvielę savo ponui. Tiesą sakant, jis apie tai galvojo nuo tos akimirkos, kai ji pasisakė vardą, tik pirma norėjo sutvarkyti savo paties reikalus. Tačiau tą dieną jo protas buvo apsnūdęs, jis net pamiršo savo nuostabą pamačius, kad Tinuvielė sėdi ant virtuvės langelio palangės, nebegalvojo ir apie Bereną, tik troško išgirsti, ką papasakos Tinuvielė. Tad slėpdamas savo blogą nuotaiką paklausė:

– Taigi, ponia, nepyk, bet eikš ir numaldyk mano smalsumą – ką norėjai man papasakoti, nes jau laukiu ausis pastatęs.

Tinuvielė atsakė:

– Yra toks didžiulis žvėris, nirtus ir storžievis, o vardu jis Huanas, – tą vardą išgirdus Tevildo kupra išsirietė, šeriai pasišiaušė ir suspragsėjo žiežirbomis, o akys užsiplieskė raudona šviesa, – ir, – kalbėjo ji toliau, – man rodos apmaudu, kad toks padaras teršia miškus taip arti galingojo kačių valdovo buveinės, mano pone Tevildo.

Bet Tevildo atsakė:

– Jis nedrįsta čia nė kojos kelti, nebent slapčia.

– Kaip tai gali būti, – atsiliepė Tinuvielė, – nes dabar jis čia, tik, man rodos, galiausiai ir jo gyvenimas artėja prie pabaigos, nes klausyk, eidama per miškus pamačiau didžiulį žvėrį tįsant ant žemės ir dejuojant tarsi iš skausmo, ir štai – ten buvo Huanas, pakirstas kažkokio pikto burto ar ligos, tad jis guli bejėgis slėnyje ne toliau kaip už lygos į vakarus nuo šios menės. Bet gal ir nebūčiau trukdžiusi tavęs su šia žinia, jei žvėris, kai priėjau norėdama jam padėti, nebūtų ėmęs ant manęs urgzti ir pamėginęs įkąsti, tad pamaniau, kad jis nusipelnė to, kas jį ištiko. Visa ši Tinuvielės kalba buvo melas, patartas paties Huano, o eldarų mergelės yra nepratusios meluoti; bet niekad nesu girdėjusi, kad kas iš eldarų arba Berenas ją smerktų tuomet ar vėliau, nesmerkiu nė aš, nes Tevildo buvo labai blogas, o Melko – pats nedoriausias iš visų gyvų padarų, tad Tinuvielei pakliuvus į jų nagus grėsė baisus pavojus. Tačiau Tevildo pats buvo didelis ir įgudęs melagis, puikiai išmanantis visų žvėrių ir kitokių padarų melus ir klastas, tad retai suklysdavo spręsdamas, ar tikėti tuo, kas jam sakoma, ar ne, ir buvo linkęs netikėti niekuo, išskyrus tai, kuo pats trokšdavo patikėti, ir taip dažnokai būdavo apmaunamas sąžiningesnių už save. O istorija apie bejėgiškai tįsantį Huaną jam taip patiko, kad mielai ja patikėjo ir nusprendė bent jau patikrinti, bet pradžioje apsimetė abejingas sakydamas, kad ne toks čia jau ir svarbus reikalas, puikiausiai galėjo būti papasakotas lauke be jokio bruzdesio. Bet Tinuvielė atsakė nepagalvojusi, kad Tevildo, kačių valdovui, reikia aiškinti, kokia jautri Huano klausa, jis gali girdėti menkiausią garsą net už lygos, o jau kačių balsus dar iš toliau.

Tad Tevildo, apsimesdamas, kad netiki Tinuvielės pasakojimu, pamėgino išgauti, kur tiksliai galima būtų rasti Huaną, bet ji atsakinėjo miglotai, nes tai buvo vienintelė viltis ištrūkti iš pilies, ir galiausiai Tevildo, nugalėtas smalsumo ir prigrasinęs žiauriausiomis bausmėmis, jei pasirodytų, kad ji kalba netiesą, pasišaukė du savo pavaldinius, vienas iš kurių buvo Oikerojus, nuožmus ir karingas katinas. Tada visi trys kartu su Tinuviele paliko pilį, bet ji nusivilko savo juodą stebuklingą apsiaustą ir sulankstė jį taip, kad didelis ir tankiai nuaustas rūbas atrodė lyg mažutė skarelė (nes ji gebėjo tai padaryti), taip ji buvo nunešta žemyn per terasas be jokio pavojaus ir mieguistumas jos nešėjo nekankino. Tad jie nuslinko per miškus jos nurodyta kryptimi ir netrukus Tevildo užuodė šunį, jo didžiulė uodega pasišiaušė ir ėmė plakti šonus, tačiau netrukus jis įkopė į didžiulį medį ir pažvelgė į Tinuvielės nurodytą slėnį. Ten jis iš tiesų pamatė didžiulį Huano pavidalą, paslūką, dejuojantį ir aimanuojantį, ir skubiai nulipo žemyn apimtas piktdžiugos, per tą skubėjimą pamiršęs Tinuvielę, kuri drebėdama iš baimės dėl Huano pasislėpė paparčiuose. Tevildo ir dviejų jo pakalikų planas buvo tyliai nuslinkti į slėnį iš visų trijų pusių, staigiai iš pasalų užpulti Huaną ir jį nužudyti, o jei jis būtų per silpnas kautis, tai tiesiog pasilinksminti jį kankinant. Jie taip ir padarė, tačiau kai šoko ant jo, Huanas staiga galingai pašoko ir griebė dantimis tam katinui Oikerojui už sprando, ir Oikerojus pakratė kojas, tačiau kitas katinas tuojau pat spruko ir įsiropštė į didžiulį medį, tad Tevildo liko akis į akį su Huanu, o tokio posūkio jis visiškai nesitikėjo. Huanas buvo pernelyg greitas, kad nuo jo paspruktum, tad jie nuožmiai susigrūmė toje laukymėje, o Tevildo klyksmas buvo siaubingas, tačiau galiausiai Huanas sugriebė jį už gerklės ir tas galingas katinas būtų žuvęs, jei aklai besidraskydamas netyčia nebūtų pataikęs Huanui nagu į akį. Huanas iškorė liežuvį, o Tevildo baisingai žviegdamas išsivadavo ir šoko ropštis į aukštą medį lygiu kamienu, kaip jau buvo padaręs jo bendrininkas. Nepaisydamas skausmingos žaizdos Huanas šokinėjo po tuo medžiu ir garsiai lojo, o Tevildo keikė jį iš viršaus.

Tuomet Huanas pasakė:

– Klausyk, Tevildo, štai ką tau sako Huanas, kurį tikėjaisi sugauti ir nužudyti bejėgį lyg kokią apgailėtiną pelę, kaip esi įpratęs: sėdėk per amžius šiame vienišame medyje ir nukraujuok mirtinai iš savo žaizdų, arba nulipk ir vėl paragauk mano dantų. Bet jei nei viena, nei kita išeitis tau nepatinka, tada pasakyk man, kur yra Tinuvielė, fėjų princesė, ir Berenas, Egnoro sūnus, nes tai mano draugai. Jie bus išpirka už tavo gyvybę, nors tu tiek ir nevertas.

– Toji prakeikta elfė tai žliumbia štai ten, papartyne, jei ausys manęs neapgauna, – atsakė Tevildo, – o Berenas, manau, gerokai apdraskytas mano virėjos Miaulės už nerangumą, buvo mano pilies virtuvėje prieš kokią valandą.

– Tada jie abu tebus saugiai pristatyti man, – pareiškė Huanas, – o tu galėsi grįžti į savo menes ir netrukdomas laižytis žaizdas.

– O taip, žinoma, mano tarnas, kuris yra čia, tau juos atneš, – atsakė Tevildo, bet Huanas suurzgė:

– Tai jau taip, o kartu atsives visą pulką tavo gentainių, orkų ir kitų Melko bjaurasčių. Na jau ne, aš nesu kvailys, geriau jau duok Tinuvielei kokį ženklą ir ji pasiims Bereną, kitaip liksi čia, jei visos kitos išeitys tau netinka.

Tad Tevildo buvo priverstas numesti žemyn savo auksinį kaklo papuošalą – ženklą, kurio joks katinas nedrįs paniekinti, tačiau Huanas tarė:

– O ne, to nepakanka, nes vien tik šis ženklas sukels visus taviškius ant kojų tavęs ieškoti.

Tevildo tai žinojo ir būtent to tikėjosi. Bet galiausiai alkis, nuovargis ir baimė įveikė šį išdidų kataną, valdovą, tarnaujantį Melko, ir teko jam atskleisti kačių paslaptį, Melko jam patikėtą burtažodį, o tai buvo magiški žodžiai, kurie rišo jo blogio pilies akmenis vieną prie kito ir pajungė jo valdžiai visus kačių padermės padarus, pripildydami juos blogio galių, pranokstančių jų pačių prigimtį; nes jau seniai buvo kalbama, kad Tevildo yra piktoji dvasia žvėries pavidalu. Ir kai jis pagaliau ištarė tuos žodžius, Huanas nusijuokė taip, kad miškai suskambo, nes jis supratos, kad kačių galios laikai baigėsi.

O Tinuvielė nešina auksiniu Tevildo antkakliu nuskubėjo atgal prie žemiausios terasos priešais vartus ir ištarė burtažodžius savo skambiu balsu. Ir štai pasigirdo baisus begalės kačių kniaukimas, o Tevildo pilis sudrebėjo, iš jos pasipylė katės ir katinai, nepaprastai sumažėję, ir baiminosi Tinuvielės, kuri mojuodama Tevildo kaklo papuošalu ištarė žodžius, jai girdint Tevildo pasakytus Huanui, ir visi susigūžė prieš ją. O ji pasakė:

– Klausykit, visi priklausantys elfų tautai ir žmonių vaikai, kurie yra kalinami tame dvare, tebus išvesti laukan.

Ir štai buvo išvestas Berenas, tačiau daugiau vergų nebuvo, tik vienas Gimlis, susenęs gnomas, sulinkęs ir apakęs, tačiau jo klausa buvo pati jautriausia pasaulyje, kaip iki šiol dainuojama. Gimlis išėjo remdamasis lazda, o Berenas jam padėjo. Jis buvo apdriskęs ir išsekęs, o rankoje turėjo didžiulį peilį, kurį pasičiupo virtuvėje, bijodamas kokios naujos blogybės, kai sudrebėjo pilis ir pasigirdo kačių kniaukimas; tačiau pamatęs Tinuvielę, stovinčią tarp kačių, kurios jos baidėsi, ir didijį Tevildo antkaklį jos rankose, tiesiog sustingo iš nuostabos ir nebežinojo, ką galvoti. Bet Tinuvielė labai nudžiugo ir taip prabilo:

– O Berenai iš anapus Karčiųjų kalvų, ar dabar pašoksi su manimi, bet gal ne čia.

Ir nusivedė Bereną tolyn, o visos katės ėmė kaukti ir klykti taip, kad Huanas ir Tevildo toli miškuose jas išgirdo, bet nė viena jų nepersekiojo ir nesivijo, nes bijojo, o ir Melko galybė buvo jas palikusi.

Šito jos vėliau pasigailėjo, kai Tevildo grįžo namo, lydimas drebančio bendražygio, nes Tevildo pyktis buvo baisus, jis plakė uodega ir draskė visus, kas tik prisiartindavo. O Huanas, nors tai galėjo pasirodyti kvaila, kai Berenas ir Tinuvielė grįžo į tą laukymę, nenoromis paleido piktąjį kačių valdovą be tolesnės kovos, tačiau didijį aukso antkaklį užsisegė sau ant kaklo, o dėl to Tevildo siuto labiau nei dėl ko kito, nes tame antkaklyje glūdėjo stipri galios ir stiprybės magija. Huanui labai nepatiko, kad Tevildo liko gyvas, bet jis daugiau niekada nebijojo kačių, o jų gentis nuo tų laikų visada bijo šunų, o šunys po Tevildo pažeminimo miškuose prie Angamando jas niekina; didesnio žygdarbio Huanas jau niekada neatliko. Kai Melko visa tai išgirdo, prakeikė Tevildo su visa jo gimine ir ištrėmė juos, nuo to laiko katės nebeturi valdovo nei šeimininko, nei jokio draugo, jos dejuoja ir spiegia, nes jų širdys vienišos, pilnos kartėlio ir praradimo jausmo, tačiau jas supa tamsa be jokio vilties žiburėlio.

Bet tuo metu, apie kurį pasakoju, didžiausias Tevildo troškimas buvo vėl sugauti Bereną su Tinuviele ir nužudyti Huaną, kad galėtų atgauti prarastus burtus ir magiją, nes jis didžiai bijojo Melko ir nedrįso prašyti šeimininko pagalbos nei pasakoti apie savo pralaimėjimą ir burtažodžių praradimą. Nors ir nežinodamas apie tai, Huanas vengė tų vietų ir labai baiminosi, kad žinios apie tuos įvykius per greit nepasiektų Melko ausų, kaip dažniausiai nutikdavo; tad Tinuvielė ir Berenas toli nukeliavo kartu su Huanu ir labai su juo susidraugavo. Berenas vėl sustiprėjo ir atsikratė vergovės prisiminimų, o Tinuvielė jį mylėjo.

Tačiau tos dienos buvo sunkios, atšiaurios ir labai vienišos, nes jie nė karto nesutiko žmogaus nei elfo, o Tinuvielė po truputį ėmė skaudžiai ilgėtis savo motinos Gvendelingos ir jos švelnių stebuklingų lopšinių, kurias ji dainuodavo savo vaikams, kai miškai paskęsdavo prieblandoje. Ne kartą jai beveik atrodydavo, kad girdi Dairono, savo brolio, fleitą mielose laukymėse, ir jos širdis apsunko. Galiausiai ji pasakė Berenui ir Huanui:

– Turiu grįžti namo.

Bereno širdį užplūdo skausmas, nes jis mylėjo tą gyvenimą miškuose su šunimis (nes daugybė jų atėjo prisidėti prie Huano), bet be Tinuvielės visas džiaugsmas būtų dingęs.

Vis dėlto jis atsakė:

– Niekada negalėsiu sekti paskui tave į Artanoro žemę nei ateiti vėliau tavęs ten ieškoti, mieloji Tinuviele, nebent atneščiau Silmarilą, o to niekada negalėsiu padaryti, nes argi nesu pabėgėlis iš paties Melko dvaro ir argi man negresia siaubingos kančios, jei kas iš jo tarnų mane pamatys.

Jis tai pasakė širdgėlos apimtas, kai skyrėsi su Tinuviele, ir jos širdyje kilo audra, ji negalėjo pakelti minties, kad praras Bereną, tačiau ir toks gyvenimas nuolatinėje tremtyje buvo įsipykęs. Tad ji ilgai sėdėjo paskendusi liūdnose mintyse ir tylėjo, o Berenas prisėdo greta ir galiausiai pasakė:

– Tinuviele, mes tegalime padaryti viena – gauti Silmarilą.

O ji tuomet pažvelgė į Huaną klausdama jo patarimo, bet šis buvo labai rimtas ir visą šį reikalą laikė kvailyste. Tačiau galiausiai Tinuvielė išprašė jo, kad atiduotų Oikerojaus, kurį jis buvo nužudęs laukymėje, kailį, o Oikerojus buvo didžiulis katinas ir tą kailį Huanas nešiojosi kaip trofėjų.

Ir Tinuvielė pasitelkė visas savo galias ir fėjų magiją, apsiautė Bereną tuo kailiu ir padarė jį panašų į didelį katiną, mokė jį sėdėti ir gulėti, vaikščioti, šuoliuoti ir tipenti kaip katiną, kol Huanui nuo to vaizdo pasišiaušė šeriai, o Berenas ir Tinuvielė ėmė juoktis. Tačiau Berenas taip ir neišmoko klykti, dejuoti ar murkti kaip visi kiti katinai, ir Tinuvielei nepavyko įžiebti negyvose mirusio katino akyse žibėjimo.

– Tačiau reikia su tuo susitaikyti, – pasakė ji, – o tu atrodai labai kilnus katinas, jei tik prikąsi liežuvį.

Tada jie atsisveikino su Huanu ir patraukė į Melko dvarą, kasdien pakeliaudavo po truputį, nes Berenui buvo labai nepatogu ir karšta Oikerojaus kailyje, o Tinuvielei po tokio ilgo nerimo truputį palengvėjo širdis ir ji glostė Bereną arba tampė už uodegos, o Berenas pyko, nemokėdamas piktai plakti uodega, kaip jam norėjosi. Bet pagaliau jie atsidūrė netoli Angamando, kaip skelbė dundesys, didžiulis triukšmas ir dešimties tūkstančių kalvių, dirbančių be poilsio, kūjų plakimas. Visai arti buvo liūdni kalėjimai, kur vergais paversti noldoliai kartėlio kupinomis širdimis dirbo prižiūrimi kalvų orkų bei goblinų. Čia viešpatavo niūri tamsa ir jų širdys nutirpo, bet Tinuvielė vėl apsisiautė savo gilaus miego apsiaustu. Angamando vartai buvo kaltinės geležies, baisaus pavidalo, prismaigstyti spyglių ir peilių, o priešais juos gulėjo pats didžiausias vilkas, kokį tik yra matęs pasaulis, pats Karkarasas Peiliadantis, kuris niekada nemiega, o pamatęs artinantis Tinuvielę jis suurzgė, bet į katiną nekreipė jokio dėmesio, nes katės jam nerūpėjo, be to, jos dažnai šmirinėjo pirmyn ir atgal.

– Nepyk, o Karkarasai, – tarė Tinuvielė, – nes aš ieškau savo viešpaties Melko, o šis Tevildo pavaldinys mane lydi.

Tamsus apsiaustas slėpė visą jos tviskantį grožį ir Karkarasas nieko neįtarė, bet vis dėlto priėjo, kaip buvo pratęs, jos apuostyti, o malonaus eldarės kvapo šis apsiaustas negalėjo paslėpti. Tad Tinuvielė tuojau pat pradėjo magišką šokį mojuodama juodomis apsiausto gijomis jam prieš akis ir vilko kojos sulinko, jis griuvo ant šono ir užmigo. Bet Tinuvielė nesiliovė šokusi, kol jis nugrimzdo į gilius sapnus apie medžiokles Hisilomės miškuose dar tais laikais, kai tebuvo šunytis. Tuomet Lutijena su Berenu įžengė pro juodus vartus ir klupinėdami įveikė daugybę vingiuotų koridorių, kol galiausiai atsidūrė Melko akivaizdoje.

Šioje prietemoje Bereną visi palaikė tikru Tevildo tarnu, nes ir iš tiesų Oikerojus anksčiau buvo dažnas svečias Melko dvare, tad niekas nekreipė į jį dėmesio. Jis nepastebimai nuslinko tiesiai po ainuro sostu, tačiau nusigando ten tūnančių gyvačių ir kitokių bjaurybių, tad nedrįso nė pajudėti.

Juos abu lydėjo sėkmė, nes jei pas Melko būtų viešėjęs Tevildo, jų apgavystė būtų greitai išaiškėjusi – būtent šio pavojaus jie ir bijojo, nežinodami, kad Tevildo dabar tyliai sėdi savo pilyje neišmanydamas, ką daryti, kad garsas apie jo nesėkmes nepasiektų Angamando. Bet štai Melko pastebėjo Tinuvielę ir tarė:

– Kas tu tokia, kad sukiojiesi mano rūmuose kaip šikšnosparnis? Kaip čia patekai? Tau čia tikrai ne vieta.

– Kol kas dar ne, – atsakė Tinuvielė, – bet gal bus vėliau, tavo gerumo dėka, mano pone Melko. Argi nežinai, kad esu Tinuvielė, Tinvelinto nusikaltėlio dukra, o jis išvarė mane iš savo rūmų, nes yra arogantiškas elfas, o aš nesutikau atiduoti savo meilės pagal jo įsakymą.

Dabar Melko išties nustebo, kad Tinvelinto dukra laisva valia atėjo į jo buveinę, į baisųjį Angamandą, ir nujausdamas kažką negero paklausė, ko ji nori.

– Argi nežinai, – kalbėjo jis, – kad nei tavo tėvas, nei jo tauta nėra čia laukiami, ir tau nedera tikėtis iš manęs švelnių žodžių ar pritarimo.

– Taip sakė ir mano tėvas, – atsakė ji, – bet kodėl turėčiau juo tikėti? Žiūrėk, aš moku dailiai šokti ir dabar pašoksiu tau, mano pone, nes man rodosi, kad mielai paskirsi man kokį menką kampelį savo rūmuose, kur galėčiau gyventi, kol tau prireiks menkos šokėjos Tinuvielės rūpesčiams išsklaidyti.

– O ne, – atsakė Melko, – man tokie niekai nerūpi, bet jei jau atėjai šokti, tai šok, o paskui matysim, – tai sakant jo akyse sužibo bjauri klasta, nes tamsus jo protas sumanė kai ką blogo.

Ir Tinuvielė pradėjo tokį šokį, kokio nei ji pati, nei jokia kita dvasia, fėja ar elfas nebuvo šokę iki tol ir nebešoks po to, ir po kurio laiko netgi Melko akys ėmė sekti ją su nuostaba. Ji sukosi ratu po menę, greita tarsi kregždė, tyli tarsi šikšnosparnis, stebuklingai graži, kokia tik tegalėjo būti Tinuvielė, štai ji greta Melko, o štai jau prieš jį ar už jo, tamsios miglos apsiaustas vis paliesdavo jo veidą ir akis, o visi, kurie sėdėjo ar stovėjo prie sienų, vienas po kito buvo apimti snaudulio ir užmigo nugrimzdami į malonius sapnus, kokių tik jų piktos širdys troško.

Po sostu gyvatės sustingo lyg akmenys, vilkai prie jo kojų žiovavo ir snaudė, tačiau Melko spoksojo lyg užkerėtas, bet nemiegojo. Tad Tinuvielė ėmė šokti dar greičiau, o šokdama uždainavo tyliai ir nuostabiai, kaip Gvendelinga labai seniai buvo ją išmokiusi, dainą, kurią dainuodavo jaunuoliai ir mergelės po kiparisais Lorieno soduose gęstant Aukso medžiui ir sušvintant Silpionui. Jos dainoje skambėjo lakštingalų balsai, o kai ji sukosi aplink lengva lyg plunksnelė vėjyje, tas šlykščias menes, rodės, pripildė nuostabūs kvapai. Jau niekada šios sienos nebematys tokio grožio ir nebeišgirs tokio balso, ir ainuras Melko nepaisant visos savo galios ir didybės pasidavė šios elfų mergelės kerams ir išties netgi paties Lorieno akys būtų užsimerkusios, jei tik jis būtų galėjęs tai matyti. Apsnūdęs Melko palinko į priekį ir miego įveiktas nuslydo nuo sosto ant grindų, o geležinė karūna nusirito grindimis.

Staiga Tinuvielė sustojo. Menėje nebuvo girdėti nė garso, tik tylus miegančiųjų šnopavimas, netgi Berenas miegojo po Melko sostu, bet Tinuvielė jį tol purtė, kol jis prabudo. Tuomet išsigandęs ir drebėdamas jis nusiplėšė savo maskuotę ir išsilaisvinęs pašoko ant kojų. Ir išsitraukia jis tą peilį, kurį buvo pasičiupęs Tevildo virtuvėje, ir griebia didžiulę geležinę karūną, nes Tinuvielė negalėjo jos net pajudinti, o ir visos Bereno jėgos vos užteko. Siaubinga yra jų baimė tose miegančio blogio menėse, kur Berenas tyliai darbuojasi peiliu stengdamasis išlupti Silmarilą. Ir štai jis išjudina didįjį centre įtaisytą brangakmenį, o prakaitas merkia jo kaktą, bet jau išimant jį iš karūnos štai peilis kuo garsiausiai trakšteli.

Tinuvielė užgniaužia riksmą, o Berenas šoka šalin su vienu Silmarilu rankoje, miegantieji sujuda, o Melko sudejuoja, tarsi blogos mintys būtų sudrumstusios jo sapnus, miegantis jo veidas pasidaro niūrus. Tad pasitenkinę šiuo vienu akmeniu jie abu skubiai spruko iš menės, klupinėdami nubėgo tamsiais

koridoriais, kol pagaliau pamatę mirgančią pilką šviesą supra-
to, kad netoli vartai – betgi štai! Ant slenksčio guli Karkarasas
prabudęs ir vėl budrus.

Berenas kūnu užstojo Tinuvielę, nors ji sakė, kad nereikia,
ir pasirodė, kad tai buvo blogas sprendimas, nes Tinuvielė ne-
spėjo vėl paleisti snaudulio burto ant žvėries, kuris pamatęs
Bereną iššiepė dantis ir piktai suurzgė.

– Ko toks surūgęs, Karkarasai? – paklausė Tinuvielė.

– O ko šis gnomas, kuris neįėjo vidun, dabar taip skuba
išeiti laukan? – atšovė Peiliadantis ir šoko ant Bereno, bet šis
trenkė kumščiu vilkui tiesiai į tarpuakį kita ranka griebdamas
už gerklės.

Karkarasas griebė tą ranką savo baisingais dantimis, o to-
je rankoje Berenas spaudė švytintį Silmarilą, vilkas nukando
jam ranką su visu brangakmeniu ir surijo. Baisus skausmas
sukaustė Bereną, o Tinuvielė persigando, jie jau tikėjosi naujo
puolimo, tačiau nutiko visiškai netikėtas ir nuostabus dalykas.
Silmarilas ne tik švytėjo balta slapta liepsna, bet ir buvo pilnas
didingos ir šventos magijos – nes argi jis nebuvo sukurtas Va-
linore ir palaimintuose kraštuose, argi nebuvo užburtas dievų
ir gnomų dar prieš tai, kai blogis aplankė tą šalį? – jo negalė-
jo paliesti jokia netyra ranka. O dabar jis pateko į niekšingą
Karkaraso kūną ir staiga šį žvėrį apėmė didžiulis skausmas, jis
užkaukė taip baisiai, kad aidas nusirito kalnuotais keliais ir
visas miegantis dvaras prabudo. Tuomet Tinuvielė su Berenu
lyg vėjas leidosi bėgti nuo vartų, tačiau juos pralenkė Karkara-
sas, apimtas beprotybės siautulio, tarsi persekiojamas balrogų.
O kai jie jau galėjo atsikvėpti, Tinuvielė pravirko žiūrėdama į
sužalotą Bereno ranką ir bučiavo ją, ir štai kraujas liovėsi bė-
gęs, skausmas pasitraukė, ranka išgijo nuo švelnios jos meilės,
o Berenas nuo tų laikų visų tautų yra vadinamas Ermabvedu,
Vienarankiu, o Vienišosios salos kalba tai būtų Elmavoitė.

Bet dabar jiems reikėjo galvoti, kaip pasprukti – jei pasiseks, tad Tinuvielė priglaudė po savo apsiaustu Bereną ir abu slepiami sutemų, glausdamiesi tarp kalvų, keliavo niekieno nepastebėti, nors Melko sukėlė jų ieškoti visus savo siaubinguosius orkus, o jo įsiūtis praradus nuostabų brangakmenį buvo didesnis, nei elfai kada buvo matę.

Tačiau netrukus Berenui su Tinuviele ėmė atrodyti, kad persekiotojų tinklas vis labiau veržiasi aplink juos, ir nors jie jau buvo pasiekę geriau pažįstamų miškų pakraštį ir perėję Taurfuino miško tamsumas, laukė dar ilgas ir pavojingas kelias iki karaliaus urvų, ir net jei kada pavyktų ten nusigauti, gali būti, kad medžiotojai atseks juos ten ir Melko neapykanta užgrius miško tautą. Ir išties persekiotojų klyksmai ir triukšmas buvo tokie garsūs, kad Huanas juos išgirdo iš tolo ir labai stebėjosi tųdviejų drąsa, o dar labiau tuo, kad jiems pavyko ištrūkti iš Angamando.

Tad jis pasileido per miškus su daugybe kitų šunų medžiodamas orkus ir Tevildo tarnus, buvo daugybę kartų sužeistas, bet ir jų daugybę nužudė ar privertė persigandus sprukti, kol galiausiai vieną vakarą tirštėjant prieblandai valarai atvedė jį į laukymę Artanoro šiaurėje; toji sritis vėliau vadinta Nan Dumgortinu, tamsių stabų kraštu, bet ši sakmė ne apie tai. Tačiau net ir anais laikais tai buvo tamsus, niūrus, nelaimės nuojauta persunktas kraštas, ir siaubas klaidžiojo jo ūksmėse ne mažiau nei Taurfuine, o šiedu elfai Tinuvielė ir Berenas gulėjo ten pavargę ir be jokios vilties, Tinuvielė verkė, bet Berenas gniaužė peilį.

Kai Huanas juos pamatė, neleido net išsižioti nei papasakoti savo istorijos, bet tučtuojau liepė Tinuvielei sėstis ant galingos jo nugaros, o Berenui bėgti greta kaip galima greičiau.

– Nes, – pasakė jis, – čia ateina didžiulis orkų būrys, o vilkai seka jūsų pėdomis ir rodo jiems kelią.

Visa Huano gauja apsupo juos ir jie nubėgo slaptais takais taip greitai, kaip tik galėjo, tolimų Tinvelinto tautos namų linkui. Ir taip nutiko, kad jie išvengė persekiotojų gausybės, bet vėliau dar buvo daugybė susidūrimų su klaidžiojančiais blogio padarais, o Berenas nukovė orką, kuris arti priėjęs norėjo pačiupti Tinuvielę, tai buvo geras darbas. Matydamas, kad persekiotojai neatsilieka, Huanas vėl nuvedė juos slaptais vingiuotais takais ir nedrįso kol kas tiesiai keliauti į miško fėjų kraštą. Ir jis taip gudriai mėtė pėdas, kad galiausiai po daugybės dienų persekiotojai pasiliko labai toli ir jau nebesigirdėjo orkų gaujų riksmų, pasalose nebetykojo goblinai ir naktimis nebebuvo girdėti piktųjų vilkų staugimo. Galbūt tai nutiko dėl to, kad jie jau įžengė į Gvendelingos magijos ratą, kuris slėpė takus nuo blogų padarų ir saugojo miško elfų žemes nuo žalos.

Tik tuomet Tinuvielė lengviau atsikvėpė ir našta, slėgusi nuo pat pabėgimo iš tėvo namų, pranyko, o Berenas ilsėjosi saulėkaitoje toli nuo niūraus Angbando, kol galiausiai širdyje ištirpo vergovės kartėlio likučiai. Ir jie nebebijojo, nes pro žalius lapus skverbėsi šviesa ir šnabždėjo gaivūs vėjai, o šakose giedojo paukščiai.

Bet vis dėlto atėjo diena, kai Berenas atsipeikėjo ir krūptelėjo tarsi žmogus, pabudęs iš nuostabaus sapno. Jis tarė:

– Geros kloties, Huanai, ištikimasis drauge, ir tau, mažoji Tinuviele, mylimoji mano, kuo geriausios kloties. Teprašau, kad keliautum tiesiausiu keliu į savo saugius namus, o gerasis Huanas tegu tave palydi. Tačiau aš, ak, turiu vienišas keliauti į miškus, nes praradau Silmarilą, kurį turėjau, ir daugiau jau nebedrįsiu artintis prie Angamando, todėl niekada nebeišdrįsiu pasirodyti Tinvelinto menėse.

Ir be garso pravirko, tačiau Tinuvielė, kuri buvo arti ir girdėjo jo svarstymus, priėjo dar arčiau ir tarė:

– O ne, mano širdis dabar kalba kitaip, ir jei tu gyvensi miš-
kuose, o Berenai Ermabvedai, tada ten gyvensiu ir aš, ir jei tu
klajosi laukinėse dykrose, aš klajosiu kartu arba seksiu tave, ir
jau niekada mano tėvas manęs nebepamatys, nebent tu mane
pas jį nuvestum.

Bereną iš tiesų pradžiugino šie meilūs žodžiai ir jis mie-
lai būtų gyvenęs medžioklio gyvenimą laukiniuose kraštuose
kartu su Tinuviele, tačiau širdis jam plyšo dėl viso, ką ji buvo
dėl jo iškentėjusi. Tad dėl jos jis pamynė savo puikybę. Be to, ji
įtikinėjo jį sakydama, kad būtų kvaila spirtis ir jos tėvas sutiks
juos maloniai, nes džiaugsis matydamas dukrą gyvą.

– Ir galbūt, – kalbėjo ji, – jis gėdysis, kad dėl jo pokšto tavoji
ranka pakliuvo į Karkaraso nasrus. – Bet ji ir Huaną įtikinėjo
grįžti kartu, nes: – Mano tėvas tave, o Huanai, gausiai apdova-
nos, jei jis nors kiek myli savo dukrą.

Tad nutiko taip, kad visi trys vėl iškeliavo kartu ir galiausiai
atėjo į miškus netoli savo tautos buveinių ir požeminių namų
menių, kuriuos Tinuvielė pažinojo ir mylėjo. Tačiau prisiartinę
pamatė tokį sąmyšį ir baimę, kokio šioje tautoje seniai nebuvo,
ir paklausinėję elfų, verkiančių prie savo namų durų, sužinojo,
kad nuo pat slapto Tinuvielės pabėgimo juos ėmė persekioti
nelaimės. Karalius pamišo iš sielvarto, jo senovinis atsargumas
ir gudrumas apsilpo, jis siuntinėjo karius į visas puses, į toli-
mus pavojingus miškus ieškodamas savo vaikelio, ir daug jų
buvo nužudyti ar amžiams pasiklydo, o prie šiaurinių ir rytinių
sienų kilo karas su Melko tarnais ir visa tauta bijojo, kad tas
ainuras sutelks visą savo galybę ir ateis jų sutriuškinti, o Gven-
delingos magija nepajėgs sulaikyti orkų pulkų.

– Ir štai, – kalbėjo jie, – atsitiko dar vienas dalykas, blo-
giausias iš visų, nes karalienė Gvendelinga jau seniai sėdi nuo-
šaliai, nesišypso ir nekalba, išvargusiomis akimis žvelgdama
į tolumas, ir jos kerų voratinklis aplinkui miškus vis silpnėja,

o ir miškai tapo niūrūs, nes Daironas nebegrįžo ir laukymėse nebeskamba jo fleita. O visų blogiausia naujiena, kad pas mus iš Blogio buveinių atlėkė siaubingas didžiulis pilkas vilkas, pilnas piktosios dvasios, jis siautėja tarsi apimtas slaptos beprotybės ir niekas nebėra saugus. Jis jau išžudė daugybę lakstydamas po miškus, kaukdamas ir viską draskydamas, netgi upelio, tekančio priešais karaliaus menes, šlaitai virto pavojinga vieta. Tas siaubingas vilkas čia dažnai ateina atsigerti, jis atrodo lyg piktoji dvasia krauju pasruvusiomis akimis ir karančiu liežuviu, rodos, jam niekaip nepavyksta numalšinti troškulio, tarsi būtų deginamas kažkokios vidinės ugnies.

Girdėdama apie savo tautos kančias Tinuvielė nuliūdo, o labiausiai širdis apkarto išgirdus Dairono istoriją, nes apie tai ji dar nebuvo girdėjusi. Tačiau negalėjo prisiversti norėti, kad Berenas nebūtų atėjęs į Artanoro žemes, tad kartu jie nuskubėjo pas Tinvelintą, o miško elfams jau ėmė atrodyti, kad dabar, kai Tinuvielė sugrįžo pas juos sveika ir gyva, visam blogiui atėjo galas. Jie jau buvo praradę viltį jos sulaukti.

Karalių Tinvelintą jie rado didžiai nusiminusį, tačiau staiga jo liūdesį ištirpdė džiaugsmo ašaros, o Gvendelinga uždainavo iš laimės, kai Tinuvielė įžengė į menę ir nusimetusi tamsios miglos apsiaustą stojo prieš juos švytėdama perlo baltumu kaip anksčiau. Akimirką menėje viešpatavo džiugesys ir nuostaba, bet štai galiausiai karalius pažvelgia į Bereną ir sako:

– Taigi, ir tu sugrįžai, be abejonės, atnešdamas Silmarilą, kad atsilygintum už visą blogį, kurį padarei mano žemėms, o jei neatnešei, tai nesuprantu, kodėl čia esi.

Tada Tinuvielė treptelėjo koja ir suriko taip, kad karalius ir visi aplink nusistebėjo šia netikėta jos drąsa:

– Gėdykis, tėve, nes štai stovi drąsusis Berenas, kurį tavo juokai nubloškė į tamsias vietas ir siaubingą nelaisvę, ir vien tik valarai išgelbėjo jį nuo baisios mirties. Ir man rodos, kad eldarų karaliui labiau pritiktų jį apdovanoti negu plūsti.

– O ne, – atsakė Berenas, – karalius, tavo tėvas, turi tokią teisę. Mano viešpatie, aš netgi dabar laikau Silmarilą savo rankoje.

– Tai parodyk jį man, – atsakė apstulbęs karalius.

– Negaliu, – atsiliepė Berenas, – nes tos mano rankos čia nėra, – ir jis ištiesė savo nukąstą ranką.

Tuomet karalius pajuto Berenui palankumą dėl jo drąsaus ir mandagaus elgesio ir paprašė papasakoti viską, kas jiedviem nutiko, jis troško viską išgirsti, nes negalėjo iki galo suvokti Bereno žodžių prasmės. O kai jau viską išgirdo, širdyje pajuto dar didesnį palankumą Berenui ir stebėjosi meile, kurią jis pažadino širdyje Tinuvielės, kuri atliko didesnių žygdarbių ir parodė daugiau drąsos nei kuris kitas jo tautos karys.

– Daugiau niekada, – kalbėjo karalius, – o Berenai, meldžiu, nepalik mano dvaro ir Tinuvielės, nes esi didis elfas ir tavo vardo šlovė mano tautoje neišblės.

Tačiau Berenas jam atsakė išdidžiai:

– O ne, karaliau, laikysiuosi savo žodžio ir atnešiu tau Silmarilą, nes kitaip negalėsiu ramiai gyventi tavo menėse.

Karalius maldavo jo nesileisti į dar vieną kelionę į tamsias ir nežinomas žemes, tačiau Berenas atsakė:

– Ir nereikės, nes žinok, kad šis brangakmenis netgi dabar yra netoli tavo urvų, – ir jis paaiškino Tinvelintui, kad žvėris, siaubiantis jo žemes, yra ne kas kitas, kaip tik Karkarasas, Melko vartų sargas, – šito iki tol niekas nežinojo, bet Berenui tai pasakė Huanas, kuris gebėjo uosti pėdsakus kaip joks kitas skalikas, o juk jie visi puikiai įvaldę tą meną. O pats Huanas ir dabar buvo karaliaus menėse ir, kai karalius su Berenu prakalbo apie gaudynes ir didžiulę medžioklę, jis taip pat pasiprašė dalyvauti ir buvo su džiaugsmu priimtas. Tad visi trys pasiruošė persekioti žvėrį, kad visa tauta būtų išvaduota nuo siaubo, o Berenas galėtų išlaikyti žodį ir Silmarilas vėl švytėtų elfų kraštuose. Gaudynėms vadovavo pats karalius Tinvelintas, greta buvo Berenas, o Mablungas Sunkiarankis, karaliaus tarnų vadas, pašoko ir griebė ietį – galingą ginklą, pagrobtą mūšyje su tolimų žemių orkais, o su šiais trimis išdidžiai žingsniavo Huanas, galingiausias iš šunų, bet nieko daugiau su savimi jie nepaėmė klausydami karaliaus valios, kuris pasakė:

– Keturių pakaks nužudyti net pragaro vilkui.

Tačiau tik tie, kurie buvo jį matę, žinojo, koks baisus tas žvėris, didumo sulig žmonių arkliu, o jo kvapo galia tokia, kad išdegindavo viską, ką paliesdavo. Jie išvyko sulig saulėtekiu ir netrukus Huanas užuodė pėdsaką prie upelio netoli karaliaus vartų.

– Tai, – pasakė jis, – Karkaraso pėdos.

Tad jie visą dieną ėjo palei upelį ir daugybėje vietų matė ištryptus ir apniokotus krantus, o balos netoliese buvo sudrumstos, lyg čia neseniai būtų voliojęsi ar kovoję beprotybės apimti žvėrys.

Štai leidžiasi saulė ir pranyksta jos šviesa už vakarinių medžių, tamsa atslenka nuo Hisilomės ir miškai pasineria į tamsybes. Ir ateina jie iki vietos, kur pėdsakas nusuka nuo upelio tėkmės, o gal pranyksta vandenyse, ir Huanas nebegali jo užuosti, tad jie įkuria stovyklą ir pasikeisdami miega nakties valandoms tirpstant.

Staiga Bereno sargybos metu tolumoje pasigirdo siaubingas garsas – toks kaukimas, lyg staugtų septyniasdešimt pakvaišusių vilkų, – ir štai! Krūmai sutraška ir jauni medeliai sudreba iš baimės siaubui artėjant, ir Berenas supranta, kad juos puola Karkarasas. Jis vos spėjo pakelti kitus, jie apsimiegoję pašoko ant kojų ir tuojau pat mirgančioje mėnulio šviesoje pasirodė milžiniškas šešėlis, jis lėkė tarsi išprotėjęs ir taikėsi vandens link. Huanas tuojau pat sulojo, o žvėris kaipmat metėsi prie jų, iš jo nasrų dribo putos, akys žėrėjo raudonai, o snukis buvo perkreiptas iš baimės ir įsiūčio. Jis dar nebuvo spėjęs palikti medžių priedangos, kai narsuolis Huanas šoko ant jo, tačiau žvėris stipriai atsispyręs jį tiesiog peršoko ir staiga metėsi tiesiai prie Bereno, kurį atpažino ir savo juodose mintyse laikė visų savo kančių priežastimi. Tuomet Berenas staigiai smeigė ietimi jam į gerklę, o prišokęs Huanas pagriebė už užpakalinės letenos, Karkarasas griuvo tarsi akmuo ir tą pačią akimirką karaliaus ietis pervėrė jo širdį. Pikta siela tyliai kaukdama paliko kūną ir nuskubėjo tamsiomis kalvomis į Mandoso buveines, tačiau Berenas liko gulėti prispaustas sunkaus jo kūno. Ir štai jie nurita į šoną lavoną ir imasi jį skrosti, tačiau Huanas laižo kraujuojantį Bereno veidą. Netrukus paaiškėjo, kad Berenas kalbėjo tiesą, nes visi vilko viduriai buvo apanglėję, tarsi ten ilgą laiką būtų degusi baisi liepsna, ir tamsą išsklaidė nuostabus švytėjimas, mirgantis blyškiomis paslaptingomis spalvomis, – tai Mablungas ištraukė Silmarilą. Ištiesęs jį pasakė:

– Štai jis, o karaliau.

Bet Tinvelintas atsakė:

– O ne, niekada jo nepaimsiu, nebent iš Bereno rankų.

O Huanas tarė:

– Atrodo, kad to niekada nebus, nebent greit jį išgydytum, nes, man rodos, jis sunkiai sužeistas.

Mablungas ir karalius susigėdo.

Tad tuojau pat švelniai pakėlė Bereną, apžiūrėjo ir nuprausė, jis dar kvėpavo, bet neprabilo ir neatvėrė akių, o kai pakilo saulė ir jie šiek tiek pailsėjo, švelniausiai, kaip tik galėjo, nusinešė jį šakų neštuvuose per miškus; namus pasiekė apie vidurdienį labai išvargę, o Berenas nesujudėjo ir neprakalbo, tik tris kartus sudejavo.

Kai gandas apie jų sugrįžimą pasklido, visi subėgo jų pasitikti, kai kurie atnešė mėsos ir vėsaus gėrimo, kiti gydomųjų tepalų ir vaistų jų žaizdoms, ir jei Berenas nebūtų buvęs taip sužeistas, jų džiaugsmas būtų buvęs dar didesnis. Jie minkštai apklojo šakų neštuvus, ant kurių jis gulėjo, ir nunešė jį į karaliaus menes, kur jau laukė didžiai susikrimtusi Tinuvielė; ji raudodama prigludo prie Bereno krūtinės ir bučiavo jį, o jis atsipeikėjo ir pažino ją, o kai Mablungas padavė jam Silmarilą, jis pakėlė jį stebėdamasis jo grožiu ir lėtai per kančias prakalbo:

– Štai, o karaliau, atiduodu tau brangakmenį, kurio taip troškai, ir tai tėra mažmožis, rastas pakelėje, nes man atrodo, kad tu turėjai neįsivaizduojamai gražesnį, ir dabar ji mano.

Jam tebekalbant Mandoso šešėlis pridengė jo veidą ir tą pat akimirką jo dvasia nuskriejo prie pasaulių ribos, o švelnūs Tinuvielės bučiniai nebegalėjo jo grąžinti.

*

[Čia Veanė nutilo ir pravirko, tik po kurio laiko pratarė:

– O ne, tai dar ne visa istorija, bet kas buvo toliau, tėra gandai.

Toliau kalbantis toks Ausiras tarė:

– O aš girdėjau, kad švelnių Tinuvielės bučinių magija pagydė Bereną ir pašaukė jo dvasią nuo Mandoso vartų ir jis dar ilgai gyveno tarp prarastųjų elfų...]

Bet kažkas atsakė:

– O ne, visai ne taip, o Ausirai, ir jei paklausysi, papasakosiu tau tikrąją nuostabią istoriją; nes Berenas taip ir mirė ant Tinuvielės rankų, kaip Veanė sakė, o Tinuvielė palaužta sielvarto neberado šviesos nei paguodos visame pasaulyje ir netrukus pasekė jį tais tamsiais takais, kuriais kiekvienas privalo eiti vienas. Tačiau jos grožis ir švelnus meilumas palietė netgi šaltą

Mandoso širdį ir jis leido jai kartu su Berenu grįžti į pasaulį, ko niekada vėliau nebuvo leista jokiam žmogui ar elfui; yra sukurta daugybė dainų ir pasakojimų apie tai, kaip Tinuvielė maldavo Mandosą stovėdama priešais jo sostą, kurių aš dabar tiksliai neprisimenu. Tačiau Mandosas pasakė jiedviem:

– O elfai, aš grąžinu jus į gyvenimą ne tobulam džiaugsmui, nes tokio jau nebėra visame pasaulyje, kur karaliauja Melko juoda širdimi; ir žinokite, kad tapsite mirtingi kaip žmonės, o kai jau grįšite čia, tai bus amžinai, nebent dievai pakviestų jus į Valinorą.

Tačiau jie abu išėjo susikibę už rankų ir kartu patraukė per šiaurinius miškus, ir dažnai jie būdavo matomi nuostabiai šokantys kalvose, o jų vardai toli ir plačiai išgarsėjo.

[Tada Veanė tarė:]

– O taip, jie ne tik šoko, bet ir atliko didingų žygdarbių, ir daug pasakojimų yra sukurta, kuriuos turėtum kitą kartą išgirsti, o Eriolai Melinonai. Mat istorijose jie abu vadinami i-Kilvarton, tai reiškia mirusiuosius, kurie atgijo, ir jiedu tapo galingomis fėjomis miškuose Siriono šiaurėje. Štai ir viskas – ar tau patiko pasakojimas?

[Tada Eriolas pasakė, kad iš Veanės lūpų nesitikėjo išgirsti tokios nuostabios istorijos, o ji atsakė:]

– O ne, tai ne mano sukurti žodžiai, bet ši istorija man brangi ir išties visi vaikai žino apie susijusius su ja žygdarbius, o aš išmokau ją atmintinai skaitydama nuostabias knygas, nors ir ne viską suprantu, kas ten parašyta.

*

TREČIAJAME DEŠIMTMETYJE mano tėvas mėgino „Prarastąsias sakmes" apie Turambarą ir Tinuvielę sekti eilėmis. Pirmoji iš šių poemų, „Baladė apie Hurino vaikus", parašyta senovės anglų kalbos aliteraciniu ritmu, buvo pradėta 1918-aisiais, bet jis paliko ją nebaigtą, galbūt tuomet, kai išėjo iš Lidso universiteto. 1925-ųjų vasarą, kai priėmė Oksfordo kvietimą dėstyti anglosaksų kalbą, jis pradėjo „poemą apie Tinuvielę", pavadintą „Leitiano balade". Išvertė tai kaip „Išsivadavimas iš vergovės", bet pavadinimo niekada nepaaiškino.

Keista ir nebūdinga tai, kad prie kai kurių eilučių jis prirašė datas. Pirmoji, įrašyta prie 557-osios eilutės (imant poemą kaip visumą), yra 1925-ųjų rugpjūčio 23-ioji; o paskutinė – 1931-ųjų rugsėjo 17-oji prie 4085-osios eilutės. Visai netoli poema baigiasi 4223-iąja eilute, kurioje „Karcharoto iltys lyg spąstai sugriebė" Bereno ranką, laikančią Silmarilą, kai jis spruko iš Angbando. Poemos, kuri taip ir nebuvo pabaigta, likęs turinys trumpai išdėstytas proza.

1926-aisiais jis daugelį savo poemų siuntė R. W. Reynoldsui, kuris buvo jo mokytojas Karaliaus Edvardo mokykloje Birmingame. Tais metais jis sukūrė svarbų tekstą, pavadintą „Mitologijos apmatai ypatingą dėmesį skiriant Hurino vaikams", o ant voko su šiuo rankraščiu jis vėliau parašė, kad šis tekstas yra „pirmasis Silmariljonas" ir kad jis rašė ponui Reynoldsui norėdamas „paaiškinti „Turino ir drakono" „aliteracinę versiją".

Taigi „Mitologijos apmatai" yra „pirmasis Silmariljonas", nes nuo jų prasideda tiesi raidos linija, o su „Prarastosiomis sakmėmis" nėra stilistinio vientisumo. „Apmatai" išties yra tai, ką tvirtina pavadinimas: tai santrauka, išdėstyta glaustu stiliumi esamuoju laiku. Pateikiu šio teksto ištrauką, kur ypač glaustai išdėstyta Bereno ir Lutijenos istorija.

Ištrauka iš
„Mitologijos apmatų"

Morgoto galia vėl ima augti. Šiaurėje jis vienus po kitų nugali elfus ir žmones. Žymus žmonių vadas buvo Barahiras, Kelegormo iš Nargotrondo draugas.

Barahiras priverstas slapstytis, išduodamas ir nužudomas; jo sūnus Berenas ilgai slapstęsis pabėga į pietus, pereina Šešėlio kalnus ir ištvėręs daugybę sunkumų ateina į Doriatą. Apie tai ir kitus jo nuotykius pasakoja „Leitiano baladė". Jis užkariauja Tinuvielės „lakštingalos" (jo paties Lutijenai duotas vardas), Tingolo dukters, širdį. Už jos ranką Tingolas šaipydamasis pareikalauja Silmarilo iš Morgoto karūnos. Berenas iškeliauja jo ieškoti, patenka į nelaisvę ir uždaromas Angbando požemiuose, bet nuslepia tikrąją savo tapatybę ir atiduodamas vergu medžiotojui Thu. Lutijeną Tingolas įkalina, bet ji pabėga ir iškeliauja ieškoti Bereno. Padedama šunų valdovo Huano ji išgelbėja Bereną ir patenka į Angbandą, ten savo šokiu pakeri ir užmigdo Morgotą. Jie pasiima Silmarilą ir pabėga, bet prie Angbando vartų kelią jiems pastoja vilkas Karkarasas, vartų sargas. Jis nukanda Berenui ranką, kurioje yra Silmarilas, ir išprotėja nuo deginančio skausmo viduriuose.

Jie abu pabėga ir po ilgų klajonių sugrįžta į Doriatą. Lėkdamas lyg patrakęs į Doriatą įsiveržia ir Karkarasas. Prasideda Doriato vilko medžioklė, Karkarasas nužudomas, o Huanas žūsta gindamas Bereną. O Berenas mirtinai sužeidžiamas ir miršta ant Lutijenos rankų. Kai kurios dainos kalba, kad Lutijena, padedama savo motinos Melianės magijos, perėjo netgi Aižintį ledą iki Mandoso rūmų ir susigrąžino Bereną, kitos dainos tvirtina, kad Mandosas išgirdęs jo istoriją pats jį paleido. Tikra yra tik tai, kad jis vienintelis iš mirtingųjų grįžo iš Mandoso menių ir gyveno su Lutijena, ir jau niekada nebesikalbėjo su žmonėmis, jie gyveno Doriato miškuose ir Medžiotojų aukštumoje į vakarus nuo Nargotrondo.

Matome, kad legenda gerokai pasikeitusi, ir pirmiausia krenta į akis, kad Bereno pagrobėjas kitas: čia sutinkame „medžiotoją" Thu. O „Apmatų" pabaigoje sakoma, kad Thu buvo didis Morgoto karvedys ir kad jis „paspruko iš Paskutinio mūšio ir vis dar gyvena tamsiose vietose viliodamas žmones į savo siaubingus tinklus". „Leitiano baladėje" Thu pasirodo kaip baisusis Raganius, vilkų valdovas, gyvenantis Tol Sirione, Siriono upės saloje, kur kadaise stovėjo elfų sargybos bokštas, kuris tapo Tol-in-Gaurhotu, vilkolakių sala. Jis yra ar bus Sauronas. Tevildo ir jo kačių karalystė čia jau dingusi.

Tačiau antrame plane po „Legendos apie Tinuvielę" parašymo pasirodo ir kitas svarbus elementas, susijęs su Bereno tėvu. Egnoras miškininkas, gnomas, „kuris medžiodavo tamsiose vietose Hisilomės šiaurėje" (p. 38), dingsta. Iš ką tik pateiktos „Apmatų" ištraukos matome, kad jo tėvas yra Barahiras, „žymus žmonių vadas": jis priverstas slėptis nuo augančios Morgoto galios, bet jo slėptuvė išduodama ir jis nužudomas. „Jo sūnus Berenas ilgai slapstęsis pabėga į pietus, pereina Šešėlio kalnus ir ištvėręs daugybę sunkumų ateina į Doriatą. Apie tai ir kitus jo nuotykius pasakoja „Leitiano baladė".

Ištrauka iš
„Leitiano baladės"

Čia pateikiu ištrauką iš „Baladės" (parašytą 1925-aisiais; žr. p. 80), kurioje aprašoma Gorlimo, dar žinomo kaip Gorlimas Nelaimingasis, išdavystė, kaip jis išdavė Morgotui Barahiro ir jo draugų slėptuvę ir kas nutiko paskui. Reikia paminėti, kad poemos teksto detalės labai supainiotos, bet kadangi mano (ambicingas) tikslas yra šioje knygoje pateikti lengvai skaitomą tekstą, kuris atskleistų legendos naratyvinę raidą skirtingose pakopose, aš iš esmės nepaisiau šios prigimties detalių, kurios tik trukdytų siekti šio tikslo. Ataskaitą apie poemos teksto istoriją galima rasti mano knygoje „Beleriando baladės" („Viduržemės istorija", III tomas, 1985). „Baladės" ištraukas šiai knygai žodis į žodį paėmiau iš teksto, kurį buvau parengęs „Beleriando baladėms". Eilutės sunumeruotos iš eilės ir numeriai visiškai nesusiję su visa poema.

Toliau pateikta ištrauka paimta iš „Baladės" II giesmės. Prieš ją yra aprašymas apie žiaurią Morgoto tironiją šiaurinėse žemėse tais laikais, kai Berenas ateina į Artanorą (Doriatą), ir Barahiro, Bereno ir dar dešimties žmonių slapstymąsi tuo metu, kai Morgotas tuščiai juos medžiojo daugybę metų, kol galiausiai „jų kojos įkliuvo į Morgoto spąstus".

Vargų ir bėdų iškamuotas,
Slapstytis pavargęs Gorlimas
Keliavo į slaptąjį slėnį
Savuosius draugus prisiminęs.
Naktis dengė tylinčią žemę   5
Ir žvaigždės nerodė jam kelio,
Bet štai ten, anapus lauko,
Tamsus jo stovi namelis.
Vienam tik lange žiburėlis,
Žvakelė menka šviesą lieja,   10
Ir jis prisiartina tyliai
Lyg sapną sapnuodamas mielą.
Štai jo žmona prie blėstančios liepsnelės
Godoja dalią savo juodą,
Balti plaukai, nublyškę skruostai   15
Vienatvę, ašaras išduoda.
„O Eilinele, o švelnioji mano,
Maniau, kad pragaro tamsa tave prarijo,
Kad niekada daugiau tavęs nepamatysiu;
Pabėgau tad, išsaugojęs gyvybę.   20
Maniau, mačiau, kaip tu žuvai
Ir priešo peilį blyksint mėnesienoj,
Tą klaiko naktį, kai mirtis
Pagrobė visa, ką mylėjau."

Vardu pašaukti jos nespėjo   25
Ir surikiuot minčių apsunkusioj širdy,
Kai kalvomis staiga atskriejo
Riksmas šaižus tamsioj, tylioj nakty!
Vilkų kaukimas pasigirdo
Jo pėdom sekančių šešėliuos.   30
Suprato jis, kad Morgoto kariauna
Ieškoti jo išėjo.

Bijodamas, kad jie nenužudytų
Kartu su juo švelniosios Eilinelės,
Nė žodžio neištaręs jis nuslinko,   35
Vilties palikęs žiburėlį.

Laukais jis bėgo akmenuotais
Ir stengėsi sumėtyt pėdas
Per liulančius pelkynus ir vietas kalvotas,
Ir upeliūkščius slėniuos,   40
Kol pasiekė galiausiai tą atokią
Slėptuvę, kur joks priešas neužeis.
Toli nuo vietų, kur gyvena žmonės,
Jis glaudės su keliais draugais.

Gulėdamas tenai jisai stebėjo   45
Ištirpstant naktį, auštant niūrų rytą,
Ir blaškės nerimas jo sieloj,
Ir nežinia kankino, neišmanė, ką daryti.
Kokia daina galėtų apsakyti
Tą meilę savo vadui, neapykantą skriaudėjui,   50
Troškimą vėl atgauti žmoną
Ir nerimą dėl savo Eilinelės?

  Taip bėgo dienos, rūpesčių prislėgtos,
Kol išeitį galiausiai sugalvojo –
Keliaut pas priešą, atleidimo melsti   55

Ir išdavyste nupelnyt malonę,
Atskleisti, kur narsusis Barahiras
Užuoglaudą sau ramią susirado.
Priešo tarnų būrelį tad užmatęs
Paprašė, kad nuvestų pas valdovą savo.   60
Ir atveda į požemius gilius
Gorlimą susikrimtusį ir tylų,
Į kojas puola Morgotui tasai
Ir patiki jam visą bylą.
O Morgoto žiauri širdis,   65
Kurioj tiesos nėra nė lašo,
Tik nusišaipo sau suktai
Ir štai ką sako:
„Tu Eilinelę savo mieląją
Neabejok, tikrai atgausi   70
Ir vertą atlygį, gerasis išdavike,
Iš mano rankų gausi,
Jau amžinai jūs būsite kartu,
Kartus išsiskyrimas baigsis,
Bet jos nėra čia, ji kitur,   75
Ji po mirties šešėlių slėnį vaikšto.
Dejuoja vieniša be vyro ir namų,
Tu šmėklą tematei, vargšeli,
Dabar keliausi ten ir tu,
Skaudi mirtis parodys kelią   80
Takais, kur neapšviečia mėnesiena,
Ieškoti savo Eilinelės.“

    Taip žuvo nelaimingasis Gorlimas,
Prakeikęs savo karčią dalią,
O Barahiras buvo užkluptas ir nužudytas,   85
Veltui jo žygdarbiai, vargingas kelias.

Tačiau Morgoto apgavystė paaiškėjo,
Ilgai jo melas negyvavo,
Ir žmonės dar ilgai kalbėjo,
Kaip jis Gorlimą nelaimingąjį apgavo: 90
Pasiuntęs demonišką šmėklą,
Lyg kokią pragaro paguodą,
Sukurstęs tuščią, skaudžią viltį,
Į savo pinkles įviliojo.
Bet Bereną sėkmė lydėjo,   95
Medžiojo jis toli tą naktį,
Tačiau, prigulus pailsėti,
Siaubingas sapnas jį aplankė.
Apsunkę sielvartu ir tiesdami šakas
Pliki ir tamsūs medžiai ten stovėjo,   100
Nė vieno lapo, tik juodi varnai
Tirštai nutūpę juos kranksėjo.
Varvėjo kraujas nuo snapų
Vorų tinklai rankas ir kojas Berenui apraizgė,
O tolumoj virš vandenų niūrių   105
Pamatė jis tarsi šešėlį vaiskų.
Artėdamas vandens paviršium pamažu,
Jis mirgantį pavidalą įgavo
Ir tarė Berenui tyliu liūdnu balsu:
„Skubėk, skubėk į kelią,   110
Morgoto dvokiantys čiuptuvai
Jau tavo tėvo kaklą apsivijo.
Bijot nereikia, tiktai paskubėki –
Aš išdaviau tave – esu Gorlimas.
Slapta vieta, saugi buveinė   115
Dabar jau priešui tapo žinoma,
Skubėk, kol jos dar nepasiekė
Baisioji išdavystė ir Morgoto įtūžis.“

Tamsa šaltais nagais suspaudė širdį,
Išblaškė neramius miegus,   120
Jis susirūpinęs pakirdo
Ir leidosi į kelią gelbėti draugų.
Ir širdžiai nerimu liepsnojant
Kaip vėjas per brūzgynus skynės kelią,
Deja! Brangių žmonių išgelbėti nespėjo –   125
Jis pavėlavo...
Kai jau pasiekė slaptą salą pelkių vidury,
Gyvų nerado čia nė vieno,
Tiktai pakilo, ėmė sukt ratus aplink
Ne pelkių paukščiai, bet būriai maitėdų.   130
Jie alksnių nutūpė šakas tirštai
Ir pasityčiot vienas išsižiojo:
„Cha – Berenas atėjo per vėlai!"
„Vėlai... vėlai..." – kiti lyg aidas atkartojo.
Palaidojo surinkęs kaulus tėvo   135
Ir antkapį iš akmenų sukrovė.
Triskart prakeikė vardą tą Morgoto,
Nes neapykanta širdis liepsnojo.
Ir draskė sielvartas nagais lediniais,
Bet ašaros jam taip ir nepabiro.   140

    Ir leidos jis kur akys veda –
Per kalnus, slėnius ir pelkynus,
Kol pagaliau kalnuos greta karštų versmių atrado
Savuosius priešus, tėvo žudikus.
O vienas jų aukštai iškėlęs rodė   145
Auksinį žiedą, nuimtą nuo Barahiro rankos,
Ir vis patenkintas kartojo:
„Štai žiedas iš Beleriando,
Už jokį auksą tokio nenupirksi,

Ir kalbama, kad jis jį gavo   150
Už paslaugą ten kažinkokią
Iš pačio Felagundo rankų.
Gal čia tiesa, o gal ir melas,
Bet Morgoto įsakymas toks duotas:
Nedelsiant jam šį žiedą pristatyti;   155
Bet man vis tiek atrodo,
Žiedų netrūksta jo lobyne,
Tad aš prisiekiu iškilmingai:
Ant kvailio Barahiro pirštų
Nebuvo jokio žiedo paslaptingo."   160
Atskriejus iš tamsos klastingai
Strėlė jo širdį perveria staiga,
Išdavikus žudyti priešo rankomis
Morgotui kuo geriausia pramoga.
Tačiau mirties karaliaus juokas neėmė,   165
Kada išgirdo jis naujienas,
Jog Berenas tarsi laukinis vilkas
Išniręs iš tamsos pačiupo žiedą.
Išvydę mėnesienoj mirguliuojant
Ledinį plieną jo šarvų,   170
Apstulbę priešai bėgti puolė
Pratrūkę baimės, įniršio kauksmu.
Nagingieji nykštukai plieno grandeles supynė,
Kad negalėtų jų įveikti strėlės nei kardai,
O Berenas tuoj pat pradingo tamsiuose
      krūmynuos   175
Ir pėdos jo ataušo greit.
Laimingą valandą jis buvo gimęs:
Nors priešai jo ieškojo – nepavijo.

Bebaimiu Berenas garsėjo
Kariu, ištvermingiausiu iš visų,   180
Kol buvo gyvas tėvas, jie kovojo
Su Morgoto tarnais kartu.
Tačiau dabar kančia jį slėgė,
Išplėšė džiaugsmą iš širdies,
Ir tesibaimino jis tik vergijos,   185
Tetroško tik mirties.
Nepaisė jis pavojų, mirtį vaikėsi,
Tačiau likimas, kurio troško, vis aplenkdavo.
Ir iki šiol dainuoja žmonės
Dainas ir balades apie jo žygdarbius.   190
Iš tų laikų, kai vienišas klajojo,
Vilties netekęs, pasmerktas, nakty paklydęs,
Rūke ar mėnesienoj, ar saulėkaitoj,
Ar rasai ant žolės sužibus.
Miškai šiauriniai tapo jo namais   195
Ir Morgoto tarnams prastai ten klojos,
Pavojus tykojo visur,
Mirtis jų pėdomis sekiojo.
Beržai ir pušys tapo Bereno draugais
Ir visokiausi padarai be galo: 200
Sparnuoti, kailiniuoti ir dygliuoti,
Kalnų, kalvų, upelių dvasios –
Visi jam stengės kuo galėdami padėti,
Bet bėglio nelemta dalia
Morgotas jį medžiojo tarsi žvėrį   205
Ir kilpa aplink kaklą veržėsi slapta.
Didi klasta, šėtoniškas gudrumas
Morgotui priešus leisdavo įveikti,
Tad teko Berenui palikus kraštą mielą
Pasukti ir pietų kraštan patraukti.   210

Palikus mylimus, pažįstamus miškus
Ir tėvo kapą, slėptą uoliai,
Kur pelkėse po akmenų krūva
Ten dūla kaulai buvusio narsuolio.
Pasprunka Berenas slaptais takais,   215
Nors jo didžiulis priešų pulkas tyko,
Tačiau pagaut negali, jis
Rudens nakty ištirpsta tyliai.
Nebedainuoja lanko jo templė,
Ir iš tamsos jo strėlės neatskrieja,   220
Ir jo pavargusi galva
Viržynuos po dangum nemiega.
Nei mėnuo pro rūkus, nei vėjas,
Viržynus, papartynus blaškantis,
Surasti jo nebegalėjo.   225
O skliautuose šiaurinės žvaigždės, degančios
Ugnim sidabrine viršum sušalusių kraštų,
Toli toli paliko savo šviesą lieti,
Ant ežerų ir ant tamsių kalvų
Vienatvėje spindėti.   230
Toli už nugaros paliko jis namus:
Prakeiktus papartynus, kalnus, upelius.

   Atgręžęs savo veidą į pietus,
Klaidžiais takeliais Berenas išėjo,
Bet tik drąsiausiems lemta bus   235
Per kalnus pereiti Šešėlio.
Šiauriniai jų šlaitai įmirkę sielvartu,
Pietinėj pusėj skardžiai statūs,
Nusėti akmenynais, smailėmis,
Upeliais ir kriokliais, verpetais.   240
Saldžiai kartus vanduo skalauja

Kalnyno rūškanas papėdes,
O gilūs slėniai apgaubti kerais,
Nes ten, kur žvilgsnis nebesiekia,
Nebent iš svaigiai aukšto bokšto žvelgtum   245
Arba sparnais erelio kiltum į aukštybes,
Apstulbtum tolumoj toliausioj
Pilkumą mirgančią išvydęs:
Beleriandas, ak Beleriandas,
Fėjų pasaulio kraštas šventas.   250

Quenta Noldorinwa

Šis tekstas, kurį vadinsiu *Quenta*, neskaitant „Mitologijos apmatų", buvo vienintelė pilna „Silmariljono" versija, kurią mano tėvas pabaigė iki galo, mašinraštis (kaip atrodo) buvo baigtas 1930-aisiais. Neišliko jokių juodraščių, jei jų išvis buvo, bet aišku, kad daugiausia jis rėmėsi „Apmatais". Šis tekstas ilgesnis už „Apmatus" ir jame neabejotinai atsiskleidžia „Silmariljono" stilius, bet vis dėlto tai yra glaustas, trumpas pasakojimas. Paantraštėje sakoma, kad tai „Trumpa noldolių arba gnomų istorija", paimta iš „Prarastųjų sakmių knygos", kurią parašė Eriolas [Elfvinas]. Tuo metu, žinoma, jau buvo parašytos ilgosios poemos, svarbios, tačiau dažniausiai nebaigtos, o mano tėvas vis dar dirbo prie „Leitiano baladės".

Quenta atskleidžia didžiausią legendos apie Bereną ir Lutijeną pasikeitimą įtraukiant į pasakojimą noldorų princą Felagundą, Finrodo sūnų. Norėdamas atskleisti, kaip tai

nutiko, pateikiu ištrauką iš šio teksto, bet reikia paaiškin-
ti kai ką apie vardus. Kelionėje iš Kuivieneno, Atbudimo
vandenų tolimuose rytuose, elfams vadovavo Finvė; trys jo
sūnūs buvo Feanoras, Fingolfinas ir Finrodas, kuris buvo
Felagundo tėvas. (Vėliau vardai buvo pakeisti: trečiasis Fin-
vės sūnus tapo Finarfinu, o Finrodas buvo jo sūnaus var-
das, bet Finrodas taip pat buvo vadinamas Felagundu. Šis
vardas reiškia „olų valdovas" arba „akmentašys" nykštukų
kalba, nes jis įkūrė Nargotrondą. Finrodo Felagundo sesuo
buvo Galadrielė.)

Ištrauka iš *Quenta*

Tai buvo laikai, dainose apdainuoti kaip Angbando
apsiaustis. Gnomų kardai užtvėrė kelią Morgoto niokoji-
mui ir visa jo galia liko uždaryta už Angbando sienų. Gnomai
gyrėsi, kad jis niekada nepralauš jų apsiausties ir pikti padarai
niekuomet nebeištrūks į pasaulį sėti blogio. [...]

Tomis dienomis per Mėlynuosius kalnus į Beleriandą atė-
jo žmonės, patys narsiausi ir geriausi iš savo padermės. O Fe-
lagundas juos surado ir visam laikui tapo jų draugu. Kartą jis
viešėjo rytuose pas Kelegormą ir jojo su juo į medžioklę. Tačiau
pasimetė nuo kitų ir vakarėjant priėjo slėnį vakariniuose Mėly-
nųjų kalnų šlaituose. Slėnyje degė laužai ir skambėjo šiurkšti
daina. Felagundas stebėjosi, nes kalba, kuria buvo dainuojama,
nebuvo panaši nei į elfų, nei į nykštukų. Tai nebuvo ir jokia or-
kų tarmė, nors pradžioje būtent šito jis ir baiminosi. Ten buvo
apsistoję žmonės Beoro, galingo kario, kurio sūnus buvo Bara-
hiras narsusis. Tai buvo pirmieji žmonės, atėję į Beleriandą. [...]

Tą naktį Felagundas atėjo tarp miegančių žmonių ir atsisėdo prie blėstančio laužo, kurio nesaugojo sargyba, jis pasiėmė Beoro arfą, kurią šis buvo palikęs, ir užgrojo tokią nuostabią melodiją, kokios jokio mirtingojo ausis dar nebuvo girdėjusi, mat jie muzikos mokėsi tik iš tamsiųjų elfų. O žmonės prabudo, klausėsi ir stebėjosi, nes dainoje skambėjo išmintis, taipgi grožis, ir širdys jos klausantis tapo išmintingesnės. Tad žmonės pavadino Felagundą, kurį pirmą pažino iš noldolių, Išmintinguoju, ir jo tautą – išmintingaisiais, o mes juos vadiname gnomais.

Beoras iki mirties gyveno su Felagundu, o jo sūnus Barahiras buvo didžiausias Finrodo sūnų draugas.

Bet atėjo gnomų pražūties metas. Ilgai Morgotui teko jo laukti, nes jų galia buvo labai išaugusi, jie buvo labai narsūs, turėjo daug drąsių draugų bei sąjungininkų, žmonių ir tamsiųjų elfų.

Bet sėkmė nuo jų staiga nusigręžė. Ilgai Morgotas slapta kaupė jėgas. Vieną žiemos naktį jis paleido ugnies upes ir jos užliejo visą lygumą priešais Geležies kalnus, ir išdegino viską, palikdamos bevaisę dykumą. Daugybė Finrodo sūnų gnomų pražuvo šiose liepsnose, o jų dūmai kėlė tamsą ir sumaištį Morgoto priešų gretose. Paskui ugnį pasipylė juodos orkų armijos, jų buvo tiek daug, kiek joks gnomas nebuvo anksčiau matęs ar galėjęs įsivaizduoti. Taip Morgotas pralaužė Angbando apsiaustį ir orkų rankomis išžudė daugybę narsiausių karių. Jo priešai buvo plačiai išsklaidyti – gnomai, ilkorinai ir žmonės. Žmones jis nustūmė anapus Mėlynųjų kalnų, išskyrus Beoro ir Hadoro vaikus, kurie pasitraukė į Hitlumą už Šešėlio kalnų, kur orkai kol kas neateidavo. Tamsieji elfai bėgo į pietus, į Beleriandą ir dar toliau, tačiau daugybė jų nuėjo į Doriatą, ir Tingolo karalystė bei jo galia tuo laiku išaugo, jis suteikė elfams paramą ir prieglobstį. Doriato sienas saugojo Melianės magija, nepraleisdama į karalystę ir jos buveines blogio.

Morgotas užėmė pušyną ir pavertė jį siaubo vieta, užėmė Siriono sargybos bokštą ir pavertė jį grėsminga siaubo tvirtove. Čia apsigyveno Thu, svarbiausias Morgoto tarnas, siaubingos galios burtininkas, vilkų valdovas. Sunkia našta šis siaubingas mūšis prislėgė Finrodo sūnus, tai buvo antrasis mūšis ir pirmasis gnomų pralaimėjimas. Buvo nužudyti Angrodas ir Egnoras. Felagundas taip pat būtų buvęs paimtas į nelaisvę arba nužudytas, bet Barahiras su visais savo vyrais atėjo jam į pagalbą ir išgelbėjo gnomų karalių apsupdamas jį iečių žiedu, ir nors patyrė didžiulių nuostolių, vis dėlto prasiskynė kelią per orkų gaujas ir pabėgo į Siriono pelkes pietuose. Čia Felagundas Barahirui, visai jo giminei ir ainiams prisiekė nemarią draugystę ir pagalbą bėdoje ir kaip šios priesaikos ženklą padovanojo Barahirui savo žiedą.

Tuomet Felagundas nukeliavo į pietus ir ant Narogo upės krantų įkūrė slaptą karalystę ir miestą urvuose, sekdamas Tingolo pavyzdžiu. Ši slapta karalystė buvo pavadinta Nargotrondu. Po kurio laiko čia atėjo ir Orodretas [Finrodo sūnus, Felagundo brolis], o su juo Kelegormas ir Kurufinas, Feanoro sūnūs, jo draugai. Kelegormo tauta sustiprino Felagundą, bet būtų buvę geriau, jei jie būtų prisidėję prie savo giminės, kuri įsitvirtino Himlingo kalvoje į rytus nuo Doriato ir slapta pripildė Aglono tarpeklį kariuomenių. [...]

Tais abejonių ir baimės laikais po [Staigios Liepsnos mūšio] nutiko daug baisių dalykų, iš kurių tik keletas čia papasakoti. Pasakojama, kad Beoras buvo nužudytas, bet Barahiras nepasidavė Morgotui, tačiau žemė iš jo buvo atimta ir visa jo tauta buvo išblaškyta, pavergta ar išžudyta, o jis pats su sūnumi

Berenu ir dešimčia ištikimų vyrų pasislėpė. Ilgai jie slapstėsi, iš pasalų kovojo su orkais ir atliko daugybę narsių žygdarbių. Bet galiausiai, kaip pasakojama baladės apie Bereną ir Lutijeną pradžioje, Barahiro sleptuvė buvo išduota, o jis pats ir jo bendražygiai nužudyti – visi, išskyrus Bereną, kuris tą dieną medžiojo labai toli. Nuo to laiko Berenas slapstėsi vienas, jam padėdavo tik žvėrys ir paukščiai, kuriuos jis mylėjo, nepaisydamas pavojų jis ieškojo mirties ir negalėjo rasti, tik garsas apie jo žygdarbius pasklido tarp bėglių ir Morgoto priešų, kurie slapta apdainuodavo jo darbus, o šios dainos ir pasakojimai atsklido net iki Beleriando, apie juos buvo išgirsta netgi Doriate. Galiausiai, bėgdamas nuo vis stipriau veržiamos persekiotojų kilpos, jis patraukė į pietus, perėjo Šešėlio kalnus ir pervargęs bei išsekęs atsidūrė Doriate. Čia slapta jis laimėjo Tingolo dukters Lutijenos meilę ir pavadino ją Tinuviele, lakštingala, nes ji nuostabiai dainuodavo prieblandoje po medžiais, kadangi buvo Melianės dukra.

Tačiau Tingolas supyko ir pavarė jį su panieka, bet nenužudė, nes buvo prisiekęs savo dukrai. Ir vis dėlto jis troško išsiųsti Bereną į mirtį. Tad sugalvojo neįvykdomą užduotį ir pasakė: jei atneši man Silmarilą iš Morgoto karūnos, leisiu vesti Lutijeną, jei ji sutiks. Ir Berenas prisiekė tai atlikti ir iškeliavo iš Doriato į Nargotrondą nešinas Barahiro žiedu. Čia kalbos apie Silmarilo paieškas pažadino snaudusią Feanoro sūnų priesaiką ir pradėjo tvinkti blogio pūlinys. Felagundas, nors ir žinodamas, kad ši paieška viršija jo jėgas, norėjo padėti Berenui dėl Barahirui duotos priesaikos. Bet Kelegormas ir Kurufinas atkalbinėjo jo žmones ir sukėlė maištą. Piktos mintys prabudo jų širdyse ir jie tarėsi užimti Nargotrondo sostą, nes buvo kilę iš vyresnės giminės linijos. Kad tik Silmarilas nebūtų rastas ir atiduotas Tingolui, jie geriau būtų sunaikinę Doriato ir Nargotrondo galybę.

Tad Felagundas paliko karūną Orodretui ir iškeliavo su Berenu ir dešimčia ištikimų vyrų, palikdamas savo tautą. Jie užklupo orkų gaują ir išžudė juos. Padedami Felagundo magijos jie persirengė ir apsimetė orkais. Bet iš savo bokšto, kuris kadaise priklausė pačiam Felagundui, juos pastebėjo Thu, jis juos tardė ir jų magija buvo sunaikinta Thu ir Felagundo dvikovoje. Taigi atsiskleidė, kad jie yra elfai, bet Felagundo kerai nuslėpė jų vardus ir tikslą. Ilgai jie buvo kankinami Thu požemiuose, bet nė vienas neišdavė kitų.

Priesaika, apie kurią kalbama šios ištraukos pabaigoje, buvo duota Feanoro ir jo septynių sūnų, ir ji skambėjo taip: „Persekioti kerštu ir neapykanta kiekvieną valarą, demoną, elfą, žmogų ar orką, kurie pagrobtų, pasiimtų ar laikytų Silmarilą prieš jo valią." Žr. p. 108, 174–175 eilutės.

Antroji ištrauka
iš „Leitiano baladės"

Čia pateikiu dar vieną ištrauką iš „Leitiano baladės" (žr. p. 82, 84), kuri pasakoja tą pačią istoriją, ką tik trumpąja forma išdėstytą *Quenta*. Poema prasideda Angbando apsiausties pabaiga, kuri vėliau buvo pavadinta Staigios Liepsnos mūšiu. Remiantis datomis, kurias tėvas įrašė rankraštyje, visa ištrauka buvo sukurta 1928-ųjų kovo–balandžio mėnesiais. „Baladės" VI giesmė baigiasi 249-ąja eilute ir prasideda VII giesmė.

Tačiau sėkmė nusigręžė galiausiai
Ir Morgoto ilgai brandintas
Siaubingas įniršis ir kerštas,
Juodoj širdy ilgiausiai slėptas,
Išsiveržė, pratrūko, suliepsnojo,   5
Gaisrų ugnim rūstybė siautė
Ir juodos armijos kaip upės išsiliejo,

Angbando apsiaustį pralaužė.
Orkai gausiom gaujom paplūdo,
Išblaškė silpstančius elfus ir žmones   10
Ir žudė, žudė, kol krauju
Tarsi rasa nudažė žolę.
Tuomet narsusis Barahiras
Pagalbon Felagundui sužeistam atėjo
Savo galinga ietim ir skydù,   15
Kovoj draugystė sutvirtėjo.
Prisiekė Felagundas iškilmingai
Jo tautai ir visiems jo ainiams,
Ištikimybę amžiną, kaip žvaigždės,
Pagalbą varguose, nelaimėj.   20
Bet iš Finrodo keturių sūnų
Angrodas ir Egnoras nužudyti buvo,
O Felagundas su Orodretu
Su savo šalininkais į pietus pasuko.
Ant aukštojo Narogo upės kranto jie įsikūrė
        būstą slaptą,   25
Vartus didingus paslėpė gerai
Tirštuos šešėliuos medžių.
Ir iki Turino dienų
Niekas nerado slapto guolio.
Kartu su jais ilgai gyveno   30
Kurufinas ir gražusis Kelegormas.
O aplink juos tauta galinga
Narogo slėniuos glaudėsi slaptinguos.

    Tad Felagundas vis dar valdė Nargotronde,
Kai Barahiro narsiojo sūnus,   35
Įveikdamas vargų daugybę ir pavojų,
Pasiekė pagaliau anuos kraštus.

Esgalduino tamsiojo pakrante
Keliavo jis tarsi sapnuos
Ir upę Siriono pasiekė, kurią šaltukas   40
Šerkšnu išpuoš.
Jo sidabriniai vandenys skubėjo
Į jūrą liejos, ritos,
Maitino neaprėpiamus pelkynus
Ir negilias kūdras aplinkui.   45
Pilki lyg ašaros plytėjo
Vandenys po dangum žvaigždėtu,
Nendrėmis lyg nėriniais kraštuoti,
Įstabios buvo vietos.
Jas elfai tuo metu vadino   50
Prieblandos ežerais šerkšnotais;
Toliau kriokliai putoti šniokštė
Ir Siriono tėkmę puošė.
Tenai už lygumų pelkėtų
Tolumoje Medžioklių kalvos kilo   55
Vėjų nugairintom viršūnėm,
Plikom ir akmenuotom, snaudė tyliai.
Už uždangos skaidrios lietaus,
Tyliai teškenančio ir šalto,
Žinojo Berenas, yra urvuos pilis   60
Ant aukštojo Narogo upės kranto.
Ten slapstės Felagundas su sava tauta
Ir požemiai šie tapo jų namais,
Iš už krioklių aplinkines žemes stebėjo
Sargybos akys, budrios amžinai.   65
Įsirengė jie požemiuos giliuos
Namus, nuostabų miestą savo,
Nuo priešų saugojo budriai,
Visas kalvas sargybos bokštais karūnavo.

Budėjo lankininkai aštriaakiai   70
Lygumose tarp Siriono šalto ir Narogo greito.
Taikliai paleista suskambėdavo strėlė
Ir piktą įsibrovėlį paklodavo.
    Ir štai ateina jis į tuos kraštus,
Ant piršto Felagundo žiedas žiba;   75
Ir šaukia, ir kartoja iš toli:
„Ne priešas aš, ne orkas ir ne šnipas.
Aš Berenas, sūnus garbingo Barahiro,
Brangino Felagundas jį kadaise."
    Narogo taip rytinį krantą jis pasiekė,   80
Srovė putota tarp didžiulių riedulių ten žaidžia.
Ir lankininkai žaliarūbiai jį apsupo,
Pamatę žiedą galvas nulenkė pagarbiai,
Pasveikino tarsi karalių patį,
Nors Berenas apspuręs buvo ir suvargęs.   85
Paskui pakrante šiaurės pusėn
Ilgai jie ėjo, nes prie Nargotrondo vartų
Nebuvo jokio tilto nei brastos,
Nei priešas nepraeitų čia, nei draugas.
    Tolokai šiaurėj, kur srovė silpnesnė buvo,   90
žemiau Ginglitos upės, kuri putom taškės,
Savo auksinius vandenis Narogui atiduodama,
Į kitą krantą ten jie perbrido.
Išbridę iš srovės šaltosios,
Kaip begalėdami greičiau atgal jie nusiskubino   95
Į Nargotrondą, ten, kur stačiosios terasos
Ir milžiniškos menės blausiai nušviestos.
    Jaunam mėnuliui nepasiekiami
Niūksojo milžiniški vartai,
Stulpai iškalti iš sunkaus akmens   100
Ir sąramos aukštai iškeltos.

Štai vartai Nargotrondo prasivėrė
Ir Berenas vidun įėjo.

Maloniai priėmė jį Felagundas,
Nusivedė į menę atskirą,   105
Išklausinėjo apie klajones,
Mūšius, karus ir visą vargą.
Pradėjus pasakoti apie Doriatą
Užkando žadą Berenui staiga,
Lutijenos prisiminus šokį,   110
Baltas rožes jos plaukuose.
Apie žvaigždes ją prieblandoje supusias
Ir švelnų balsą tyrą.
Papasakojo apie Tingolo menes,
Jo fontanus didingus,   115
Nežemišku grožiu ši požemių pilis
Apstulbusį keleivį pasitinka,
Lakštingalų giesmių pilna,
Kerų šviesos slaptingos.
Papasakojo apie užduotį klastingą Tingolo   120
Ir laukiantį pavojų pilną kelią
Už Lutijenos, už Tinuvielės ranką –
Gražiausios iš visų mergelių.
Šiame kely nebuvo jam vilties,
Tik ranką šaltąją mirtis išties.   125

Stebėjos Felagundas tai išgirdęs
Ir tarė pagaliau: „Man rodosi, Tingolas
Tave į tikrą mirtį pasiuntė, bičiuli,
Nes brangakmenių šių šlovė plačiai pasklidusi
Ir žinomas gerai su jais susijęs prakeikimas,   130
Ir Feanoro priesaika duota,

Jo sūnūs priesaiką šią vykdyt pasiryžę,
Vien jiems priklauso brangakmenių nuostabių šviesa.
O Tingolas negali viltis
Ilgai šį lobį išlaikyti,   135
Nes jis, deja, nėra valdovas
Visų pasauly elfų karalysčių.
O visgi tu sakai, be Silmarilo
Sugrįžt į Doriatą negali,
Tačiau, žinok, Morgoto įtūžis siaubingas   140
Seks tavo pėdom, jei pavyktų gauti jį.
Klaidus, tamsus ir ilgas tavęs laukia kelias,
O Feanoro sūnūs, jei tiktai galėtų,
Išgirdę apie tavo užduotį,
Nespėjusį sugrįžt į tuos miškus tave nudėtų,   145
Nespėjusį įteikt Tingolui tos žėrinčios ugnies,
Nespėjusį pasiekt saldaus troškimo.
Žinok, čia, šioj karalystėj, su manimi
Gyvena Kelegormas ir narsusis Kurufinas,
Ir nors esu aš Finrodo sūnus,   150
Karalius, įsigijęs galią didžią,
Jie priesaika ištikimybę man prisiekė,
Parodė varguose draugystę.
Tačiau bijau, kad Barahiro sūnui Berenui
Pasigailėjimo jie neparodys nei gerumo,   155
Nes prisiekė kerštu jie persekiot
Kiekvieną, kas tik Silmarilą turi.
Kiekvieną, kas prie žėrinčios ugnies
Rankas išties."

    Ir štai tikrai, kai tik karalius   160
Apsakė savo tautai visą bylą,
Papasakojo apie Barahirui duotą priesaiką,

Daugel širdžių užuojauta prabilo.
Stebėjosi visi, kurie girdėjo
Apie pavojų pilną Šiaurės kelią,   165
Ir kaip žmonių mirtingų ietys
Nuo pražūties išgelbėjo karalių.
Bet štai minios gausingos vidury
Iškėlęs kardą stovi išdidusis Kelegormas,
Saulėje žibančiais plaukais   170
ir akimis pykčiu žioruojančiom.
Balsai minios staiga nuščiuvo,
Visi stebėdamies į jį sužiuro.

    „Kas jis bebūtų – elfas, orkas ar žmogus,
Į akmenis šiuos įstabius ištiesęs ranką,   175
Visus juos persekiosime kerštu baisiu
Iki pasaulio krašto, vandenynų kranto;
Apsaugot negalėtų anei vieno
Kardai nei burtai, netgi pragaro galybė,
Žvėries nei paukščio, draugo arba priešo   180
Nuo mūsų giminaičių neapykantos.
Šį lobį sau pasilaikyt didžiulį
Tik Feanoro sūnūs teisę turi.“

    Dar daug piktų ugningų žodžių
Jis ištarė karu grasindamas,   185
Draugo prieš draugą, tarsi Feanoro
Jiems pasigirdo balsas aidintis,
Jų širdyse pasėjęs baimės tamsą,
Ir ėmė piešti jų vaizduotė
Kraujo upes, negyvus kūnus,   190
Jei Berenui pagalba būtų duota.
O gal griuvėsiai, mūšiai, vargas

Ištiktų Doriatą, kur Tingolas valdo,
Jei kartais akmenį prakeiktą
Paimtų jojo rankos.   195
Ir net ištikimiausieji sekėjai
Dėl Felagundo priesaikos gailėjos,
Ir Morgoto įveikt kardu arba klasta
Jie nevilties ir baimės apimti
Nesitikėjo, o tada,
Nutilus broliui, prakalbėjo Kurufinas,   200
Ugningais žodžiais tokius paskleidė kerus,
Kad joks Narogo gnomas neišėjo
Į karą atvirą lig Turino dienų.
Jie veikė tyliai, paslapčia, iš pasalų,
Naudojo burtus ir kerus galingus,   205
Tyliai surengdavo jie sąmokslus slaptus
Ir tamsoje pradingdavo.
Žvėrys tarnavo jiems ir paukščiai,
Atsargūs, budrūs, tylūs,
Medžiotojai tarsi šešėliai slinkdavo   210
Be garso priešų pėdom.
Savo aukas minkštutėm pėdom
Dienom jie sekdavo slapčia,
Nematomi, negailestingai,
Strėlėm užnuodytom žudydavo nakčia.   215
Taip Nargotrondas buvo ginamas
Pamiršus pažadus ir priesaikas visas,
Nes Morgoto galybės baimę Kurufino kalbos
Pasėjo širdyse.

    Todėl nelemtą dieną tą su Felagundu   220
Į kelią niekas neišdrįso leistis,
Murmėdami tarpusavy, kad Finrodas

Nei jo sūnus dievų neturi teisių.
Tad Felagundas štai nusiplėšia karūną,
Po kojom sviedžia užvaldytas pykčio: 225
„Savąsias priesaikas jūs galit laužyti,
O aš savişkę išlaikysiu,
Net jeigu teks prarasti karalystę,
Nepabijosiu ir kviečiu
Kartu keliaut, jei čia dar liko   230
Bent keletas narsių, ištikimų širdžių;
Kad nereikėtų man lyg elgetai
Nuo savo miesto vartų, savo rūmų
Nuleidus galvą negarbingai trauktis,
Palikus tautą ir karūną!"   235

    Išgirdę tai pakilo ir prie jo šalies sustojo
Dešimt tvirtų ir išbandytų vyrų,
Kurie visad ištikimai kovojo
Su Felagundo vėliava.
Pakėlęs vienas jų karūną tarė: 240
„Net jeigu lemta mums išvykti,
Tai neturėtum tu, karaliau,
Prarast savosios karalystės,
Gali tu vietininką po savęs palikti."
Tad Felagundas paėmė karūną
Ir Orodretui ištiesė laikyti: 245
„O broli, kol manęs nebus,
Valdyki mano karalystę."
O Kelegormas nieko nepasakė,
Ir Kurufinas nusišaipęs dingo.

* * *

Taip dvylika išsiruošė į kelią 250
Iš Nargotrondo ten į šiaurę tolimą,
Tylėdami slaptu taku pasuko,
Beblėstančios dienos ištirpo prieblandoj.
 Neišlydėjo jų daina,
Trimitai skardūs neskambėjo, 255
Tamsiais apsiaustais apsigaubę,
Pilkais šalmais pridengę galvas jie išėjo.
Ilgai keliavo jie krantais Narogo,
Kol upės ištakas pasiekė,
Saulėje žėrinčius krioklius, 260
Skaidrius lyg stiklas vandenis,
Ivrino ežerą paliekančius.
Tą ežerą, kurio paviršiuj atsispindi
Veidai kalnų Šešėlio –
Blyškūs, niūrūs, paslaptingi. 265

 Toli paliko jie saugius namus,
Bet iki šiol išvengt pavykdavo
Orkų pulkų, piktųjų padarų,
Siaubingosios galybės Morgoto.
Miškų šešėliuose, papėdėse kalnų 270
Ilgai jie slapstėsi naktų daugybę,
Kai vieną naktį debesis tamsus
Mėnulio šviesą paslėpė, žvaigždynus.
Pašėlę vėjai rudeniniai
Šakas kedeno, ėmė plėšt lapus, 275
Pro triukšmą šį iš tolumos atsklido
Neaiškus garsas, murmesys kraupus,
Iš tolumos aidėjo dar ir juokas,
Šiurkštus ir vis garsėjantis,
Artėjo pamažu neaiškus ir baisus 280

Batų sunkių trepsėjimas.
Žibintų, sukabintų ant kardų ir iečių,
Sužibo niūrūs žiburiai raudoni,
Orkų gauja pro šalį ėjo –
Goblinų snukiai nemalonūs.   285
Šikšnosparnių būriai aplinkui sukos
Ir keletas pelėdų skraidė tykiai,
Medžių lapijoje tamsioj
Naktiniai paukščiai klykė.
Tas juokas, tarsi geležies žvangėjimas,   290
Praslinko gretimais ir slopti ėmė.
O Berenas su elfais pėdom jų
Tyliau už pačią tylą sėlino.
Ir taip aptiko jų stovyklą
Prislinkdami visai arti,   295
Ten orkų apie trisdešimt sėdėjo,
Laužų šviesos grėsmingos nušviesti.
Be garso sutarė jie planą,
Išsirikiavo tylomis aplinkui,
Pasislėpė šešėliuos medžių,   300
Kiekvienas savo lanką įtempė.
Lėtai ir niūriai, tyliai, paslapčia,
Ir uždainavo templės tamsoje.

   Ir Felagundas riktelėjo šūkį,
Ir dvylika strėlių suskubo,   305
Kiekviena jų surado savo tikslą –
Dvylika orkų krito ir pražuvo.
Lankus šalin! Kardus į ranką
Nieko nelaukdami jie griebė,
Lyg vėlės pragaro prakeiktos   310
Orkai iš baimės šaukė, spiegė.

Ir mūšis užvirė laukymėj
Aršus ir greitas, siautulingas,
Nė vienas orkas nepaspruko
Kankinti žemės nelaimingos,   315
Karu ir prievarta, žudynėm.
Bet pergalės daina nepasigirdo,
Pavojus vis dar grėsė piktas
Ir džiūgauti nebuvo laiko.
Retai šie bjaurūs padarai klajoja   320
Vieni, tokiais mažais būriais,
Arti galėjo būt gauja didesnė,
Todėl skubėt reikėjo ir negaišt.
Savus rūbus numetę šalimais,
Apsirengė jie orkų skarmalais.   325

 Tai buvo Felagundo patarimas.
Bjaurėdamies surinko jie kreivus kardus,
Kurie voliojos prie laužų stovykloj,
Ietis užnuodytas ir kaulinius lankus.
Rankas ir veidus jie purvu išsitepliojo, 330
Nupjaustė peiliais orkų kaltūnus
Ir paslėpė po jais gerai
Elfiškus plaukus, auksu spindinčius.
Šaipydamies žvairavo viens į kitą
Matuodamiesi skarmalus palaikius, 335
 O Felagundas užgiedojo tyliai
Magišką giesmę išvaizdai pakeisti.
Tai giesmei skambant jų veidai ištįso,
Atlėpo ausys, dantys nusmailėjo,
Atvipo lūpos ir sugrubo pirštai   340
Su orkais išvaizda jie supanašėjo.
Savo rūbus ir elfiškus ginklus

Miške jie paslėpė. Leidosi į kelią
Šlykštaus šešėlio pėdom sekdami,
Kuris kadaise buvo elfas ir karalius.   345
    Į šiaurę jie patraukė,
Orkų pakeliui sutikdavo,
Bet šie netrukdė jiems keliauti,
Sveikinimo šūksniais pasitikdavo.
    Keliaudami toliau jie jautės vis drąsiau,   350
Toli paliko Beleriandą,
Priėjo vietą, kur sidabro gijomis
Putojo Siriono vandenys.
Ten miškas, slegiamas nakties,
Niūrus pušynas leidos į rytinį slėnį,   355
Tuo tarpu saulę besileidžiančią
Vakaruos temdė kalnai Šešėlio.
Diena beblėstanti skubėjo tirpti,
Užleisti vietą vakarui vargingam.

    Aukšta ir vieniša sala ten kilo   360
Lyg kokio milžino akmuo nusviestas,
Statūs krantai ir uolos neįkopiamos
Vandenimis apriestos.
Neramūs vandenys tyri
Išgraužė kabančius skardžius urvais,   365
Skubėjo vis tolyn, tolyn,
Kad džiaugtųs mielesniais krantais.
    Elfų sargybos bokštas išlakus
Kadaise šios kalvos viršūnę puošė,
Dar ir dabar atrodė jis gražus,   370
Nors užvaldytas blogio.
Viena pikta akim jisai stebėjo
Bleriandą tolimą,

Kitos įniršęs atitraukti negalėjo
Nuo slėnio pabaigos,   375
Kur matėsi sausros nualinti laukai,
Po sluoksniu pelenų užtroškę,
Ir kur didžiulis, juodas debesis pridengia
Tangorodrimo bokštus.

    Dabar šioje saloj apsigyvenęs buvo   380
Pikčiausias iš visų tarnų Morgoto
Ir kelią iš Beleriando
Jis sekė nepavargdamas.
    Jį žmonės pavadino Thu,
Bijojo, nekentė, bet linko   385
Po jo geležine lazda,
Po jo valdžios našta siaubinga.
Raganius buvo jis galingas,
Lyg kokį dievą garbino jį žmonės,
Šmėklų, vaiduoklių, siaubo padarų,   390
Visų vilkolakių valdovas.
Burtus tamsius ir magiją siaubingą,
Kerus slaptingus savo gūžtoj pynė,
Visus aplinkinius kraštus kamavo
Siaubinga jo galybė.   395
Pabaisos, iš tamsos iššliaužusios,
Kraujo ir prievartos ištroškusios,
Aplink jį telkėsi pulkais,
Toje saloj, Raganiaus bokšte.
    Tad Thu pamatė juos iš tolo,   400
Nors jie atsargūs buvo ir šešėliuos slapstės,
Pasišaukė savus vilkus ir jiems įsakė:
„Sugaukit ir atveskit man tą orkų būrį keistąjį,
Kuris taip tyliai slenka, tarsi ko bijodamas,

Ir neskuba visai, kaip įsakyta,   405
Pranešt naujienų apie savo žygį,
Mano akivaizdoje pasirodyti."
Prie savo bokšto lango jis parimo,
Širdy ruseno įtarimas.

  Ir štai vilkų jie stovi apsupti   410
Lemties baisios pabūgę,
Teks pasiduoti, pralaimėjimą priimt
Ir pereit tiltą niūrų,
Kurs į Raganiaus bokštą veda.
Palydi juos vilkai pikti,   415
O saugūs ir mieli Narogo slėniai
Dabar jau palikti toli.
Raganiaus bokštas priekyje niūrus
Ir sostas išteptas krauju.

  „Tai kur keliavot, ką regėjot?"   420

  „Mes elfų žemėse klajojom, vargą ir ašaras pasėjom,
Gaisrai liepsnojo, kraujo upės plaukė,
Štai ką regėjom, kur keliavom.
Nužudėm trisdešimt, jų kūnus sumetėm duobėn,
Varnai ten krankia ir pelėdos ūkauja,   425
Toks mūsų kelias, žudymu žymėtas –
Palikom žemę nusiaubtą."

  „Nagi, papasakokit, vergai Morgoto,
Kas elfų žemėse ten naujo?
Tikiuosi, ten užsukti jūs išdrįsot?   430
Kaip Nargotrondas? Kas ten karaliauja?"

„Tiktai pasienius mes išdrįsom pulti,
O karaliauja ten gražusis Felagundas."

„Tai negirdėjote, kad jis išėjo
Ir Kelegormas jo karūną dėvi?"   435

„Tai netiesa! Jei jis išėjo,
Tai Orodretas jo karūną dėvi."

„O, aštrios jūsų ausys, greit sugaudo
Kraštų neaplankytųjų naujienas!
Dabar pasisakykite savus vardus, drąsuoliai,   440
Kas vadas jūsų, kam tarnaujat?"

„Nerebas aš, jis Dungalefas, o štai jie
Mūsų kariai ištikimi, kovose išbandyti,
Gyvenam po kalnais urvuos tamsiuos,
Dabar skubėt mums reikia ir negaišti.   445
Nes Boldogas, vyriausias vadas,
Prie laužo sėdi mūsų laukdamas."

„O aš girdėjau, kad Boldogas žuvo neseniai
Nuo valkatos Tingolo rankos,
Nusususio Doriato pasieniuose,   450
Kur slapstos jis su savo pasturlakais.
O ar girdėjot apie Lutijeną,
Mergelę gražią neapsakomai?
Žinokit, kad Morgotas sumokėtų nemažai
Tam, kas tą elfę pristatytų.   455
Jis pasiuntė Baldogą, bet tasai pražuvo,
Ir keista man, ko jūs Baldogo nelydėjot.
   Oi, tik pažvelkit į Nerebą, ir kodėl
Kakta jo taip piktai susiraukšlėjo?

Kodėl jis nesijuokia pagalvojęs, 460
Kad viešpats jo pagrobti nori Lutijeną?
Jos šviesą tamsuma pakeisti,
Purvuos išmurkdyt tą mažylę mielą?
    Kam jūs tarnaujat – Šviesai ar Tamsybėms?
Kas karaliauja virš visų iškilęs? 465
Kieno galia pranoksta visą žemės galią?
Žiedus ir auksą kas dosnia ranka dalija?
Kas visą laimę, visą džiaugsmą
Godiems dievams apkartino?
Kartokit savo priesaiką, Baugliro orkai! 470
Į šalį nežiūrėkit!
Težūva meilė, grožis, išmintis!
Prakeiktas mėnuo ir žvaigždynai!
Teišsilieja po pasaulį tamsuma,
Visa, kas gera, paskandina, 475
Tegriūva Manvės rūmai, Vardos menės,
Užgęsta saulė, blogis viešpatauja!
Te neapykantos liepsna kaitri
Nusiaubia šį pasaulį!"

    Bet joks žmogus nei laisvas elfas negalėtų 480
Ištarti tokios šventvagystės,
Ir Berenas nuleidęs galvą sumurmėjo:
„Kas toks yra šis Thu, kad drįsta
Mus sulaikyt? Ilgiau jau gaišti nebegalim,
Tuojau pat leidžiamės į kelią." 485

    Bet Thu tiktai nusijuokė: „Kantrybės!
Nedaug kentėt beliko,
Tad dar užgaiškit minutėlę
Ir mano giesmę išklausykit."

Liepsningas žvilgsnis juos sukaustė,   490
Tiršta tamsa apsupo,
Burtažodžiai, kerai nuodingi pasiliejo
Iš tų suktų, klastingų lūpų.
Jis užgiedojo apie atskleidimą,
Perpratimą, atvėrimą, išdavystę,   495
Apnuoginimą, aikštėn iškėlimą,
Prasiskverbimą, apgavystę.
Bet Felagundas susvyravęs
Taip pat užtraukė savo giesmę:
Apie tvirtumą, išlaikytą paslaptį,   500
Stiprybę, pasipriešinimą, laisvę,
Apie maskuotę, išvaizdos keitimą,
Nutrauktas grandines, sulaužytas žabangas,
Kovą prieš didelę galybę,
Ištikimybę nesibaigiančią.   505
    Giesmė viena arba kita į viršų kildavo
Slopino viena kitą, nepaleido, smaugė,
Thu traukė vis garsiau, bet Felagundas
Tvirtai stovėjo, nepasidavė.
Į giesmę savo visą elfų magiją sudėjo   510
Ir pamažu pro aršią kovą
Išgirdo jie – tarsi toli toli
Giedotų paukščiai Nargotronde,
Ir tyliai oštų jūros bangos
Perlų krantus skalaudamos.   515

    Bet štai pikti kerai stiprėja:
Tamsa skandina Valinorą,
Pakrantėj kraujas liejas,
Kur žudo giminaičius gnomai
Ir vagia jų laivus balčiausiom burėm.   520

Jūra siaučia. Vėjas kaukia.
Staugia pikti vilkai. Varnai pakyla.
Griaustinis griaudžia, lietūs pliaupia.
Angbande liūdi kaliniai.
Sukausto jūras ledas ir gaisrai išplinta,   525
Pasklinda dūmai, šaltis, neviltis,
Ir Felagundas ant grindų parkrinta.

    Ir štai pradingsta orkų išvaizda šlykšti,
Vėl švyti jų oda ir žiba akys,
Bruožus savus atgauna jų veidai,   530
Taip į nagus Raganiaus jie pateko.
Į tamsius požemius, kur nepasiekia
Jokia viltis, jokia švieselė mirganti,
Jie buvo nutrenkti, sukaustyti grandinėm,
Voratinkliais lipniais suvystyti.   535
Jie atsidūrė, kur šviesa jau veido nepalies,
Skausmo prislėgti, iškamuoti nevilties.

    Ir visgi Felagundo pastangos
Nebuvo bergždžios. Thu
Nei jų vardų nesužinojo,   540
Nei jų kelionės tikslo.
Todėl grasino juos palaužti,
Galbūt bent vienas susvyruos,
Kankinimų, baisios mirties pabūgęs
Jam paslaptį išduos.   545
Grasino, kad tamsoj vilkai atslinks,
Po vieną juos draskys ir plėšys,
Visi kiti klaikiausio siaubo apimti
Galės tiktai stebėti.
Thu sakė, kad galiausiai vienas liks,   550

Kurį galės jisai kankinti,
Sukioti sąnarius ir kaulus laužyt tol,
Kol jis jam viską pasakytų.

Kaip jis grasino, taip ir atsitiko.
Akys tamsoj lyg žiburiai raudoni sužibėdavo,   555
Kaulų treškančių ir plėšomos mėsos garsai
Girdėjosi ir kraujo kvapas sklido.
Riksmai bičiulio priešmirtiniai
Vis slopo, slopo, kol nutildavo,
Tačiau nė vienas jų nesusvyravo,   560
Nė vienas paslapties neišdavė.

Čia baigiasi VII giesmė. Dabar grįšiu prie *Quenta*, kurios
ankstesnė ištrauka baigėsi žodžiais: „Ilgai jie buvo kankina-
mi Thu požemiuose, bet nė vienas neišdavė kitų" (p. 101). Ir,
kaip anksčiau, *Quenta* pasakojimą palydėsiu visiškai kito-
kia ištrauka iš „Baladės".

Kita ištrauka iš Quenta

Tuo metu Lutijena iš toliaregés Melianés sužinojo, kad Berenas pateko į Thu nelaisvę, ir netekusi vilties émé svarstyti, kaip pabégti iš Doriato. Apie tai sužinojęs Tingolas įkalino ją namelyje pačiame aukščiausiame buko medyje, aukštai virš žemés. Kaip jai pavyko pabégti į miškus ir kaip ji sutiko Kelegormą, kai jis su draugais medžiojo prie Doriato sienų, pasakojama „Leitiano baladéje". Jie klasta nusiviliojo ją į Nargotrondą, o ten gudrusis Kurufinas buvo pakerétas jos grožio. Iš jos pasakojimo jie sužinojo, kad Felagundas pateko į Thu nelaisvę, tad sumané palikti jį ten mirti, o Lutijeną pasilaikyti ir priversti Tingolą išleisti ją už Kurufino, taip sustiprinus savo galią užimti Nargotrondą ir tapti galingiausiais gnomų princais. Kol visos elfų pajégos nebus jų puséje ir jiems paklusnios, jie nė neketino nei patys ieškoti Silmarilų, nei leisti tai daryti kitiems. Bet jų planai žlugo teatnešdami elfų karalystėms kartėlį ir susvetimėjimą.

Kelegormo skalikų vadas buvo Huanas. Jis buvo kilęs iš nemirtingos giminės, medžiojusios Oromės medžioklės plotuose. Oromė atidavė jį Kelegormui dar tais senais laikais, Valinore, kur Kelegormas dažnai sekdavo šio dievo medžioklės ragą. Jis atkeliavo į Didžiąsias žemes su savo šeimininku ir nei strėlė, nei kardas, nei burtai, nei nuodai negalėjo jam pakenkti, tad jis dažnai lydėdavo savo šeimininką mūšiuose ir ne kartą išgelbėjo jam gyvybę. Jam buvo išpranašautas likimas, kad nužudyti jį gali tik pats galingiausias vilkas, koks tik yra vaikščiojęs šia žeme.

Huanas buvo ištikimas ir pamilo Lutijeną nuo tos akimirkos, kai surado ją miškuose ir atvedė pas Kelegormą. Jis liūdėjo dėl savo šeimininko išdavystės, išlaisvino Lutijeną ir iškeliavo su ja į šiaurę.

O ten Thu vieną po kito žudė savo belaisvius, kol teliko tik Felagundas ir Berenas. Kai atėjo Bereno mirties valanda, Felagundas pasitelkė visą savo galią, sutraukė grandines ir grūmėsi su vilku, kuris buvo atėjęs nužudyti Bereno, jis nukovė vilką, bet ir pats žuvo tamsoje. Netekęs vilties Berenas sielvartavo ir laukė mirties. Bet atėjo Lutijena ir uždainavo netoli požemių. Taip ji patraukė Thu dėmesį ir jį išviliojo, nes garsas apie Lutijenos grožį ir nuostabų balsą buvo plačiai pasklidęs visose žemėse. Netgi Morgotas jos troško ir buvo pažadėjęs didžiulį atlygį tam, kas ją sugaus. Visus vilkus, kuriuos siuntė Thu, Huanas tyliai nužudydavo, kol pasirodė Drauglinas, didžiausias iš visų vilkų. Kilo įnirtingas mūšis, o Thu suprato, kad Lutijena ne viena. Bet jis prisiminė Huanui išpranašautą likimą ir pasivertė didžiausiu vilku, koks tik yra vaikščiojęs žemėje, ir atėjo.

Tačiau Huanas jį nugalėjo ir atėmė pilies raktus, taip pat išgavo burtažodį, kuris sutvirtino jo užkerėtos pilies sienas ir bokštus. Taigi, tvirtovė griuvo, bokštai nuvirto ir atsivėrė požemiai. Daug kalinių buvo išlaisvinta, bet Thu pasivertęs šikšnosparniu nuskrido į Taur-na-Fuiną. Lutijena rado Bereną gedintį Felagundo. Ji išgydė jo sielvartą ir nelaisvės sukeltą išsekimą, o Felagundą jie palaidojo jam priklausiusios salos viršūnėje ir Thu čia nebesugrįžo.

Huanas grįžo pas savo šeimininką, bet maža tarp jų tebuvo likę meilės. Berenas su Lutijena laimingi nerūpestingai klajojo, kol vėl atėjo prie Doriato sienų. Tuomet Berenas prisiminė savo priesaiką ir norėjo atsisveikinti su Lutijena, tačiau ji nenorėjo skirtis. Tuo metu Nargotronde kilo sąmyšis. Nes Huanas ir daugybė buvusių Thu belaisvių atnešė žinias apie Lutijenos žygdarbius ir Felagundo mirtį, o Kelegormo ir Kurufino išdavystė paaiškėjo. Kalbama, kad jie slapta pasiuntė Tingolui pasiuntinius dar prieš pabėgant Lutijenai, bet įpykęs Tingolas pasiuntė savo paties tarnus nunešti jų laiškus Orodretui. Tuomet Narogo elfų širdys vėl atsigręžė į Finrodo giminę, jie gedėjo savo karaliaus Felagundo, kurio buvo išsižadėję, ir prisiekė ištikimybę Orodretui.

Tačiau jis neleido jiems nužudyti Feanoro sūnų, kaip kad visi norėjo. Jis ištrėmė juos iš Nargotrondo ir prisiekė, kad nuo šiol tarp Narogo ir Feanoro sūnų nebebus jokios meilės. Taip ir nutiko.

Kelegormas su Kurufinu įpykę skubėdami jojo per miškus ieškodami kelio į Himlingą ir netyčia užklupo Bereną su Lutijena tuo metu, kai Berenas mėgino atsiskirti nuo savo mylimosios. Jie jojo tiesiai į juos ir pažinę pamėgino sutrypti Bereną žirgų kanopomis.

O Kurufinas pačiupo Lutijeną ir įsikėlė į balną. Tuomet Berenas šoko, ir tai buvo galingiausias mirtingo žmogaus šuolis.

Jis šoko lyg liūtas ant visu greičiu skriejančio Kurufino žirgo ir sugriebė jį už gerklės, žirgas ir raitelis griuvo ant žemės, o Lutijena nuskriejo toliau ir liko apsvaigusi gulėti. Berenas smaugė Kurufiną, tačiau ir pačiam vos pavyko išvengti mirties, nes atstatęs ietį atjojo Kelegormas. Tuomet Huanas atsižadėjo ištikimybės Kelegormui ir šoko ant jo taip, kad žirgas susverdėjo, ir bijodami šio didžiulio šuns niekas nedrįso prisiartinti. Lutijena neleido nužudyti Kurufino, tačiau Berenas atėmė jo žirgą ir ginklus, iš kurių garsiausias buvo nykštukų darbo peilis. Jis pjaustydavo geležį lyg medį. Tada broliai nujojo, bet atsigręžę išdavikiškai šovė į Huaną ir Lutijeną. Huano jie nesužeidė, o Berenas užstojo Lutijeną ir buvo sužeistas; kai ši žinia pasklido, žmonės jau nebepamiršo šios žaizdos nei Feanoro sūnų išdavystės.

Huanas liko su Lutijena. Išgirdęs apie jų sunkumus ir kad Berenas vis dėlto turi keliauti į Angbandą, nubėgo į Thu pilies griuvėsius ir atnešė iš ten vilko kailį ir šikšnosparnio odą. Tik tris kartus Huanas buvo prabilęs elfų ar žmonių kalba. Pirmąjį kartą – kai sutiko Lutijeną Nargotronde. Dabar prabilo antrą kartą, patardamas, kaip jiems įvykdyti neįvykdomą užduotį. Tad jie nujojo į šiaurę, kol jau nebegalėjo saugiai joti žirgu. Tada prisidengė vilko kailiu bei šikšnosparnio oda ir Lutijena, panaši į blogio fėją, jojo vilkolakiu.

„Leitiano baladėje" pasakojama, kaip jie atvyko prie Angbando vartų ir rado juos gerai saugomus, nes tarp elfų plačiai pasklidę gandai pasiekė Morgotą ir jis nežinojo, ką apie tai manyti. Tad paskyrė galingiausią iš vilkų, Karkarasą Peiliadantį, saugoti vartų. Bet Lutijena jį užbūrė ir jie prasiskynė kelią į Morgoto akivaizdą, ir Berenas nuslinko po jo sostu. Tuomet Lutijena atliko baisiausią ir narsiausią žygdarbį, koks tik kada nors buvo atliktas elfo, jis laikomas tokiu pat narsiu kaip ir Fingolfino iššūkis, o gal ir narsesniu, tik kad ji turėjo dieviško kraujo.

Ji nusimetė maskuotę, pasisakė tikrą savo vardą ir pamelavo, kad buvo paimta į nelaisvę Thu vilkų. Ji apžavėjo Morgotą, nors jis širdyje puoselėjo piktus planus, ji šoko jam ir užmigdė visą jo dvarą, ji dainavo jam, bloškė į veidą apdarą, kurį buvo išaudusi Doriate, ir taip jį užmigdė – kokios dainos galėtų apdainuoti šį jos žygdarbį ar Morgoto pažeminimą bei pyktį, nes netgi orkai slapta juokiasi tai prisimindami, pasakodami, kaip Morgotas užmigęs nuvirto nuo sosto ir jo geležinė karūna nusirito grindimis.

Tada, nusimetęs vilko kailį, prišoko Berenas ir išsitraukė Kurufino peilį. Su juo iškrapštė Silmarilą. Bet, trokšdamas daugiau, pamėgino išimti juos visus. Tuomet klastingųjų nykštukų peilis džerkštelėjo ir aidus garsas pažadino miegančią Morgoto svitą, o jis pats sudejavo. Siaubas sukaustė Bereno ir Lutijenos širdis ir jie spruko tamsiais Angbando koridoriais. Prie vartų išėjimą užtvėrė Karkarasas, pabudęs iš Lutijenos kerų. Berenas užstojo kūnu Lutijeną, bet tai buvo blogas sprendimas, nes jai nespėjus savo drabužiu paliesti Karkaraso nei ištarti užkeikimo vilkas šoko ant Bereno, kuris dabar nebeturėjo ginklo. Dešine ranka jis smogė vilkui į akis, bet šis griebė ranką nasrais ir ją nukando. O toje rankoje Berenas laikė Silmarilą. Bet vos tik Silmarilas palietė blogiu persisunkusį jo kūną, vilko vidurius nudegino baisus skausmas, jis metėsi bėgti kaukdamas taip, kad kalnai drebėjo, ir pakvaišęs Angbando vilkas buvo pats baisiausias iš visų šiaurę ištikusių vargų. Lutijenai ir Berenui vos pavyko pasprukti iki prabundant visam Angbandui.

Nėra daug ką pasakoti apie tai, kaip jie klajojo, kokią neviltį išgyveno ir apie išgydymą Bereno, kuris nuo to laiko buvo vadinamas Berenu Ermebvedu, tai reiškia Vienarankiu, ir apie tai, kaip juos išgelbėjo Huanas, kuris buvo juos palikęs artinantis prie Angbando, ir apie grįžimą į Doriatą. Bet Doriate daug kas nutiko. Po Lutijenos pabėgimo čia viskas ėmė klostytis blogai. Kai Lutijenos paieškos nedavė vaisių, liūdesys prislėgė visus ir nutilo dainos. Ilgai jie ieškojo, per tas paieškas dingo Daironas, Doriato fleitininkas, kuris mylėjo Lutijeną iki Berenui ateinant į Doriatą. Jis buvo geriausias elfų muzikantas, išskyrus Maglorą, Feanoro sūnų, ir Tinfangą dainininką, bet niekuomet nebegrįžo į Doriatą ir nukeliavo į rytus.

Be to, buvo puldinėjamos Doriato sienos, nes pasklido ir Angbandą pasiekė gandai, kad paklydo Lutijena. Čia mūšyje nuo Tingolo rankos žuvo Boldogas, orkų vadas, kartu su Tingolu tame mūšyje dalyvavo stiprūs kariai: Belegas Lankininkas ir Mablungas Sunkiarankis. Taip Tingolas sužinojo, kad Lutijena dar nepakliuvo Morgotui, tačiau jis žino apie jos klajones, tad Tingolą kaustė baimė. Šiuo baimės metu atvyko slapti Kelegormo pasiuntiniai ir pasakė, kad Berenas nebegyvas, kaip ir Felagundas, o Lutijena Nargotronde. Tuomet Tingolo širdyje kilo liūdesys dėl Bereno mirties, o jo pyktis nukrypo į Kelegormą, kuris išdavė Finrodo giminę ir laikė Lutijeną neparsiųsdamas jos namo. Todėl jis nusiuntė šnipus į Nargotrondą ir ruošėsi karui. Tačiau sužinojo, kad Lutijena pabėgo, o Kelegormas su broliu iškeliavo į Agloną. Tad jis nusiuntė pasiuntinius į Agloną, nes nebuvo toks stiprus, kad galėtų pulti visus septynis brolius, o ir pyko jis tik ant Kelegormo ir Kurufino. Tačiau šiuos pasiuntinius miškuose užpuolė Karkarasas. Didysis vilkas lyg pakvaišęs lakstė po visus šiaurės miškus, o jo pėdomis sekė mirtis ir niokojimas. Tik vienas Mablungas ištrūko parnešti naujienų Tingolui. Visa nelaimė, kad ar dėl likimo užgaidos, ar dėl viduriuose degančio ir jį kankinančio Silmarilo šio vilko nesustabdė Melianės burtai, jis įsiveržė į tyrus Doriato miškus ir juose pasklido siaubas ir pražūtis.

Šioms nelaimėms siaubiant Doriatą ir parėjo Lutijena su Berenu ir Huanu. Tuomet Tingolo širdis pralinksmėjo, bet į

Bereną jis meiliai nepažvelgė, nes laikė jį visų savo vargų priežastimi. Jis nustebo sužinojęs, kaip Berenas išsigelbėjo nuo Thu, tačiau pasakė:

– Mirtingasis, o kaipgi tavo užduotis ir priesaika?

Berenas atsakė:

– Netgi dabar laikau Silmarilą savo rankoje.

– Tai parodyk jį man, – pareikalavo Tingolas.

– Negaliu, – atsakė Berenas, – nes mano rankos čia nėra.

Ir papasakojo visą istoriją, paaiškindamas Karkaraso beprotybės priežastį, tada Tingolo širdis suminkštėjo dėl drąsių Bereno žodžių, savitvardos ir didžiulės meilės, kurią matė liepsnojant tarp savo dukters ir šio narsiausio iš visų žmonių.

Tada jie suplanavo Karkaraso medžioklę. Joje dalyvavo Huanas, Tingolas, Mablungas, Belegas ir Berenas, daugiau niekas. Čia tik trumpai nupasakosiu šią liūdną medžioklę, nes smulkiau ji yra papasakota kitur. Jiems iškeliaujant Lutijeną kamavo bloga nuojauta, ir ne be reikalo, nes Karkarasas buvo nužudytas, bet kartu žuvo ir Huanas, o žuvo jis gelbėdamas Bereną. Tačiau Berenas buvo mirtinai sužeistas, tačiau dar spėjo įteikti Tingolui Silmarilą, kurį Mablungas išpjovė iš vilko pilvo. Ir daugiau jis nebeprabilo, kol jį kartu su Huanu parnešė prie Tingolo rūmų durų. Čia po buko medžiu, kuriame kadaise buvo įkalinta, jų laukė Lutijena, ji pabučiavo Bereną ir jo siela išskrido į laukiančiųjų menes. Taip baigėsi ilga Bereno ir Lutijenos istorija. Bet čia nesibaigia „Leitiano baladė", kur papasakotas visas išsivadavimas iš vergijos. Nes nuo seno pasakojama, kad netrukus ir Lutijena nusilpo ir užgeso palikdama šią žemę, nors kai kuriose dainose dainuojama, kad Melianė pakvietė Torondorą ir jis ją gyvą nunešė į Valinorą. Taip ji pateko į Mandoso menes, dainavo jam apie neblėstančią meilę, tokią gražią, kad jam jos pagailo, ko niekada anksčiau nebuvo atsitikę. Jis iškvietė Bereną ir nutiko

taip, kaip Lutijena pasižadėjo jį bučiuodama jo mirties valan-
dą – kad jie susitiks anapus vakarinių jūrų. Ir Mandosas leido
jiems išeiti, bet perspėjo, kad Lutijena taps mirtinga, kaip ir
jos mylimasis, ir turės dar kartą palikti žemę, kaip visos mir-
tingos moterys, o jos grožis teliks atminimas dainose. Taip ir
nutiko, bet kalbama, kad Mandosas jiems atsilygino suteikda-
mas labai ilgą džiaugsmo kupiną gyvenimą ir jie klajojo nuos-
tabiose Beleriando žemėse nepažindami šalčio nei troškulio,
ir nuo to laiko joks mirtingas žmogus nėra kalbėjęs su Berenu
ar jo žmona.

Tolesnis „Leitiano baladės" pasakojimas iki pabaigos

Ši svarbi poemos dalis prasideda nuo paskutinės „Leitiano baladės" VII giesmės eilutės („Tačiau nė vienas jų nesusvyravo, nė vienas paslapties neišdavė", p. 122), o VIII giesmės pradžia atitinka labai glaustą *Quenta* pastraipą (p. 123) apie Lutijenos įkalinimą Nargotronde, kai ją sugavo Kelegormas ir Kurufinas. Ją išvadavo Huanas, kurio kilmė čia nupasakojama. Žvaigždutės žymi kitos giesmės pradžią, IX giesmė prasideda 345 eilute, X giesmė – 633 eilute, XI giesmė – 1012 eilute, XII giesmė – 1301 eilute, XIII giesmė – 1601 eilute ir paskutinė XIV giesmė – 1943 eilute.

Valinore kadais gyveno
Skalikų giminė garbinga.
O po žalius miškus bėgiojo
Triušiai ir elniai, šernai ir stirnos.

Oromė valdė tuos miškus,   5
Jo menėse geriausias vynas liejos,
Dainos ir juokas, ir linksma kalba,
Ragai medžioklės ten skambėjo.
Jį gnomai praminė Taurosu,
Dievu, kurio ragai kalnuos skardeno,   10
Kuris vienintelis iš visų dievų
Pasaulį šį pamilo, kol nei mėnuo,
Nei saulė dar nebuvo gimę.
Žirgai jo buvo auksu kaustyti,
O giminė skalikų nemirtingų,   15
Sidabro antkakliais puoštų.
Nuostabūs buvo šunys šie,
Pilki, juodi, margi, rudi ir narsūs,
Balti lyg perlas ir greiti lyg vėjas,
Ištikimi ir stiprūs, liekni ir lankstūs.   20
Lojimas jų tarsi varpai,
Kur skamba bokštuose Valmaro,
Jų akys žėri tarsi brangūs akmenys,
O dantys – lyg iš dramblio kaulo.
Lyg kardas, blykstelintis saulėj,   25
Jie skuodžia, seka savo auką.

   Huano jaunos dienos ten prabėgo
Žaliuos Tauroso slėniuos, kloniuos,
Išaugo jis greitesnis už pačius greičiausius
Ir Kelegormui Oromė jį dovanojo   30
Už jo ištikimybę ir draugiją,
Medžioklės ragą sekant per miškus ir pievas.
   Ir taip jau susiklostė – iš visų skalikų
Šviesos krantus paliko tik Huanas vienas,
Kai Feanoro sūnūs iškeliavo,   35

Perplaukę jūras šiaurėn atsikraustė,
Jis sekė savo šeimininką į kiekvieną mūšį,
Gyvybę jam išgelbėjo ne kartą
Nuo kardo, orkų ir vilkų.
Išaugo jis didžiulis, pilkas ir smarkus 40
Jo akys žėrinčios visus šešėlius skrosdavo,
Žinojo jis Beleriando visus takus,
Kvapus suuosdavo per pelkes ir smėlynus,
Net mėnesių kelių senumo, išsisklaidžiusius,
Jis lėkdavo lyg pilkas žaibas 45
Ir priešą už gerklės pastverdavo.
Tačiau labiausiai mėgo jis žudyt vilkus,
Paleist jų kraują juodą,
Tad Thu visi tarnai lig vieno
Jo lyg ugnies bijojo. 50
    Nei burtai, nei kardai, nei strėlės,
Nei velniški nuodai, nagai ar dantys
Sužeist jo negalėjo, nes likimas
Jam buvo toks išpranašautas:
Jį nužudyt galės tik pats stipriausias, 55
Pats galingiausias vilkas iš visų;
Tačiau Huanas nesibaimino savos lemties,
Galvos dėl jos nesuko.

    Klausyk! Tenai, už Siriono upės,
Tolimame Nargotronde 60
Girdis ragų gaudimas ir šauksmai,
Skalikai skalija.
    Medžioklė vyksta ir visi miškai sujudę.
Kas gi išjojo šiandien? Argi nežinai?
Tai Kurufinas ir jo brolis Kelegormas 65
Savus šunis paleido.

Linksmai klegėdami vos saulei patekėjus
Pasiėmė jie savo ietis ir strėles,
Nes Thu vilkai labai jau drąsiai
Vėl siaubti ėmė jų žemes.   70
Jų akys žiba tamsoje anapus upės,
Jų smarvė teršia elfų žemę.
Gal jų valdovas kokią klastą rezga,
Gal sužinot panoro, kas čia daros,
Kokių valdovai elfų turi paslapčių,   75
Kas vyksta ten, po liepa ir buku?

   Tad tarė Kurufinas: „Mano broli,
Kokia pikta klasta čia slypi?
Man nepatinka tai. Seniai reikėtų
Iš mūsų žemių padarus tuos išvaikyti!   80
Jei prie vilkų medžioklės mano sumanytos
Prisidėtum, pradžiugintum mane išties.“
O pasilenkęs prie ausies jam tyliai sušnabždėjo,
Kad Orodretas – visiškas kvailys.
Karalius jau seniai išvykęs,   85
Ir jokios žinios neateina,
   „Išties naudinga būtų sužinoti,
Ar gyvas jis, ar vis dar laisvas,
Surinki savo vyrus ir sakyk,
Kad išvyksti vilkų medžioti,   90
Tuomet visi supras, kad tu
Narogo rūpinies gerove.
O miškuose naujienų galim sužinoti,
Ir jei toks bus aklos lemties sprendimas
Ar atsitiktinumas – jis sugrįžtų   95
Ir su savim parneštų Silmarilą,
Tai jokių žodžių čia daugiau nereikia,

Jis pagal teisę tau (ir man) priklauso,
Be to, mūs kraujo linija senesnė,
Todėl galėtum sostą gauti."   100

    Kelegormas klausės. Nieko nepasakė,
Bet sutelkė medžioklei visą savo svitą,
Ragų garsus išgirdęs džiaugėsi Huanas –
Vadas visų skalikų.
    Jie jojo tris dienas vilkus medžiodami   105
Per miškelius, kalvas ir slėnius,
Daugel pilkų nudyrė kailių,
Daugel gaujų išvijo.
Galop prie Doriato sienos
Jie apsistojo pailsėti.   110

    Ragų garsai tolumoje,
Šūksmai, varpeliai, šunys skalija,
Lyg paukštis išbaidytas iš tankmės
Šešėlis keistas bėgti leidžiasi.
Iš baimės skriete skrieja šokančios pėdutės,   115
Nes ji nežino, kas ten miškuose,
Pavargusi, išblyškusi, nuklydusi toli,
Ji blaškosi šešėliuose.
    Aštrus Huano žvilgsnis pastebėjo
Šešėlį keistą, besiblaškantį ūksmėj,   120
Lyg kokią vakaro skiautelę
Nuo saulės bėgančią,
Lyg ūkaną, paklydusią šviesoj.
Sulojo jis, medžioti metėsi
Tą keistą, bailų vakaro šešėlį.   125
Kuris saulėkaitoj vos matėsi.
Ji puolė šen ir puolė ten,

Tai oru sklendė, pažeme pleveno,
Tarsi drugelis, baimės apimtas,
Veltui pasprukt mėgino.   130
Jėgų netekusi galiausiai
Prie medžio ji prigludo gaudydama kvapą.
Huanas tuoj prišoko ir apuostė
Jos rūbo kraštą.
Ir jokie burtai suklaidint jo negalėjo,   135
Nes jo gentis nemirtingoji
Kerams ir burtams buvo atspari,
Jokių burtažodžių nebojo.
Tad iš visų, kelyje sutiktų,
Vienintelio Huano ji įveikti negalėjo   140
Nei užmigdyt keistu miegu.
Ką bedarytų – niekas nepadėjo.
Tačiau išblyškusio jos veido grožis,
Nuostabios akys, ašarom patvinę,
Kaipmat numaldė jojo įniršį,   145
Palenkė širdį, nuramino,
Tą, kurs nebijojo nei mirties,
Nei jokio gyvo padaro.
   Švelniai jis paėmė, švelniai užkėlė
Ant nugaros šią naštą virpančią.   150
„Huanai, ką gi tu čia atnešei? –
Nustebo Kelegormas. –
Fėją, tamsiųjų elfų dukterį ar šmėklą,
Ne jas šiandien medžiojam."

   „Esu Lutijena iš Doriato, – prabilo ji, –   155
Toli nuklydusi nuo elfų saulėtųjų pievų,
Keliauju į vietas ten, kur drąsa užgęsta,
Vilties nelieka."

Kalbėdama tamsos apsiaustą ji nusimetė,
Sublizgo sutviskėjo rūbai baltumu sidabro   160
Ir brangakmeniai ryto saulės spinduliuos
Tarsi rasa sužibo.
Pečius apgobusi melsva jos mantija
Aukso lelijom siuvinėta.
Argi galėtų elfas ar žmogus be nuostabos   165
Žiūrėt į švelnų veidą, liūdesio prislėgtą?
Ilgai spoksojo Kurufinas į
Gėles, įpintas jos plaukuos,
Į liaunas jos rankas ir veidą,
Elfiško grožio kupiną.   170
„Mergele, spindinti tarsi žvaigždė,
Karališkoji, įstabioji,
Sakyk, kodėl nuo Doriato taip toli
Tu vieniša klajoji?
Kokia nelaimė privertė tave   175
Mielus namus palikti?
Bet nieko nebijok dabar,
Mes tavo esame draugai ištikimi."
Kalbėjo Kelegormas švelniai,
Bet žvilgsnio atitraukti negalėjo   180
Nuo liemenėlio liauno.

    Jo šypsena meili klastos neišdavė.
„Kas esate, medžiokliai garbingieji,
Po pavojingus šiuos miškus keliaujantys?" –
Lutijena paklaust išdrįso tyliai.   185
Atsakymas jų buvo malonus
Ir įtarimo nesukėlė jokio:
„Tavo tarnai, meilioji ponia,
Mes esam Nargotrondo lordai.   190

Mes sveikinam tave ir lenkdamiesi kviečiam
Keliaut kartu, prie mūsų prisidėti,
Visus vargus, kančias pamiršus
Po mūsų stogu paviešėti.
Tačiau pirmiausia mes išgirsti turim,   195
Kaip šiuos kraštuos tu atsidūrei."

    Tad ji papasakojo apie Bereno žygius
Ir kaip likimas jį į Doriatą atvedė,
Ir kaip Tingolas pykčio apimtas
Jam davė nelemtąją užduotį.   200
Žodžiu nei ženklu broliai neišsidavė,
Kad dalį šios istorijos jau žino.
Bet apie savo stebuklingą mantiją
Nedaug ji pasakojo, ir apie savo pabėgimą.
Tik žadą jai užkando prisiminus   205
Žvaigždes Doriate ir mėnesieną,
Bereno veidą tamsoje,
Saulės nužertas pievas.
    „Tačiau, mielieji lordai, reikalas skubus,
Ilsėtis ir viešėti nėr kada,   210
Nes daug dienų prabėgo nuo to laiko,
Kai Melianė savo įžvalga
Regėjo Bereną, patekusį nelaisvėn,
Į juodus požemius siaubingus,
Kur jį kankina burtais ir grandinėm   215
Viešpats vilkų negailestingas.
Ten Berenas kankinasi sukaustytas,
Jei dar mirtis jo nesurado."
Daugiau ji nieko pasakyti negalėjo,
Nes sielvartas užgniaužė žadą.   220

Pasivėdėjęs Kelegormą nuošaliau,
Jam Kurufinas tarė tyliai:
„Na štai, dabar jau sužinojom,
Kas Felagundui tam nutiko,
Ir kokio galo Thu vilkai čia šmižinėja."   225
Ir jie abu pasišnabždėję nutarė,
Ką jiems daryti, kaip kalbėti.
   „Mieloji ponia, tu matai, –
Jai Kelegormas tarė, – mes vilkų
Medžioti esam išsiruošę,   230
Bet nors čia daug narsių karių,
Paimt negalim Thu tvirtovės.
Todėl dabar medžioklės mes atsisakysim,
Skubėsim kaip galėdami greičiau namo,
Kad Berenui padėt galėtume, sušauksim   235
Pasitarimą skubų."

   Į Nargotrondą jie pasiėmė Lutijeną,
Tačiau virpėjo nerami širdis,
Vis rodės, per lėtai jie joja,
Ji baiminosi gaišaties.   240
O priekyje Huanas šuoliais lėkė,
Bet nerimą jam kėlė šeimininko elgesys,
Kodėl jis neskuba, tarsi akis išdegęs,
Ir kokio galo Lutijeną ryja akimis.
Šios sunkios mintys širdį slėgė   245
Ir neramiai gręžiotis vertė,
Jis jautė lyg piktos lemties šešėlį
Iš paskos slenkant.
Senovės prakeikimą slegiantį
Kankinant elfų žemę,   250
Jis jaudinosi dėl meiliosios Lutijenos,

Narsuolio Bereno.
Ir Felagundo, baimės nepažįstančio,
Namo negrįžtančio.

   O Nargotronde buvo surengta puota, 255
Užgrojo muzika ir deglai suliepsnojo.
Tačiau nesidžiaugė Lutijena,
Veidelį ašaros vagojo.
Kelionė sukliudyta, jos apsiaustas – paslėptas,
Sargai prie durų pastatyti; 260
Maldavimų jos niekas nesiklausė,
Į klausimus nepanorėjo atsakyti.
Atrodė, kad visi pamiršo
Tuos, kurie tūno požemių tamsybėj
Siaubo ir širdgėlos apimti. 265
Ji per vėlai suprato išdavystę.
Visi suprato Nargotronde,
Kad Feanoro sūnūs ją įkalino,
Kad Berenas jiems nerūpėjo,
Nei karaliaus jie 270
Iš Thu nagų netroško išvaduoti.
Nes širdyse jų atsibudo
Siaubinga priesaika, blogiu alsuojanti.
O Orodretas jų tikslus suprato:
Palikti mirčiai Felagundą 275
Ir Tingolo krauju
Suvienyt Feanoro sūnus
Geruoju ar pykčiu.
Bet niekaip negalėjo jų planų sujaukti,
Nes visa tauta kaip vienas 280
Klausyti nenorėjo Orodreto,
Klastingais brolių žodžiais patikėjus.

Ir nė vienos širdies nesugraudino
Karaliaus jų baisus likimas.

   Prie Lutijenos kojų dieną naktį   285
Huanas nuolatos tupėjo,
Neatsitraukdamas nė minutėlei,
O ji maloniai jam kalbėjo:
„Huanai, ak Huanai, tu greitasis,
Greičiausias iš visų skalikų,   290
Kodėl gi ponų tavo negraudina
Nei mano ašaros, nei sielvartas?
Kadais visi skalikai Barahirą
Labai brangino ir mylėjo,
Kadaise Berenas, klajodamas po šiaurę,   295
Tarp paukščių ir žvėrių draugų turėjo.
Kadais padėdavo jam dvasios,
Gyvenančios kalnuos ir tyruos,
Tačiau dabar klajūno šio
Jau niekas neprisimena.   300
Viena tiktai dukra Melianės
Dar saugo jo paveikslą širdyje;
Didvyrio šio įveikti negalėjo
Net Morgoto klasta.“

   Huanas nieko neatsakė,   305
Tačiau nuo laiko to
Jis Kurufino neprileido nė artyn,
Piktai dantis jam šiepdavo.
   Bet vieną ūkanotą rudeninę naktį,
Kai slapstėsi tarp debesų mėnulio pilnatis   310
Ir blyškios žvaigždės properšose jų mirgėjo,
Ir geso pamažu viltis,

Staiga Huanas dingo ir Lutijena
Naujos klastos pabūgusi sustingo,
Gulėjo tykiai vos kvėpuodama   315
Ir laukė ryto.
Bet štai dar nepradėjus aušti,
Kai miegas ir tyla pasaulį slėpė,
Beformės baimės slapstėsi tamsoj –
Pasieniu prašliaužė šešėlis.   320
Kažkas nukrito tyliai palei lovą:
Tai buvo stebuklingas jos apsiaustas,
O šalia jo – Huanas susigūžęs.
Staiga tyloj suskambo balsas,
Sodrus, skambus, malonus –   325
Lyg aidas varpo tolimo.

    Kalbėjo tai Huanas, kurs anksčiau
Nebuvo žodžio niekada ištaręs,
Dar du kartus elfų kalba jisai prabils,
ir štai ką jis dabar pasakė: 330
„Mieliausioji, gražiausioji, kurią
Žmonės ir elfai, paukščiai ir žvėreliai
Mylėti ir godoti turi.
Kelkis! Skubėk! Mes leidžiamės į kelią.
Apsiaustu savo apsigaubk,   335
Ir kol dar rytas neišaušo,
Mes sprunkame iš Nargotrondo – tu ir aš –
Pavojų pasitikti šiaurėj.
Ir dar Huanas davė patarimą gudrų,
Kaip Thu jiems nugalėt apsakė,   340
Lutijena nustebusi tylėjo,
Širdis džiaugsmingai plakė.

Ištiesusi rankas ji apkabino skaliko kaklą
Ir amžina draugystė gimė – nesulaužoma.

* * *

Raganiaus požemiuose pamiršti visų,   345
Sukaustyti grandinėm, nevilties prislėgti,
Tamsa dusinančia užkloti,
Išlikę du draugai sėdėjo.
Kitų jau nebebuvo, tik pliki,
Apgraužti kaulai, besimėtantys aplinkui,   350
Bylojo apie amžiną ištikimybę,
Kurią šie dešimt vyrų pasirinko.

   Tad Berenas pasakė Felagundui:
„Ne toks jau didis nuostolis mirtis manoji,
Todėl nuo priesaikos tave atleidžiu –   355
Per daug dėl jos tu paaukojai.
Galbūt galėtumei mane palikęs
Iš pragaro šio išsigelbėt bent jau tu,
Pamiršti kančią, vargą, neviltį,
Pasakęs viską, ko taip nori Thu."   360

   „Ak Berenai, ak drauge mano,
Argi nežinai:
Lyg pelenai, paleisti vėjyje,
Yra Morgoto pakalikų pažadai.
Iš čia mes neištrūksime nė vienas,   365
Ir nesvarbu, ar sužinos jis mūs vardus, ar ne.
Ir pasakysiu dar daugiau – bus tik blogiau,
Jei jis supras, ką kalina.

Kad požemiuose jo karalius Felagundas
Ir Barahiro narsiojo sūnus kankinas,   370
O jeigu sužinos jis, kur keliaujam,
Tuomet tikrai nebeištrūksim niekad."

    Staiga tamsoj šėtoniškas suskambo juokas:
„O taip, o taip, girdžiu, teisybę tikrą sakot,
Iš to nususio mirtingojo nedaug naudos,   375
Visai kas kita elfų štai karalius.
Daugiau nei kitas koks žmogus
Jisai kankinimų pakelt galėtų,
O jo pavaldiniai, teisybę sužinoję,
Galbūt išpirkti auksu jį norėtų,   380
Bet gali būt, kad išdidusis Kelegormas
Pigiai varžovo vertina gyvybę,
Ir apsidžiaugs užuodęs retą progą
Ir auksą, ir karūną sau pasilaikyti.
Galbūt aš sužinosiu, kur keliaujat,   385
Tačiau dabar atėjo laikas –
Vilkas išalkęs, teka seilės,
Ir Berenui ilgiau mirties jau laukt nereikia."

    Ir slinko laikas. Tamsoje
Dvi žiaurios akys sužėrėjo.   390
Nujausdamas likimą baisų Berenas
Dantis sukando, nedrebėjo.
Bet štai sužvanga trūkstančios grandinės,
Kurių mirtingasis negal įveikt,
Ištikimasis Felagundas vilką puola   395
Nepaisydamas jo nagų nei įniršio
Ir tamsoje kova užverda.

Jie grumiasi negailestingai,
Ir vilkas urzgia, šaukia Felagundas,
Dantys į kūną sminga.   400
Suspaudžia rankos gerklę,
Į kailį pirštai veliasi
Ir girdi Berenas: tamsoj į šalį nublokštas,
Kaip stimpa kriokdamas vilkolakis.
Ir balsas pasigirsta: „Ak, sudie,   405
Bičiuli, bendražygi, Berenai narsusis,
Širdis manoji plaka vis silpniau
Ir silpsta kūnas.
Aš visą savo galią išnaudojau
Sutraukyti grandinėms užkerėtoms,   410
Nuodingi dantys mane sužalojo.
Tad iškeliauju aš ilsėtis,
Kur menės amžinos, dievai didingi,
Kur liejasi šviesa ant jūros spindulingos.“
Mirtis pasiėmė karalių,   415
Bet iki šiol jį elfų dainiai mena.

  Štai guli Berenas, priglaudęs galvą prie akmens,
Jo sielvartas be ašarų ir gedulas be siaubo,
Telikęs tik laukimas tamsoje
Žingsnių, lemties ar balso.   420
Tyla, gilesnė nei pati naktis,
Nei smėlis, kapą pamirštą užklojantis,
Nei metų metai pilkapiuos nugulę –
Jį slegia, smaugia ir kamuoja.

  Staiga tyla sidabro šukėmis sudužo,   425
Suspindo žvaigždės, uždainavo vėjas
Ir spindulys šviesos per tamsumas ir užtvaras,

Per akmenis, kerus ir sienas sužibėjo.
Naktis švelni jį apgaubė sava skraiste,
Gaivos, gyvybės kupina, tylaus šnarėjimo,   430
Ir pasigirdo tarsi tolima daina –
Švelnus ir mielas balsas mėnesienoj.
Lakštingalos pragydo medžiuose,
Fleitą ir smuiką pirštai lietė,
Ir liejos nuostabi melodija,   435
Skausmą pamiršti kvietė.
Mirgėjo rūbai sidabru –
Ten šoko ji – vienintelė – gražiausia iš visų.

   Užsisvajojęs dainą jis užtraukė,
Tvirtai ir garsiai nuskambėjo balsas.   440
Dainavo jis apie mūšius senovės
Ir žygdarbius, ir pergales didingas,
Apie vergijos grandines sutrauytas,
Tvirtovių blogio bokštų sugriuvimą.
O danguje septynios žvaigždės degė sidabru,   445
Jas žmonės Pjautuvu vadino.
Kadaise jas Varda dangun įkėlė,
Kad šviestų virš šiaurinių žemių –
Šviesa tamsoj ir sielvarte viltis,
Ir vėliava visų Morgoto priešų.   450

   „Huanai, ak Huanai, dainą aš girdžiu
Lyg tolimą, tačiau galingą aidą.
Man rodosi, tai balsas Bereno
Iškyla virš tamsos ir vėjy sklaidos", –
Lutijena prabilo tyliai.   455
Ir apsigaubusi nakties skraiste,
Tamsos apsiaustu savo,

Ji atsistojo siaubo tilto vidury
Ir uždainavo.
Jos balsas persmelkė Raganiaus pilį,   460
Net pamatai ir akmeninės sienos sudrebėjo.
Vilkolakiai užstaugė tamsoje.
Huanas tyliai nuošaly tupėjo,
Klausydamas kiekvieno garso laukė
Budrus ir pasirengęs kautis.   465

    Tačiau ir Thu savojoj irštvoj dainą šią išgirdo,
Ilgai stovėjo bokšte, klausės,
Paskui suktai nusišypsojo
Pažinęs švelnų balsą.
„Mažylė Lutijena! Oho! Ir kas gi atviliojo   470
Į voro tinklą šį drugelį?
Morgotas mane dosniai turtais apipils
Šį brangakmenį gavęs.“
Žemyn nulipo jis, vilkus pasišaukė
Ir savo pasiuntinius išsiuntė.   475

    Dainuoti nesiliovė Lutijena,
Kai iš tamsos atsėlino šešėlis,
Liežuvis kruvinas ir iššiepti nasrai,
Iš siaubo ji virpėjo.
Tačiau kai šoko jis artyn,   480
Tik krioktelėjo ir negyvas krito.
Atslinko kitas – jį tas pats likimas
Kaip pirmąjį ištiko.
    Po jo dar vienas, kitas, trečias,
Daugybę jų Huanas ten paklojo,   485
Nė vienas nebegrįžo ir žinių neparnešė,
Upės tėkmė negyvėlius nuplovė.

Staiga ant siauro tilto stojo
Šešėlis, daug didesnis už kitus,
Pritvinkęs neapykantos ir siaubą skleisdamas,   490
Ir putos dribo iš nasrų.
Draugluinas buvo jis vardu,
Pilkas vilkų valdovas,
Žmonių ir elfų mintantis mėsa,
Vilkolakis akim žioruojančiom.   495

Lojimas, kauksmas tylą perplėšė nakties,
Žibėjo dantys, kraujas tryško,
Galiausiai vilkas sužalotas
Inkšdamas nuskuodė pas savo šeimininką.
„Huanas čia“, – išspaudė ir pastipo.   500
Džiaugsmingas įsiūtis pagavo Thu.
„Jį nužudys tik pats didžiausias
Ir pats aršiausias vilkas iš visų“, –
Pamanė Thu ir tarėsi supratęs,
Kaip pranašystę šią išpildyt.   505
Tad štai atsėlina iš tamsumos šešėlis –
Dar vienas vilkas.
Nasrai jo varvantys nuodais
Ir akys kraupiai žėri,
Didžiulės letenos, ilgi gaurai,   510
Nagai lyg peiliai.
Kvėpavimas nuodingas, karštas,
Ir mėnesienoj dantys blyksi,
Kur žengia kojos jo –
Žolė nuvysta.   515
O Lutijenos akys apsiblausė,
Virpėjo rankos, kojos linko,
Nagais lediniais baimė gerklę gniaužė,

Daina nutilo.

Tai Thu atėjo pasivertęs   520
Vilku galingu ir grėsmingu,
Pačiu baisiausiu, koks yra kankinęs,
Šią žemę nelaimingą.
Pripuolė jis, Huanas šoko šonan,
Pakirto kojas baimė Lutijenai,   525
Jau kone alpdama pajuto ji
Siaubingą vilko smarvę. Sujudėjo
Ir sušnabždėjo vieną žodį,
Prieš snukį mostelėjo
Jam savu apsiaustu.   530
O vilkas susvyravo, kluptelėjo.
Pripuolė tuoj Huanas, užvirė kova,
Po dangumi žvaigždėtu kauksmas nuskambėjo
Skalikų nemirtingųjų kalba,
Kurie žudydami mirties nebijo.   535
Jie šokinėjo, sukosi ratu,
Krito ir kėlėsi, kando ir plėšė,
Pripuldavo artyn ir apsimesdavo, kad bėga.
   Staiga Huanas griebė savo priešą
Dantimis tiesiai už gerklės   540
Ir ėmė smaugti jį negailestingai.
Thu blaškėsi ir rangėsi, pavirsdavo
Tai slibinu, tai demonu baisingu,
Bet iš nasrų Huano jis ištrūkti negalėjo.
Nei burtai, nei kerai, nei strėlės,   545
Nei dantys, nei nuodai, nei velniškos žabangos
Pakenkti negalėjo šiam skalikui,
Kuris kadais medžiojo Valinore.

Dvasia piktoji sudrebėjus atsiskyrė,
Ilgai Morgoto įniršio blogiu penėta,   550
O Lutijena pakilusi ant kojų
Virpėdama agoniją stebėjo.

„O demone tamsus, niekšingasis šešėli,
Iš melo, purvo ir klastos nuaustas,
Tu mirsi ir tavoji siela   555
Keliaus pas savo šeimininką paniekos jo kęsti,
Jo įtūžis ir įniršis tave užgrius,
Per amžius aimanuosi ir drebėsi
Į pačią žemės gelmę nugramzdintas,
Ir taip tikrai nutiks, ir niekas nepadės tau,   560
Jei man burtažodžio nepasakysi sienas rišančio,
Ir raktų nuo pilies juodosios,
Tos blogio irštvos, prisigėrusios kančių,
Man tuojau pat neatiduosi.“
    Ir Thu pasidavė nebeturėdamas kur dėtis,   565
Drebėdamas burtažodį jis ištarė,
Kovot toliau nebegalėdamas
Ir nugalėtas savo šeimininką išdavė.

    Ir štai prie tilto blyksteli šviesa,
Lyg būtų žvaigždės nuo dangaus nužengusios,   570
Tai Lutijena rankas iškėlė,
Jos rūbai sidabru sumirguliavo.
Skambiu balsu ji šūktelėjo žodį,
Mirtingieji lig šiol dar kartais aidą jo išgirsti gali
Tarsi trimitą elfų virš kalvų,   575
Pažadinantį miegantį pasaulį.
    Pavargusias, pražilusias kalnų viršūnes
Aušra nedrąsiai spalvinti pradėjo,

Kalva suvirpo, griuvo rūmai,
Visi jų bokštai sugurėjo. 580
Akmenys sudejavo, griuvo tiltas
Ir Sirionas suputojo.
   Pelėdos lyg vaiduokliai ūkaudamos lėkė,
Cypdami sukosi ratu šikšnosparniai.
Vilkai nunėrę galvas, inkšdami 585
Patraukė sau naujų namų ieškoti.
Ir štai jie pasirodė – apdriskę ir suvargę,
Akis, ilgai šviesos nemačiusias, delnais
   dangstydami:
Iš požemių išėjo kaliniai,
Apstulbę, išsigandę, nieko nesakydami, 590
Vilties netekę, įbauginti,
Pernelyg ilgai tamsoj kankinti.

   Vampyriškas šešėlis klykdamas pakilo
Krauju medžius taškydamas,
Ir štai Huanas mato, kad prie žemės spaudžia 595
Lavoną vilko be gyvybės,
Nes Thu dvasia ištrūko ir nuskrido
Į Taur-na-Fuiną tolimą,
Naujų klastų ten regzti ir statyti,
Naujos tvirtovės, naujo sosto. 600
   O kaliniai priėjo, verkdami
Graudžiais balsais dėkoti ėmė.
Bet Lutijena tik dairės susirūpinus –
Tarp jų nebuvo Bereno.
„Huanai, ak, nejau tarp mirusiųjų rasim 605
Tą, dėl kurio toli keliavom ir kovojom?"
   Ir apieškot griuvėsių jie patraukė
Pakrante Siriono.

Surado jį palinkusį prie Felagundo,
Žvilgsniu aptemusiu, palaužtą sielvarto,   610
Jis net neatsisuko pažiūrėti,
Kas taip nedrąsiai čia priėjo ir sustojo.

   „Ak, Berenai! – tylus balselis pasigirdo. –
Nejaugi per vėlai tave radau?
Deja! Štai guli be gyvybės   615
Kilniausias iš kilniausiųjų.
Ak, ašarom aplaistytas susitikimas
Tų, kur kadaise džiaugėsi kartu."
   Balse jos meilė, ilgesys skambėjo
Pakėlė jis akis, apmalšo sielvartas,   620
Ir širdyje jo meilė suliepsnojo
Tai, kuri jį surado nebijodama pavojų.

   „Ak, Lutijena, ak, geroji,
Mieliausia iš visų elfų mergelių,
Gražesnė už visus žmonių vaikus,   625
Kokia didi galia tavosios meilės,
Atvedusi tave į šitą siaubo gūžtą!
Plaukai tarsi nakties šešėliai,
Balta kakta, gėlių žiedais dabinta,
Ir rankos liaunos, dailios!"   630

   Diena pradėjo aušt šviesi
Ir ji nualpo jo glėby.

                    *   *   *

Dar elfų dainiai ligi šiolei pamena,
Seniai jau pamiršta kalba dainuoja,

Kaip klaidžiojo Lutijena su Berenu   635
Pakrantėm Siriono.
Džiaugsminga laimė tryško ten, kur jie sustodavo,
Ir nors žiema jau kaustė žemę,
Nuostabios gėlės žiedus skleisdavo,
Kur Lutijenos kojos žengė.   640
Tinuviele, ak, Tinuviele,
Tau paukščiai gieda šakose, sniegu apklotose,
Ir net mažiausi nesibaimina tavęs,
Ir lydi, kur tik tu eini su Berenu.

   Paliko jie toli tą salą Siriono,   645
Bet jos viršūnėj vis dar rast gali
Vienišą žalią kapą, akmenį padėtą,
Kur Felagundo kaulai ilsisi.
Ir amžinai jis ten stovės,
Nebent pasaulis pasikeistų, jūros   650
Jį į gelmes nuplautų.
Bet amžinai puotaus už vandenynų Felagundas;
Ir niekada nebesugrįš į šį pasaulį pilką,
Tamsos, karų ir skausmo pilną.

   Jau niekada negrįžo jis į Nargotrondą,   655
Tačiau gandai plačiai pasklido
Apie karaliaus mirtį, Thu žlugimą
Ir kaip siaubingi bokštai virto.
Nes daugelis dabar namo pargrįžo
Iš tų, kurie šešėliuose pražuvę buvo.   660
Taip pat parslinko ir Huanas lyg šešėlis,
Bet maža padėkos sulaukė šeimininko.
Jis liko ištikimas, nors nenoriai.
O menėse Narogo triukšmas kilo,

Ir Kelegormas nuslopint jo negalėjo.   665
Raudos ir aimanos netilo;
Visi gedėjo žuvusio karaliaus,
Visi kalbėjo, kad mergelė drįso
Įvykdyt tai, ko Feanoro sūnūs
Nepajėgė pasiekti.   670
„Mirtis šiems lordams neištikimiems!" –
Minia nepastovi nerimo.
Bet Orodretas tarė jiems:
„Dabar karūna mano.
Neleisiu lieti brolių kraujo savo karalystėj,   675
Bet prisiekiu: neras jie svetingumo
Giminėje Finrodo, kurią paniekino."
Jie buvo atvesti. Stovėjo nesuglumę,
Nei gėdos, nei kaltės nejausdami.
Žibėjo pavojingai Kelegormo akys,   680
O Kurufino niekinanti šypsena
Klastą išsakė.

    „Keliaukit sau ir nebegrįžkit,
Kol dienos jūrose nuskęs,
Ir jūsų kelias niekada jau   685
Į pusę šią neatsigręš,
Ir niekada jau meilės nebebus
Tarp Feanoro ainių ir karalystės mūs."

    „Mes šito nepamiršim," – pagrasino jie
Ir apsisukę ant kulnų išėjo išdidžiai,   690
Surinko tuos, kurie dar liko jiems ištikimi,
Susėdę ant žirgų išjojo greit.
Skubinosi Nargotrondą jie palikti,
Įtūžį išsinešė širdyse.

Klajūnai du prie Doriato priartėjo. 695
Bet nors žiemos alsavimas šakas apnuogino,
Žolė nurudo, piktas vėjas stingdė,
Tačiau dainavo jie vargų nepaisydami.
Dangus juos glėbė žiemiškas, nublyškęs,
Mindebo upeliūkštis sau smagiai almėjo 700
Putas taškydamas ir saulėj žaižaruodamas,
Prie vakarinių sienų jie atėjo,
Ten, kur prasideda kerai Melianės,
Suausti meistriškai į juostą plačią
Ir saugantys Tingolo žemę, 705
Priešui akis aptemdyti, žingsnius supančioti.

Tuomet nuliūdo Bereno širdis:
„Deja, deja, Tinuviele, metas skirtis,
Mūsų daina kartu trumpai skambėjo,
Tolyn nuo vienas kito veda mus keliai skirtingi.“ 710

„Kodėl gi tu kalbi apie išsiskyrimą
Šį gaivų rytą?“

„Todėl, kad tavo ten namai,
Motina, tėvas, ten saugi tu būsi,
Ir atsikvėpt galėsi po visų vargų, 715
Ir pamatyti mylimus medžius.“

„Išties tuos išlakius medžius matydama
Gal džiaugtųsi širdis mana,
Bet ji pakęsti negalėtų Doriato,
Jeigu tavęs greta nėra. 720
Atsižadu savų namų ir savo artimųjų,
Ir niekada jau mano akys neregės

Nei tos žalios žolės, nei lapo, nei šakelės,
Nei pievoj žydinčios gėlės.
Ak, gilūs vandenys Esgalduino,   725
Srovė stipri, krantai aptemę!
Kodėl turėčiau ten sėdėt viena,
Stebėdama jo tamsią gelmę,
Jo tėkmę greitą, skubiną,
Širdgėlos, ilgesio kamuojama?"   730

    „Bet Berenui į Doriatą kelias
Užgintas, joks takelis nenuves
Manęs į tavo tėvo rūmus
Ir jų šviesias menes.
Nes pažadą daviau įvykdyt užduotį,   735
Narsa pelnyti jo malonę –
Mergelės nuostabiausios ranką,
Todėl sugrįžti negaliu be Silmarilo.
Prisiekiau aš, kad nieks manęs nesulaikys,
Ir kelio niekas man pastot negali,   740
Nei uolos, nei kardai, nei Morgoto ugnis,
Nei visos elfų galios.
Tad savo žodžio aš turiu laikytis,
Nors širdį sielvartas išsiskyrimo man draskytų."

    „Tuomet ir Lutijena namo negrįš   745
Ir verkdama po mišką klaidžios,
Pamiršus juoką; nebijodama pavojų
Tave ji seks.
O jeigu sekti jai neleistum,
Keliaus ji tavo pėdomis slapčia,   750
Kol susitiksime galiausiai
Pasaulyje šiame ar kitame."

„O ne, drąsiausia iš mergelių,
Išgelbėjus mane iš pančių ir nelaisvės
Ir sielvartą išgydžius savo meile,   755
Daugiau jau niekad aš neleisiu
Keliauti tau į tuos tamsos kraštus,
Regėti bokštus vėl baisius.“

„Niekad, niekad!“ – ištarė jis,
O Lutijena prie jo prigludo,   760
Bet nebespėjo nieko pasakyt daugiau –
Staiga tarsi audros artėjančios ūžimas pasigirdo.
Tai lėkė tarsi vėjas
Kelegormas su Kurufinu,
Palyda jų triukšminga,   765
Kaukšėjo garsiai pasagos žirgų.
Ieškojo kelio jie tarp Doriato ir
Šešėliuose paskendusio Taur-na-Fuino,
Į rytus, kur jų giminė gyveno,
Sargybos bokštas ant Himlingo kalvos iškilęs,   770
Tiesus ir aukštas stovi išdidžiai
Ir Aglono tarpeklį saugoja budriai.

Pamatė jie abu klajūnus
Ir žirgus šuoliais jau paleido,
Lyg jų kanopomis sutrypt norėtų   775
Ir mylimuosius, ir jų meilę.
Tačiau žirgai išdidūs, išriestais sprandais
Į šoną metės spėriai,
Tik Kurufinas pasilenkęs šonan
Pagriebti Lutijeną spėjo.   780
Nusijuokė patenkintas, bet per anksti,
Nes šoko Berenas prie jo staiga –

Aršiau už gelsvakailį liūtą,
Stipriau už šakotragį elnią,
Kuris skalikų genamas praskrieja virš
    bedugnės,   785
Įniršęs raitelį pargriovė jis ir žirgą,
Lutijena gulėjo ant sušalusios žolės
Ir kūnu jautė šerkšną tirpstant.
Tylom du priešai grūmėsi,
Pajuto Kurufinas Bereno pirštus,   790
Jo gerklę spaudžiančius jėga nežmogiška,
Pamėlo veidas gnomo, iškaro liežuvis,
Akys išsprogo.
    Prijojo Kelegormas ietį rankoje laikydamas
Ir Berenui mirtis jau į akis žiūrėjo,   795
Per plauką tik nežuvo jis nuo elfų plieno,
Tačiau Huanas netikėtai jam padėjo –
Į tarpą šoko jis staiga,
Dantis iššiepęs savo šeimininkui,
Nunėręs galvą, akys piktos,   800
Šerius pastatęs, urgzdamas grėsmingai.
    Į šalį metės žirgas įbaugintas,
O Kelegormas ėmė rėkti:
„Kaip tu drįsti, prakeiktas padare,
Priešintis ir dantis man šiepti!"   805
Bet prie įsiutusio Huano artintis nedrįso
Žirgas nei raitelis, nei šuo, nei elfas,
Žibėjo saulėje jo baltos iltys,
Visi kaip vienas pasitraukė.
Ir iš toliau su baime jį stebėjo,   810
Tačiau nei peilio anei kalavijo,
Nei lanko anei jokio kito ginklo
Huanas nesibaimino.

Čia Kurufinas būtų su gyvybe atsisveikinęs,
Jei Lutijena nebūtų žodžio tarusi.   815
Ji atsipeikėjus pakilo ir arčiau priėjo,
Ir tyliai tarė atsistojusi greta Bereno:
„O, suvaldyki savo pyktį, mano pone!
Ir orkų nepakenčiamų būdu tu nesielki,
Štai priešai supa elfų kraštą,   820
Kol mes čia pykstamės dėl seno prakeikimo!"

Tad Berenas paleido Kurufiną,
Bet atėmė jo žirgą bei šarvus
Ir sau prie šono pakabino
Jo peilį, žvilgantį melsvu plienu.   825
Žaizda juo padaryta buvo neišgydoma,
Nykštukai kalė jį šnabždėdami užkeikimus,
Plaktukai jų tarsi varpai skambėjo
Narogo tuneliuos.
Jis pjovė geležį lyg medį,   830
Šarvus lyg vilną raižė.
Tačiau jau kitos rankos jį laikys,
Kitam tarnaus jis.
O Berenas pakėlė Kurufiną
Ir nubloškė tolyn visa galia.   835
„Pradink iš čia, – suriko, –
Keliauki sau, kvaily ir išdavike!
Ir aistrą savo atvėsink svečiuos kraštuos!
Čia orkiškų klastų jau neberegsi,
O Feanoro išdidus sūnau,   840
Parodei iš tiesų, ko esi vertas!"
Ir Berenas nusivedė Lutijeną,
Huanas pasiliko ten stovėti.

„Geros kelionės, – riktelėjo Kelegormas, –
Tikiuos, toli nenukeliausi.   845
Ir patikėk, geriau tau būtų dvėst badu dykynėj,
Nei Feanoro ainių pyktį užsitraukti,
Kuris per kalnus, slėnius ir miškus
Tave visur pasiekti gali,
Ir patikėk, ilgai savuos naguos neišlaikysi   850
Nei brangakmenio, nei mergelės.
Prakeiktas būk namuos, prakeiktas kelyje,
Prakeiktas būk nuo vakaro lig ryto,
Geros kelionės tau!" – Ir šokęs žemėn
Pakėlė savo brolį Kurufiną.   855
Ir įtempė jis lanką kukmedžio,
Templė auksinė suskambėjo,
Strėlė lyg paukštis skriejo, bet Huanas
Dantim sugriebt ją spėjo.
Antra strėlė, greita tarsi mintis,   860
Mirties nejaukią giesmę tuoj užtraukė,
Į Lutijeną taikės ji,
Bet Berenas nelaukė –
Užstojo mylimąją krūtine,
Giliai strėlė įsmigo,   865
Nujojo gnomai juokdamies smagiai,
Gulėti jį paliko.
Lyg vėjas būtų juos nupūtęs –
Greitai nulėkė,
Huano pykčio įsibaiminę,   870
Jo keršto kruvino.
Nors Kurufinas šaipės sudaužytom lūpom,
Bet žmonės nepamiršo šito šūvio.

Nuo tos dienos joks šuo nebetarnavo
Nei Kurufinui anei Kelegormui,   875
Palikęs juos Huanas
Prie Lutijenos glaudėsi narsiosios, eikliakojės.
Dabar prie Bereno jinai suklupo,
Pakėlė krauju permirkusią drobę,
Strėlę klastingąją ištraukė,   880
Ašarom žaizdą plovė.
Mėgino sulaikyti kraujo srovę,
Iš žaizdos tarsi šaltinis trykštančią,
    Huanas pasidairęs, paieškojęs,
Žolės gyduolės atnešė.   885
Ji žiemą vasarą žaliuoja
Nuošaliose miškų laukymėse
Ir iš visų vaistažolių geriausiai
Žaizdoms ji tinka gydyti.
Žolių galias pažinti jis išmoko   890
Bėgiodamas takais klaidžiųjų girių,
Geriausią, kokią rado, atnešė ir ji
Sustabdė kraują, skausmą apmalšino.
O Lutijena murmėjo tyliai
Žodžius iš seno užkeikimo.   895

    Tamsa jau ėmė žemę semti
Atslinkus nuo kalnų niūrių,
Sužibo Pjautuvas padangėj
Ir šaltos žvaigždės degė auksu, sidabru.
O žemėj žiburėlis spingsi,   900
Po susipynusiom šakom ugnelė plazda,
Ten šalia laužo guli Berenas,
Nuklydęs į sapnų svajas.
Ir liepsnos šokančios apšviečia

Prie jo palinkusią mergelę,   905
Ji susirūpinus myluoja jį,
Dainuoja dainą seną.
Jos žodžiai magija gilia alsuoja,
Švelnus balselis skamba tyliai,
Tirpdo ir tirpdo skausmą   910
Ir širdį gydo.
Iš lėto pilkas rytas aušta,
Naktis nenoriai traukias.

   Prabudo Berenas, akis atmerkė,
Sutrikęs apsidairė, atsistojo   915
Ir tarė: „Ak, kokiuos keistuos kraštuos
Aš vienišas klajojau.
Mirties šešėliai supo jau mane,
Staiga pažįstamą aš išgirdau balselį,
Nuostabų lyg lakštingalos giesmė,   920
Lyg fleitos, smuikas ir varpeliai,
Ir šaukė, šaukė jis mane,
Iš tamsumos į šviesą atviliojo,
Išgydė žaizdą, skausmą apramino –
Tai tu buvai, mieloji.   925
Tačiau, deja, ir vėl
Likimas veda mus keliais skirtingais:
Manasis kupinas pavojų ir vargu
Ar aš jame išsaugosiu gyvybę.
Tavasis – tai laukimas   930
Saugiame Doriate,
Ir tik dainos tavos prisiminimas
Tamsoj lydės mane.“

„Deja, dabar ne vien Morgotas mūsų priešas,
Nesantaika, vaidai kamuoja elfų žemę,   935
Ir šiam kely niūrus likimas
Abiem mums mirtį lemia,
Jei nesustosi tu savam kely,
Mes neišvengsim negandų,
Huanas pranašystę ištarė   940
Apie dienų senųjų pabaigą.
Juk supranti, kad tavo rankos nepalies
Ir nepadės šio brangakmenio Tingolui ant kelių.
Tai kamgi vargti? Kam kentėt?
Kam rinktis nedalią?   945
Kodėl nepasilikus mums klajot
Miškų paunksmėj, slėniuos paslaptinguos,
Be stogo virš galvos, tačiau laisviems,
Saulės kaitroj ir pučiant vėjui?"

Ilgai kalbėjos jie širdim apsunkusiom,   950
Tačiau nei švelnios lūpos jos, nei balsas mielas,
Nei liūdnos akys, ašarom pasruvusios,
Įtikint negalėjo Bereno –
Pasiryžimas jo nesusvyravo
Ir savo tikslo jis neatsisakė,   955
Tačiau maldavo Lutijeną
Sugrįžt į Doriatą.
Jis pats be brangakmenio eiti ten nedrįso,
Taip pat į Nargotrondą vest jos negalėjo,
Kad nesukeltų karo ir vaidų,   960
Nesantaikos piktos šešėlio.
Klajot kartu su juo jai negalėjo leisti
Be stogo virš galvos, išsekus ir išvargus.
„Klausyk, štai Morgoto galia atbunda,

Drebina slėnius ir kalnus,   965
Orkai ir šmėklos sėlina patamsy
Nuo medžio iki medžio, nuo šešėlio lig šešėlio,
Medžioklė prasidėjo, grobis jų –
Mergelė pasiklydusi.
Tavęs jie ieško! Sklaidos mano viltys,   970
Širdis iš baimės šąla ir nutyla.
Aš keikiu savo priesaiką
Ir mus sujungusį likimą,
Kuris išvijo iš saugių namų tave
Su manimi vargais ir sielvartais dalytis!   975
Tad paskubėkime dabar, kol dar diena,
Trumpiausią kelią pasirinkim,
Į Doriatą, nuostabųjį Doriatą
Po jo kaštonais, ąžuolais,
Kur blogis dar nerado tako,   980
Kur dainos skamba amžinai,
Kur budrūs medžiai saugo sienas
Ir neateis piktasis padaras nė vienas."

    Atrodo, ji sutiko.
Nieko nelaukdami abu į Doriatą nuskubėjo,   985
Ten susirado jie laukymę jaukią, samanotą,
Apsaugotą nuo vėjo.
Apsikabinę sugulė po bukų šakomis,
Dainavo apie meilę, kuri išliktų
Pasaulį nugramzdinus jūroms,   990
Viskam sugriuvus – neišnyktų.
Ir skleistųsi lyg žiedas nuostabus
Anapus jūrų, vakarų krantuos.

Bet vieną rytą, kol ji dar miegojo
Ant samanų minkštų paklotės,   995
Nors spaudė jau šaltukas ir nė vienas žiedas
Gėlės nedrįso rodytis,
Pakilo Berenas ir plaukus
Pabučiavęs jai pravirko,
Sunkia širdim, prislėgtas sielvarto   1000
Ją miegančią paliko.
  „Huanai, ak gerasis, saugok ją!
Joks žiedas asfodelės nežydėjo
Toks vienišas, trapus, kvapnus, apleistas
Šalčio pakąstoj pievoj.   1005
Apsaugok ją nuo vėjo, šalčio, nuo klajonių ir vargų,
Nes aš niūraus likimo savo pasitikti išeinu.“

  Ant žirgo sėdęs jis išjojo
Nedrįsdamas nė atsigręžti,
Širdim tarsi akmuo sunkia   1010
Ieškojo šiaurėn kelio.

* * *

Kadais ten lyguma žalia plytėjo,
Karalius Fingolfinas išdidžiai savąsias armijas ten vedė,
Balti žirgai šuoliavo, aštrios ietys,
Šalmai plieniniai, skydai švietė tarsi mėnuo.   1015
  Trimitai uždainavo šaukdami į kovą,
Lig debesų skardus jų balsas kilo,
Apgaubusių Morgoto bokštus,
Kur jis tūnojo, laukė savo valandos.

Ugninės upės išsiliejo mirtinoj tamsoj, 1020
Žiemos nakty ant lygumos, sukaustytos speigų,
Pakilo liepsnos šokti, ėmė ir išplito
Pašvaistė raudona danguj.
Šis gaisras buvo matomas net nuo Hitlumo sienų –
Garai ir dūmai, kylantys tarsi ant bokštų
 bokštai, 1025
Žvaigždes jie uždusino ir nuostabią lygumą
Dykuma pavertė. Užtroškę
Smėlynai ten dabar plytėjo,
Vėjas nešiojo dulkes,
Tarp akmenų išmėtyti gulėjo 1030
Kaulai dūlantys.
 Tuos tyrlaukius prakeiktus Troškulio žeme
Visi vadint pradėjo,
Kapaviete po atviru dangum, kurioj
Daug išdidžių ir daug narsių ilsėjos. 1035
Į šiaurę nuo Mirties Šešėlio
Šlaitai ten driekės akmenuoti,
Pušų kamienai apanglėję
Tarsi mirties laivų stiebai atrodė,
Juodi ir niūrūs, ir siaubingi 1040
Lėtai keliaujantys Šešėlių krašto linkui.

 Ten Berenas dabar stovėjo
Ir niūriai žvelgė į plačius smėlynus,
Anapus jų grėsmingus matė bokštus
Papėdėje Tangorodrimo. 1045
 Eiklus jo žirgas, galvą panarinęs,
Į juodą mišką tą pažvelgt bijojo,
Joks žirgas į vaiduoklių kraštą tą
Sava valia nebūtų kėlęs kojas.

„Gerasis žirge prasto raitelio, –   1050
Jam tarė Berenas, –
Atėjo laikas atsisveikinti.
Pakelki galvą!
Keliauk į žalią Siriono slėnį,
Kur Thu kadaise viešpatavo,   1055
Surasi tyro ten vandens
Ir žolę vešlią, žalią.
Jei Kurufino nesutiksi, neliūdėk,
Klajok sau laisvas su šernais ir stirnomis,
Svajok apie plačiąsias Valinoro pievas,   1060
Kur ligi šiol klajoja tavo broliai."
   Prisėdo Berenas, užtraukė dainą,
Garsiai jo balsas vienišas aidėjo.
Ir nerūpėjo jam nei orkai, nei vilkai,
Kurie išgirsti dainą šią galėjo,   1065
Besibastydami tamsiuos šešėliuos.
Palikus šviesą, dieną, džiaugsmą,
Reikėjo ryžtis jam kelionei,
Į tamsą leistis širdimi apkartusia.

   „Sudiev, jūs medžių lapai, šokantys   1070
Ir ryto vėjy grojantys melodiją!
Sudiev, gėlėm nusėtos pievos,
Kur pagal laiką metų mainotės;
Upeliai akmenuoti, pelkės tylios!
Ir vėjau laisvas, kur skrajoji,   1075
Kalnai ir slėniai, plačios lygumos,
Dangaus padangte tolimoji!
Sudiev, lietau ir speige, debesys ir miglos,
Mėnuo ir žvaigždės, kerinčiai nuostabios,
Kurios mirgės ir šviesą lies dangaus skliaute,   1080

Ar Berenas numirtų, ar gyventų,
Giliai giliai, iš kur negrįžta,
Net silpnas aidas verksmo ir raudų,
Kur amžina tamsa ir dūmai uždusina
Visus garsus.   1085
    Sudiev, mieloji žeme ir dangau šiaurinis,
Kur saulės spindulių nuglamonėta,
    mėnesienos nušviesta,
Gražesnė už visus žmonių vaikus gyvena
Tinuvielė Lutijena.
Tebus palaimintos tos pievos,   1090
Kur ji skrajoja tarp žiedų,
Kur dailios jos kojelės šoka
Tarp maudų debesų.
Net jei pražūtų šis pasaulis,
Bedugnėj chaoso ištirptų,   1095
Vis viena buvo verta jį sukurti,
Kad čia gyventų ji!"

    Jis atsistojo, ištiesė pečius,
Vienas prieš visą Morgoto galybę,
Kardą iškėlė, uždainavo –   1100
Toli jo balsas sklido.
Prakeikė Morgotą, jo požemius ir bokštus,
Godžias rankas jo, kojas visa trypiančias,
Ir žengė priekin besileidžiančiu šlaitu,
Palikęs baimę ir vilties atsižadėdamas.   1105

    „Ak, Berenai! Beveik pavėlavau, –
Staiga balselis pasigirdo, –
Širdie narsioji, ryžto kupina,
Mums dar ne laikas skirtis!

Ne taip tarp elfų įprasta –   1110
Mums skirtos meilės neatsižadam.
Manoj širdy liepsnoja ji taip kaitriai,
Kaip ir tavoj krūtinėj.
Tokia galinga ji, kad gali griauti
Blogio vartus ir bokštus,
Nepasiduodanti, nenugalėta, išdidi   1115
Ir laikanti pačius pasaulio pamatus.
Ak, mylimas kvaileli! Negi tu manei
Galįs pasprukt nuo meilės tos mergelės,
Kuri mieliau jau rinktųs kapą ir kančias,
Nei be tavęs gyventų?   1120
Nuliūdusi, bejėgė, vieniša,
Sparnais palaužtais,
Padėt niekuo negalinti tam,
Kuriam meilė jos priklauso!"

    Taip ir surado jį Lutijena,   1125
Anapus siaubo ir vilties jie susitiko,
Stovėjo prie kančios krantų
Tarp dykumos ir miško.
    Ir žvelgė jis liūdnu žvilgsniu
Į veidą mielą.   1130
„Triskart prakeikiu savo priesaiką,
Tave atvedusią į šį šešėlį!
Bet kur yra Huanas,
Kuriuo taip pasitikėjau
Ir pavedžiau apsaugoti tave   1135
Nuo pražūtingo kelio?"

    „Aš nežinau! Bet jo širdis
Išmintingesnė ir švelnesnė negu tavo,

Niūrusis pone! Vis dėlto ilgai
Man teko jį maldauti   1140
Padėti rasti tavo pėdsakus.
Jis tarsi žirgas mane nešė,
Ak, ir skaniai tu būtum pasijuokęs,
Jei būtum mus pamatęs!
Atrodžiau tarsi orkas ant vilkolakio,   1145
Per pievas, pelkes ir brūzgynus skuodžiančio!
Tačiau kai tavo dainą išgirdau,
(O taip, kiekvieną mielą žodį,
Kažkas dejavo graudžiai
Dėl išsiskyrimo su Lutijena),   1150
Tuomet ant žemės jis mane pastatė
Ir dingo, o kur – nežinia."

    Netrukus viskas paaiškėjo,
Huanas pasirodė, tas pradingėlis,
Kvėpavimas lyg krosnis karštas, akys žėri,   1155
Skubėjo jis bijodamas, kad kas neatsitiktų
Lutijenai, kurią palikti teko,
Nes jam viena mintis atėjo,
Tad štai dabar paguldė jiems prie kojų
Du tamsius lyg šešėlis, du kraupius pavidalus: 1160
Vilkolakio Draugluino kailį,
Didžiulį, susivėlusį ir pilką,
Kerais tamsiais įmirkusį,
Ilga, dvokiančia vilna;
O kitas tai šikšnosparnio oda,   1165
Sparnus nagai jo puošė geležiniai,
Plazdėdavo sparnai šie mėnesienoj,
Kai lėkdavo Thu pavedimais.
Šį grobį atnešė Huanas iš Siriono slėnio,

Iš tos salos uolėtos, kur pilis sugriuvus stovi.   1170
　　　　　„Sakyk, Huanai mielas,
Ką čia atnešei? Ką pasakyti nori?
Trofėjus žygdarbio ir savojo šaunumo,
Thu pralaimėjimo ir mūsų pergalės didingos?
Bet kam mums šie daiktai?" Tuomet Huanas   1175
Darkart žmonių kalba prabilo,
Jo balsas tarsi varpas nuskambėjo,
Kuris kadaise Valmare aidėjo:

　„Tau teks pavogti brangakmenį
Iš Morgoto arba Tingolo,   1180
Ir nesvarbu, ar noriai, ar nenoriai,
Turėsi rinktis meilę arba priesaiką!
Jei rinksies priesaiką, tuomet Lutijena
Taip pat turės numirti,
Vieniša ir be tavęs, arba   1185
Kartu su tavimi likimą pasitikti.
Beviltiškas sumanymas, tačiau
Jei paklausysi mano patarimo išmintingo,
Nepulsi į pavojų lyg galvos netekęs
Savo pavidalu mirtingu,   1190
Tada galbūt tau gali pasisekti.
　Nes geras buvo planas Felagundo,
Ir jums taip elgtis reikia –
Paslėpti savo grožį nesunku,
Po niekšingiausių ir šlykščiausių padarų   1195
Pavidalais siaubingais: šikšnosparnio
Vaiduokliškais nagais tarsi iš pragaro
Ir dvokiančio vilkolakio.
　Tokiais tamsiais keliais, deja,
Keliauti turit jūs, kuriuos aš myliu,   1200

Už kuriuos kovojau.
Bet šiam kely lydėti jūsų negaliu,
Nes negi nesukeltų įtarimo
Skalikas su vilkolakiu, kartu
Risnojantys taip draugiškai greta viens kito   1205
Link šiepiančių dantis Angbando vartų?
Ir gali būti, kad lemtis manoji
Tykos manęs prie vartų tų,
Tačiau viltis man temsta, žvilgsnis blausos –
Kas bus toliau, įžvelgti negaliu.   1210
Bet šis beviltiškas sumanymas,
Nepaisant visko, gali jums pavykti,
Jūs galit grįžt vargus įveikę,
Ir visi trys Doriate susitiksim."

Stebėjos jie šiais žodžiais išmintingais   1215
Ir jo balsu lyg žemas varpo gausmas,
Tačiau staiga jis juos paliko,
Gūdžios nakties nelaukęs.

Paklausė jie šio išmintingo patarimo
Ir savo grožį dailų   1220
Paslėpė po šikšnosparnio oda
Ir vilko kailiu.
    Elfų kerus pasitelkė Lutijena,
Kad šie siaubingi blogio prisigėrę apdarai
Netemdytų minčių, širdies nedrumstų.   1225
Slaptą galybę panaudojo apdairiai,
Nuo vakaro lig ryto ji giedojo tyliai,
Per visą naktį burtą pynė.

Vos vilko kailiu apsivilko Berenas,
Žvėries pavidalą įgavo –   1230
Raudonos akys, seilės drimba,
Liežuvis karo.
Bet akyse atsispindėjo skausmas, liūdesys
Ir siaubas matant nemalonų
Šikšnosparnio pavidalą suglamžytais sparnais   1235
Prie savo kojų.
Jis sukaukė ir šuoliais leidosi,
Tačiau ne vienas –
Tamsus šešėlis sukosi aplink,
Greitas kaip vėjas.   1240

Šalčio sukaustyta ir mėnesienos nušviesta
Kraupi sausa dykynė,
Kopos bevaisės, dulkėmis nuklotos,
Po pelenais užtroškę dūsauja smėlynai,
Nuo šalčio pokši akmenys ir kaulai,   1245
Visur išmėtyti boluoja,
Dulkėtu kailiu, žėrinčiom akim,
Šešėlis pragaro ten skuodžia.
Dar mylių daug jo laukia priešaky
Liguistai dienai auštant,   1250
Dar ilgas kelias, troškuliu žymėtas,
Nakčiai niūriai sutemstant.
Ir švilpia vėjas, pusto smėlį,
Dar vienas pilkas rytas,
Dulkių apakintas, jėgų netekęs slenka   1255
Vilkolakio pavidalas.
O jam ant nugaros išsikėtojęs,
Į murkšliną šešėlį panašus,
Nagais į kailį dulkiną įsikabinęs
Šikšnosparnis – bejėgis ir kraupus.   1260

Uolos lyg iltys plikos ir grėsmingos,
Tarsi nagai plėšrūno spaudžiantys
Iš pusių abiejų tą niūrų taką,
Į blogio irštvą vedantį,
Tamsiuos kalnuos, kur niūrūs požemiai,   1265
Piktai atšiaurūs vartai spokso.
     Pavargę slinko jie iš lėto, kol
Šešėlį susirado tamsų.
Ilgai jie ten tūnojo susiglaudę,
Svajodami apie Doriatą brangų,   1270
Juoką ir muziką, ir tyrą orą,
Paukščius, tarp lapų nardančius.
     Pažadino juos žemė sudrebėjus
Ir aidas atsirito tolimas,
Morgoto kalvių požeminių triukšmas,   1275
Kūjų, plaktukų keliamas.
Jie siaubo apimti staiga išgirdo
Trypimą batų kaustytų daugybės,
Visai šalia žygiavo orkų armija, balrogų vedama,
Jie ėjo siaubti, deginti ir plėšti.   1280

     Tamsos lyg šydo apgaubti
Klajūnai leidosi į kelią,
Daugiau nebesislapstė – bėgo ir skubėjo,
Lyg padarai piktieji, piktą pavedimą gavę.
Abipus kelio kilo plikos uolos,   1285
Būriai maitėdų ten tupėjo, gūdžiai klykė,
Žiojėjo juodos prarajos ir dūmai kilo,
Slidžių gyvačių rangėsi daugybė.
Bet pagaliau lyg debesiu tiršta tamsa,
Kuri tarsi niūrus likimas slėgė   1290
Kalnus ir slėnius, akmenis, uolas,

Tangorodrimo rūsčiojo papėdę,
Jie atskubėjo prie pilies prakeiktos,
Bokštai virš bokštų kilo, sienos vidur sienų,
O priešais nesvetinga ir tuščia   1295
Dykynė driekės,
Stovėjo ten Baugliro rūmai neaprėpiami,
Ietimis pasišiaušę sienos
Ir milžiniškas, juodas ir grėsmingas
Vartų niaurių šešėlis.   1300

* * *

Šešėly vartų šių kadais stovėjo
Karalius elfų Fingolfinas,
Žvaigžde krištoline papuoštas buvo
Jo melsvas lyg dangaus žydrynė skydas.
Vien neapykanta ir neviltis   1305
Širdy jo degė nenumaldomai,
Įsiutęs daužė jis vartus
Tvirtovės neaprėpiamos,
Pamiršęs baimę ragą pūtė sidabrinį,
Bet skardesys jo troško po skraiste tamsos,   1310
Sugėrė jį tie bokštai, sienos akmeninės –
Jau neatiduos.
„Išeik, – suriko jis, – išeik, tamsos valdove!
Nekenčia tavęs žemė, šlykštisi dangus,
Už savo vartų bronzinių nebesislėpk!   1315
Kirmine tu, šliuže bailus!
Už savo pakalikų ir vergų minios
Tu nuolat tūnai užsiglaudęs,
Prieše dievų ir elfų, štai aš laukiu,
Išeik! Parodyk savo veidą!"   1320

Ir Morgotas atėjo. Paskutinį kartą
Išdrįso jis nulipt nuo savo sosto,
Nuo žingsnių jo drebėjo žemė,
Bedugnės vėrės, dūmai rūko.
Juodi šarvai, lyg bokštas aukštas,   1325
Skydas tarsi pati naktis didžiulis, juodas,
Be jokio ženklo, herbo, papuošimo,
Rankoje milžiniškas kūjis – Grondas.
Šešėlis tarsi debesis audros
Ir geležinė karūna, nespindinti.   1330
Jis žengė niršiai priekin,
Virš elfo švytinčio palinko
Ir trenkė kūju – žemė sudrebėjo,
Į miltus akmenys subiro,
Bedugnė prasivėrė, dūmai rūko,   1335
Liepsnos pakilo.

O Fingolfinas tarsi spindulys šviesos,
Lyg žaibas, debesį nušviečiantis,
Į šalį šoko ir Ringilą išsitraukė –
Elfų darytą kardą, aštrų lyg pati mirtis,   1340
Šviečiantį šalta mėlyna šviesa.
Septyniskart jis kirto savo priešui,
Septyniskart tasai iš skausmo staugė,
Virpėti ėmė net kalnai aplinkui.
Drebėjo žemė, armijos pastėro.   1345
      O orkai juokdamiesi vėliau kalbėjo dar ne kartą
Apie tą dvikovą siaubingą
Prie pragariškojo Angbando vartų.
O elfai raudą jam sudėjo
Paguldę pilkapin aukštan karalių savo,   1350
Išgirdę liūdną žinią, kurią atnešė

Erelis Torondoras.
Triskart ant kelių buvo parblokštas
Ir stojos vėl ant kojų Fingolfinas,
Triskart mirtis jam į akis žiūrėjo,   1355
Bet jis jai pasiduot atsisakydavo,
Lyg žaibas blyksintis po debesim
Jis išdidžiai vis keldavo
Mėlynėj žibantį žvaigžde sidabro
Skydą sutrupintą ir šalmą perskeltą.   1360
Siaubingas kūjis žemę sumaitojo,
Žiojėjo duobės gilios.
Tačiau galiausiai nuo sunkios kovos
Išvargo Fingolfinas.
Jis susvyravo, griuvo ir tuomet   1365
Koja lyg kalnas milžiniška kaklą jo prislėgė,
Visu svoriu, visa galia,
Sutriuškintas jis buvo, bet nenugalėtas –
Dar vieną taiklų smūgį kojon smogė
Ringilas ištikimas, švytintis melsvai,   1370
Ir pasipylė kraujas, dvokiantis ir juodas,
Lyg iš kokios garuojančios versmės.
    Po smūgio šio Morgotas raišas liko,
Tačiau karalių vis dėlto nužudė jis
Ir jau ketino sumaitotą kūną   1375
Vilkolakiams palikti sudraskyt.
Bet štai staiga iš aukštojo dangaus
Valdovas paukščių Torondoras atskubėjo
Ir prie Baugliro puolęs skubinai
Nagais jo veidą išakėjo.   1380
Tuomet pačiupo mirusį karalių,
Sparnais galingais mostelėjo kartą, kitą,
Iškėlė jį aukštai erelis

Ir pietų link nuskrido,
Ten, kur kalnai neįkopiami ratu   1385
Slaptąjį Gondolino miestą supa.
Pačią aukščiausiąją viršūnę radęs,
Tenai paguldė kūną.
Ir tapo šaltu ji kapu karaliaus
Aukštai po dangumi žvaigždėtu,   1390
Joks orkas anei demonas
Ten niekada nedrįso lipti,
Prie aukšto kapo Fingolfino,
Kol Gondolino neištiks žiaurus likimas.

   Taip Morgotas įgijo randą,   1395
Didybę tamsią darkantį,
Ir visam laikui raišas liko;
Bet ir toliau jis valdė
Pasaulį visą siekdamas pavergti
Iš savo menių akmeninių, aukšto sosto,   1400
Galią beribę pasitelkęs,
Klastos nesidrovėdamas.
Armijų Viešpats, vargą ir nelaimes sėjantis,
Ilsėtis nebeleido nei vergams, nei priešams,
Sargybą savo rūmų trigubai sustiprino,   1405
Šnipų gausybę į visus kraštus jis išsiuntė,
Jie nešė jam naujienas nepavargdami,
Kas kaunasi, kas krito, kas į priekį žengė,
Kas rezga sąmokslus slapčia, kas turtą kaupia,
Kur valdo išdidus karalius, kur daili mergelė,   1410
Jis beveik viską sužinodavo,
Visas širdis savo juodais tinklais apraizgęs.
   Tik Doriato negalėjo jis pasiekti
Ir prasibraut pro Melianės burtų juostą

Nei brutalia jėga, nei gudrumu, 1415
Ir tik gandai neaiškūs jį pasiekdavo.
Bet iš visų kitų kraštų
Žinios vis plaukė nesustodamos,
Žinojo jis ir apie karą, kurį rengė
Septyni sūnūs Feanoro, 1420
Ir apie armijas, Fingono telkiamas
Hitlumo miško tankumoje.
Kasdien ateidavo žinių, tad baimė
Kankino jį ir graužė nerimas,
Nemaloniai ausyse skambėjo 1425
Naujienos apie žygius Bereno,
O miškuose aidėjo, sklido
Huano skardus lojimas.

            Paskui keista žinia atėjo,
Kad be pagalbos, vieniša 1430
Po kalnus ir girias, laukus ir slėnius
Klajoja Lutijena.
Ilgai jis galvą laužė dėl Tingolo tikslo,
Boldogą su būriu pašnipinėti išsiuntė,
Tačiau pražuvo jie visi ir nieks negrįžo 1435
Žinių parnešti.
Kita naujiena nerami jo pyktį įplieskė,
Abejones ir nerimą pasėjo –
Kad Thu pilis buvo užpulta, apiplėšta,
O pats jis pralaimėjo, 1440
Ir kokią klastą panaudojo priešai
Į jo žemes norėdami patekti,
Tad pats jis ėmė baimintis šnipų –
Įtarinėt kiekvieną orką.
Ir dar Huanas, laisvas lakstantis miškuos, 1445

Karingasis skalikas, garsiai lojo,
Dievų kadais augintas ir paleistas
Iš Valinoro.

Huanui pranašautąjį likimą
Gerai žinojo Morgotas,   1450
Tad jau nuo seno rezgė klastą tamsoje
Pakenkt norėdamas.
Gaujos nesuskaičiuojamos pabaisų,
Vilkų pavidalo, bet demoniškos dvasios,
Gyveno aplink pilį urvuose,   1455
Jų staugsmas tylą draskė.
Iš jų jauniklį išsirinkęs,
Mėsa žmonių ir elfų šėrė,
Išaugo milžiniškas jis,
Po sostu Morgoto nuolat gulėjo,   1460
Joksai žvėris, balrogas anei orkas
Prie jo nedrįso artintis,
Spoksojo niauriai į visus
Akim, krauju pasruvusiom,
Šiurpiai puotavo po tuo sostu jis ne kartą,   1465
Plėšė mėsas ir kaulus graužė.
Galybė pragaro jame apsigyveno,
Kerai Morgoto apgaubė;
Liepsnos jam veržės iš nasrų,
Kvėpavimas – tarsi dvelkimas kapo,   1470
Už visus žemės padarus baisius
Jisai baisesnis, galingesnis tapo,
Už tuos, kurie miškuos bėgioja,
Slapstosi urvuos, šešėliuos tūno,
Ir už visus vilkolakius, vilkus –   1475
Siaubingą giminę Draugluino.

Jį elfai praminė Karcharotu –
Nasrais Ugniniais.
Angbando nepavargdamas vartus jis
Saugojo naktį dieną.   1480
Jo akys lyg rusenančios žarijos,
Platūs nasrai ir iltys kyšo,
Nieks negalėjo nei praeiti, nei praskristi
Anei prašliaužt pro sargą budrų,
Į požemius Morgoto niekas nepraslinkdavo   1485
Pro šį sargybinį grėsmingą.

  Bet štai jo budrios akys pastebi
Šešėlį, nuo kalnų į lygumą atslinkusį,
Sustoja ir ilgokai dairos,
Paskui toliau jis sėlina,   1490
Vilko pavidalas išvargęs,
Sulysęs, susivėlęs ir liežuvis kyšo,
Virš jo šikšnosparnio sparnais plasnodamas
Suka ratus lėtai šešėlis kitas.
Ir nors šiuose kraštuos tokių pabaisų   1495
Daugybė veisės ir bėgiojo,
Tačiau vilkolakis kažko taip sunerimo –
Jį graužė abejonės.

  „Kokį ten siaubą Morgotas pastatė
Prie vartų, kad neįsibrautų niekas?   1500
Mes taip ilgai keliavome ir štai –
Nuo tikslo skiria mirtini nasrai!
Tačiau vilties juk nė nebuvo niekada.
Atgal pasukt negalim!“ –
Taip tarė Berenas,   1505
Sustojęs apsidairė. Iš tolo matė jis pabaisą,

Prie vartų tįsančią,
Tačiau nunėręs galvą ir dantis sukandęs
Ėjo pirmyn per plačią lygumą,   1510
Kurią kadais sumaitojo Morgoto kūjis,
Kur Fingolfinas vienišas pražuvo.

   Ir štai abu klajūnai jau prie vartų stovi,
Juos Karcharotas stebi įtariai
Ir taria urgzdamas –   1515
Suaidi bokštai:
„Na, sveikas, Draugluinai, vade
Mano giminės! Senokai nesimatėm!
Išties keistoka taip nupiepusį matyt tave –
Kadaise tokį aršų,   1520
Bebaimį, greitą lyg liepsna,
Po dykvietes bėgiojantį,
Pasikeitimas ne į gera –
Regis, tave prislėgė nuovargis!
O gal vis negali atgauti kvapo   1525
Dantų Huano paragavęs,
Aštrių tarsi pati mirtis?
Ir kaip sugrįžt pavyko į gyvųjų žemę?
Jei tu išties esi Draugluinas! Eikš arčiau,
Turiu tave apuostyt atidžiau!"   1530

   „O kas per vienas tu manai
Esąs, kad man kliudai, užuot padėjęs?
Nuo Thu Morgotui aš nešu žinias,
Tad pasitrauki nemurmėjęs,
Šalin! Man reikia kuo greičiausiai   1535
Žinias į požemius nunešti!"

Tad vartų sargas pamažu
Nucimpino į šoną
Ir įtariai spoksodamas iš padilbų
Pradėjo urgzt nenoriai: 1540
„Užeik vidun, jei tu tikrai Draugluinas!
Bet kas čia toks už tavęs tūno
Lyg pasislėpt norėdamas?
Aš atpažint jo negaliu –
Nors skraido čia nesuskaičiuojama galybė   1545
Padarų, visus žinau, tad stok, vampyre, nejudėk!
Tu kirmėle sparnuota,
Nemėgstu nei tavęs, nei tavo giminės!
Manau, tavo žinia nėra tokia svarbi,
Tad, jei tave į sieną ištaškyčiau,   1550
Nedaug žalos tebūtų, ar
Sparnus nukandęs šliaužioti palikčiau.“

Jis žengė vis arčiau, arčiau,
Didžiulis, dvokiantis, įpykęs,
Bereno akys sužaibavo,   1555
Sužibo lyg žarijos,
Šeriai ant sprando pasišiaušė,
Nes jis gerai suprato,
Kad dvokas joks paslėpti negalės
Gėlių iš nemirtingo krašto kvapo,   1560
Iš amžino pavasario šalies,
Kur sidabru žaliausios pievos žydi,
Iš Valinoro nuostabaus,
Kuris visur Tinuvielę lydi.
Tad toji pragariška nosis,   1565
Jei tik arčiau prieis, užuostų jį,
Ir Berenas, sprandą nunėręs,

Mūšiui iki mirties pasiruošė.
Štai stovi viens prieš kitą jie abu –
Netikras Draugluinas priešais Karcharotą,   1570
Abu įniršę, žėrinčiom akim,
Abudu neapykanta liepsnoja.
Bet štai! Tinuvielės širdį lyg kokia
Senovinė galia užliejo,
Tarsi slapta viduj liepsnojanti ugnis,   1575
Ir bloškė ji šalin šikšnosparnio šešėlį.
Pakilo ir atsitiesė – liauna, skaisti,
Ir balsas lyg varpelis nuskardėjo,
Lyg sidabriniai, dieną šaukiantys
Trimitai ryto vėjy.   1580
Savo apsiaustu, iš plaukų nuaustu,
Kuris klaidino, trikdė ir į miegą lenkė,
Ji pamojavo vilkui prieš akis,
Į priekį žengusi,
Rankas iškėlė ir apsiaustu mojo,   1585
Sužvilgo rūbai, sidabru sužibo,
Atrodė ji tarsi žvaigždė,
Migloj tamsos įstrigusi.

   „Miegok, nugrimzk į užmarštį sapnų,
O verge, iškankintas, nelaimingas!   1590
Paliki pyktį, sielvartą ir kančią,
Alkį, geismus ir grandines,
Grimzki giliai, giliai į tamsą,
Į palaimingą miego glėbį,
Visus klastos tinklus, likimą niaurų   1595
Pamirški valandėlei!“

Aptemo akys jam, sulinko kojos
Ir virto jis ant šono lyg žvėris pašautas,
Tylus gulėjo tarsi miręs,
Lyg ąžuolas galiūnas, žaibo nutrenktas.   1600

* * *

Į tamsą neaprėpiamą ir aidinčią siaubu,
Lyg begalinį labirintą
Tunelių, koridorių, kapų,
Mirties kur tvaikas pasitinka,
Į pačią blogio irštvą vis žemyn,   1605
Kur knibžda kirmėlių visuos pasieniuos,
Prislėgti, įbauginti, pamiršti visų
Žemyn, žemyn jie leidosi.
   Štai arka tolumoj blausi
Sušvito ir pradingo,   1610
Tai buvo kalvės, apšviestos ugnies,
Ir kūjai kalė lyg grumėjimas griaustinio.
Įkaitęs oras veidus palietė
Ir kilo smarvė iš tamsių kiaurymių.
Figūros milžiniškos vis išnirdavo,   1615
Lyg troliai akmeniniai,
Iškalti tiesiai iš suskilusių uolų
Pavidalai grėsmingi ten stovėjo,
Šlykštūs, pikti ir išsiviepę
Kiekvieną posūkį žymėjo.   1620
Juos liepsnos protarpiais apšviesdavo
Ir vėl palikdavo tamsoj tūnot.
Metalas sužvangėdavo, riksmai aidėjo,
Dejonės vis neslopo,
Ten be vilties, sukaustyti grandinėmis,   1625
Belaisviai vis kankinosi.

Šiurkštus ir piktas juokas pasigirdo,
O po jo daina – šaiži, bjauri,
Ir aidas tuneliuose nusirito,
Kirto lyg kardas žiauriai.   1630
Raudoni atšvaitai ugnies
Pro durų atvirų daugybę
Atsispindėjo grindyse,
Kolonomis link lubų kilo
Į tamsą, susitelkusią skliautuos,   1635
Kur dūmai niekada neišsisklaido.
Morgoto menę jie pasiekė pagaliau,
Kur ūžė puota ir aidėjo dainos,
Kur gėrė kraują jis žmonių
Ir mėgavos kankinimais.   1640
Čia jie sustojo neryžtingai
Dūmų, liepsnų apakinti.
Kolonos kilo iš akmens iškaltos
Ir rėmė skliautą akmeninį,
Lyg pragariški atvaizdai,   1645
Lyg medžiai nematyti:
Jų šakos lyg gyvatės raitos palubėj,
Jų šaknys neviltim maitinas,
Kamienai jų kančios pritvinkę,
Šešėlis jų – mirtis, o vaisiai – prakeikimas.   1650
   Sargybiniai pasieniuose stovėjo,
Kardais ir ietimis ginkluoti,
Lyg kraujas atšvaitai ugnies atsispindėjo
Geležtėse kardų ir skydų pakraščiuose.
Morgoto sostas ten stūksojo –   1655
Aukštas, niūrus ir juodas,
Papėdėj raitės mirštantys ir pasmerktieji –
Siaubingas jo pakojis.

Aplinkui būrėsi svita –
Ugnim liepsnojantys balrogai,   1660
Plieniniai dantys, kruvini nasrai,
Vilkai prie kojų.
Tačiau tarp dūmų, smarvės ir ugnies,
Įniršio, siaubo neužlieti,
Šalta, blausia, liūdna šviesa   1665
Trys Silmarilai švietė,
Lemtingi, taurūs akmenys,
Karūnoj geležies įkalinti.

   Bet štai! pro vartų arką, išsišiepusią piktai,
Tamsus šikšnosparnio šešėlis   1670
Įpuolė, smigo, vėl pakilo,
Skliautuotoj palubėj blaškytis ėmė –
Tarp tų kolonų akmeninių
Ir kylančių į viršų dūmų.
O likęs vienas Berenas jėgų neteko   1675
Ir ant grindų pargriuvo.
Atrodė, kad į menę šią grėsmės šešėlis
Nerimo genamas atslinko,
Bevardė nuojauta prislėgė
Visus aplinkui.   1680
Tad prietemoj balsai nuslopo,
Užduso juokas piktas ir tulžingas,
Sklido beformė baimė, sielas kaustė
Pasklidus abejonė neįvardinta.
Lyg debesis sunkus virš jų galvų pakibo,   1685
Slegiantis, keistas, neapčiuopiamas,
Staiga Morgoto balsas pasigirdo –
Tarsi griaustinis tylą perplėšė:
„Leiskis žemyn, šešėli! Nemanyk

Manas akis apgauti, 1690
Veltui švaistai jėgas mėgindamas
Žvilgsnio manojo išvengti.
Jokios vilties pasprukti tiems nėra,
Kas nekviesti pro šiuos vartus įžengia.
Leiskis žemyn, kvaily! Ir pasirodyk, 1695
Ką ten slepi po savo kailiu!
Atrodai kaip šikšnosparnis, tačiau
Nesi šikšnosparnis! Leiskis greičiau!"

Ir Berenas pamatė, kaip šikšnosparnis,
Pasisukiojęs pamažu aplink karūną geležinę, 1700
Vienišas, silpnas, drebantis,
Prie kojų Morgoto nukrito.
Kai šis pasilenkė ir tirti ėmė
Žvilgsniu niauriu šį apgailėtiną pavidalą,
Siaubas sukaustė širdį Bereno, 1705
Išpylė šaltas prakaitas,
Jis tyliai, braukdamas grindis pilvu,
Po sostu slėptis nušliaužė,
Už kojų tų baisių, didžiulių,
Susigūžė šešėlyje. 1710
Tuomet prabilo Tinuvielė, plonu
Ir veriamu balsu nutraukė tylą:
„Aš atnešiau žinių nuo Thu,
Iš rūmų jo tamsių atskridus,
Iš Taur-na-Fuino niūriojo 1715
Prieš didį tavo sostą stoti!"

„Vardą sakyki, šiukšle spiegianti, sakyki vardą!
Ko prireikė tam Thu, kurio pasiuntinių
Dar neseniai knibždėjo čia,
Ir kodėl tokią kaip tu jis atsiuntė?" 1720

„Turingvetilė aš esu,
Kurios šešėlis temdė
Išgeltusį mėnulio veidą
Pasmerktam Beleriande!"

„Meluoji! Susiprast turėtum,   1725
Kad negali klastų akivaizdoje mano pinti.
Tad pasirodyk, kas esi,
Netikrą išvaizdą palikus!"

Iš lėto, pamažu pasikeitimas vyko,
Tamsi, šlykšti šikšnosparnio oda   1730
Raukšlėtis ėmė ir nukrito –
Štai stovi elfė pragaro tamsybėj vieniša.
Plaukų tamsia migla
Apgaubtas veidas švietė,
Apsiaustas ant liaunų pečių kabojo   1735
Ir žemę lietė.
Iš po apsiausto rūbai sidabriniai
Spindėjo tarsi vakaro žvaigždė,
Pasklido kvapas nuostabus gėlių,
Kur tolimuose slėniuos žydi.   1740
Ir iš visų pakampių bjaurūs padarai
Godžiom akim ją spirgindami slinko
Arčiau ir dar arčiau,
Bet pamažu juos ėmė kaustyt nuovargis.
Nuleido galvą ji, rankas iškėlė   1745
Ir tyliai giesmę užgiedojo
Apie miegus, sapnus ir snaudulį –
Visas galias kerų į ją sudėjo,
Kerai šie buvo stipresni
Nei Melianės juostoj įpinti.   1750

Angbando ugnys suliepsnojo ir užgeso,
Tik tamsūs dūmai rūko
Ir blaškėsi juose šešėliai,
Iš pragaro ištrūkę.
Garsai nutilo, kūjai liovės kalę,   1755
Tik orkai tamsoje šnopavo tyliai.
Viena ugnis tik liko degti –
Morgoto akys pagiežingos,
Nugriaudėjo tik vienas balsas –
Per amžius nepažinęs džiaugsmo: 1760

„Tad tu esi Lutijena,
Melagė kaip visi tie elfai, žmonės!
Tačiau sveika atvykusi, sveika!
Kiekvienas vergas man malonus.
Kokių žinių turi iš Tingolo,   1765
Kuris tarsi bailus pelėnas slapstosi urvely?
Kuris net savo išperos
Namuose nulaikyt negali?
Kokią kvailystę naują jis sumanęs?
Ar jau geresnio šnipo nesurado?“   1770

Ji suvirpėjo ir giesmė nutilo,
„Kelias manasis, – tarė, – buvo ilgas ir sunkus,
Bet Tingolas manęs nepasiuntė,
Jis nė nežino, kur esu.
Tačiau visi keliai, takeliai painūs   1775
Į šiaurę atveda galiausiai,
Tad stoviu aš prieš tavo sostą didį
Ir nusižeminus lenkiuosi.
Jeigu ją priimsi,
Lutijena mokės pralinksmint tavo širdį.“   1780

„Tu liksi čia, ar nori, ar nenori,
Man nesvarbu, ar džiaugsies, ar kentėsi,
Ištiks tave toks pat likimas kaip
Kiekvieną – maištininką, vagį, vergą išsišokėlį.
Kodėl gi negalėtum tu patirti   1785
Kaip ir visi vargų, kančių?
O gal turėčiau pagailėti
Tavo liaunų rankelių?
Kaip sau manai, kokia nauda
Iš tavo kvailo juoko ir dainų?   1790
Aš savo žinioje turiu
Pulkus puikių menestrelių.
Tačiau kol kas tavęs neliesiu,
Leisiu dar pagyvent truputį,
Žiede kvapnus, žaisleli mielas,   1795
Skirtas atokvėpio minutei.
Gašlūs dievai tokių žiedų kaip tu
Šimtus savuose soduose saldžiai bučiuodavo,
Paskui nuvytusius, kvapą praradusius
Po kojom blokšdavo.   1800
Bet čia pas mus tarp rūpesčių, darbų
Retai gali gėlelę tokią pamatyti.
Kaip nesulaužius, nesutrypus jos,
Negi gali atsisakyti?
Kad lyg dievai palengvintume   1805
Laiką, slenkantį lėtai.
Velniop dievus! Vien alkis tegyvuoja,
Vien troškulys nenumalšinamas tekaitina!
Akimirka, ir mano naguose
Pražūsi, vienu kąsniu sudorosiu aš tave!"   1810

Jo akyse ugnis įsiliepsnojo
Ir ištiesė jis godžią ranką griebti pasirengęs,
Tačiau Lutijena tarsi paukštelis
Į šalį metės.
„O ne, valdove, ne, karaliau! – suriko ji. –   1815
Bet paklausyki mano nuolankios dainos,
Menestrelis kiekvienas rodo savo meną,
Kiekvieno vis kita melodija.
Vieni garsiau ją traukia, o kiti – tyliau,
Ir nesvarbu, ar juos kas girdi,   1820
Bet patikėk, jei paklausysi,
Lutijena mokės pralinksmint tavo širdį!
Klausyk!“ – Ir čiupusi savus sparnus
Mikliai į viršų skriejo,
Aplink jo veidą sukosi ratu   1825
Greita tarsi mintis ir nepagaunama tarsi šešėlis.
Nuostabų šokio raštą audė ji sparnais,
Aplink karūną geležinę puldinėjo
Tai šen, tai ten, staiga ir vėl giesmė
Tarsi varpelis sidabrinis nuskambėjo,   1830
Ir liejosi žemyn tarsi gaivus lietus,
Mieguistos galvos sviro,
Jos balsas magiškas, švelnus
Į tamsą krito.

Apsiaustu savo, miego burtais austu,   1835
Pleveno šokdama lyg virš tamsios bedugnės.
Nuo sienos iki sienos sukdama ratus
Ji sklandė, skriejo, blaškėsi.
Joks elfas anei fėja iki tos dienos
Nebuvo tokio šokio šokę,   1840
Bet ir nuo tos dienos nė vienas

Nedrįso jo kartoti.
Šis šokis buvo nuostabesnis
Už visa žemėj šioj,
Grakštesnis netgi už silfidžių –   1845
Už oro dvasių šokį.
      Susmuko, kur sėdėjo, orkai ir balrogai,
Nulinko visos galvos, užsimerkė akys,
Nasruos ir židiniuos ugnis užgeso,
O ji skrajojo lyg paukštelis   1850
Tamsoj virš pasmerkto pasaulio.
      Tiktai Morgoto akys degančios
Vis dar žėrėjo ir su nuostaba
Žvalgės po menę, miego apimtą.
Tačiau ir jas kerai galingi   1855
Iš lėto įveikė,
Valia galinga susvyravo,
Užgeso liepsnos įniršio.
Tik Silmarilai dar ryškiau sušvito
Tarytum žvaigždės, tolimoj padangėj
      žėrinčios,   1860
Į žemę šią, vargų prispaustą,
Sidabro šviesą liejančios.

      Galva didinga pamažu nulinko,
Tarsi viršūnė kalno, debesų prislėgta,
Pečiai pakumpo, visas kūnas   1865
Sukniubęs krito ant grindų gulėti.
Akys nebedega, negriaudi balsas,
Jis tįso paslikas, didybe nealsuoja,
Tarytum medis, išverstas audros galingos,
Tarsi uola nugriuvusi.   1870
O karūna nusmuko nuo galvos

Ir nudardėjo grindimis,
Tuomet visi garsai nuslopo
Lyg žemės miegančios širdis.

Po sostu milžinišku ir tuščiu　　　　　　　1875
Gyvatės miega, susiraizgę tarsi medžių šaknys,
Vilkai tarsi lavonai tįso,
Tarp jų ir Berenas
Giliai įmigęs guli tyliai,
Sapnai nedrumsčia jo ramybės.　　　　　　1880
　„Ateik! Ateik! Mūs valanda jau išmušė,
Galingas Angbando valdovas guli,
Prabusk! Prabusk! Jau laikas susitikti
Šalia siaubingo sosto.“
Šis balsas juodą miego skraistę perplėšė,　　1885
Ranka švelni tarsi gėlė, vėsi lyg žiedlapis
Palietė veidą, snaudulį išblaškė
Ir sapno vandenys suribuliavo.
Pašoko jis ant kojų ir arčiau priėjo,
Nusimetė tą šlykštų vilko kailį,　　　　　　1890
Šalin nuspyrė bjaurastį,
Nuostabos apimtas apsidairė.
Niūrioj tyloj jis pasijuto
Tarsi į kapą uždarytas gyvas.
Prie šono jo Lutijena prisiglaudė,　　　　　1895
Jėgų netekusi pasviro,
Jos galios iššvaistytos, magija priblėsusi,
Jis ištiesė rankas ir apkabino ją.

Prie savo kojų matė Feanoro akmenis,
Baltai liepsnojančius karūnoj geležinėj,　　1900
Kuri Morgoto galios buvo simbolis

Ir ženklas jo didybės.
To milžiniško kalno geležies
Nepajėgė jis nė pajudinti,
Tiktai apstulbęs brangakmenius lietė   1905
Mąstydamas, ar pirštais nepavyks išimti jų.
Paskui prisiminė, kaip vieną rytą tolimą ir šaltą
Jis nugalėjo Kurufiną,
Ir peilį neregėtą nykštukų darbo
Iš jo pasiėmė.   1910
Šviesa negailestinga ašmenys švytėjo,
Šalti lyg rytas žiemą,
Kuriuos nykštukai nukalė kadais,
Plaktukai, kūjai traukė savo giesmę,
Jis pjovė geležį lyg sviestą,   1915
Šarvus lyg medį raikė,
Tad įveikė ir geležies nagus,
Kur brangakmenį laikė,
Taip Silmarilą Berenas pasiėmė,
Suspaudė kumštyje tvirtai,   1920
Pro jo pirštus šviesa prasiskverbė,
Nuspalvinta rausvai.
Pasilenkė jis vėl ir pamėgino
Išlaisvinti dar vieną akmenį nuostabų,
Kurį kadaise Feanoro rankos,   1925
Jo sumanumas ir kerai padarė.
Tačiau šiuos brangakmenius slėgė nelemtis
Ir išdavikiškas nykštukų plienas
Taip garsiai džerkštelėjo, kad
Per visą menę nuaidėjo.   1930
Siaubo sukaustyti abu sužiuro
Į Morgotą, ant žemės tįsantį,
Šis sujudėjo per miegus

Ir sudejavo nykiai.
Sujudo orkai, jų šnopavimas garsėjo,   1935
Narnėti ėmė žvėrys
Ir aidas tuneliuose sklido –
Vaiduokliškas, kraupus, negeras.
Judėt pradėjo ir balrogai,
O iš tamsios, juodos tolybės   1940
Aidėjo požemiuos kaukimas vilko –
Šaltas, niūrus ir ilgas.

                        *   *   *

Jie metės bėgti aidinčioj niūrioj tamsoj
Tarsi vaiduokliai, trokštantys ištrūkt iš kapo,
Lyg šmėklos, skriejančios   1945
Per labirintą platų,
Rankos drebėjo, linko kojos,
Visi garsai baugino,
Bet bėgo jie baimės ir siaubo genami,
Sustoti nemėgino.   1950

   Galiausiai jie pamatė tolumoj
Šviesą dienos, bet blausią ir nejaukią –
Tenai po vartų arka išlakia
Dar vienas siaubas laukė.
Ant slenksčio vėl įsiutęs ir budrus   1955
Jų laukė Karcharotas,
Jo akys dega vėl niūria šviesa,
Nasrai – lyg kapas atviras,
Dantys lyg plieno peiliai žiba,
Liežuvis ugnimi žioruoja   1960
Ir pasiryžęs neįleist vidun ir neišleist laukan

Nei šmėklos, nei šešėlio jokio.
Kokia klasta, kokia galybė
Pro tokį sargą leis pratykint?

    Išgirdo jis skubrius žingsnius iš tolo   1965
Ir uodė saldų keistą kvapą,
Jis jau suprato, kas čia artinas,
Kol jie pavojaus dar nematė.
Jis pasirąžė, miegą nusipurtė
Ir, vos tik pasirodė jie abu,   1970
Sukaukęs taip, kad aidas tuneliuose nusirito,
Šoko prie jų.
    Ši ataka buvo tokia staigi,
Kad Berenas, nespėjęs pagalvoti,
Šoko į priekį stumdamas šalin Lutijeną –   1975
Vien tik drąsa ginkluotas,
Bet kokia kaina ginti mylimąją pasiryžęs.
Kaire ranka jis griebė už gerklės gauruotos,
O dešiniąja smogė į tarpuakį.
Tai buvo ta pati ranka, kurioj suspaustas   1980
Žibėjo Silmarilas. Nasruose ugniniuose
Sužibo tarsi peiliai dantys aštrūs,
Sugriebę ir sukandę kumštį Bereno,
Nasrai užsitrenkė lyg spąstai
Ties riešu, traiškydami kaulą trapų   1985
Ir mėsą kūno plėšdami mirtingo,
Nukando ir prarijo ranką Bereno,
Ir Silmarilas dvokiančioj ryklėj pradingo.

Atskirame puslapyje yra dar kelios eilutės, atskleidžiančios
kūrybinį procesą:

Berenas susverdėjo, atsirėmė į sieną,
Tačiau kaire ranka sveikąja
Dar stengėsi apginti Lutijeną,
Kuri regėdama jo kančią šūktelėjo tyliai,
Sielvarto apimta prie jo palinko.

Po pertraukos, baigiantis 1931-iesiems, tėvas galiausiai
pasiekė pasakojimo apie Bereną ir Lutijeną „Leitiano bala-
dėje" pabaigą *proza* – kaip pateikta išleistame „Silmariljo-
ne". Ir nors pabaigęs „Žiedų Valdovą" jis dar tobulino ir taisė
„Leitiano baladę" po 1931-ųjų (žr. Priedus p. 241), bet atrodo
beveik tikra, kad pasakojimo eilėmis jis daugiau nebeplėto-
jo, išskyrus šią ištrauką ant atskiro lapo, pavadintą „poemos
pabaigos dalis".

Ten, kur upelis per miškus čiurlena,
Išlakūs stūkso ten kamienai tylūs,
Šešėliai šoka žolėje
Ir mainos ant žievės nebyliai,
Virš žalio žibančio vandens
Vėjelis lengvas štai lapus sujudina,
Šlamėjimas švelnus sutrikdo vėsią tylą
Ir kalvomis nusirita,
Atsklinda aidas, šaltas lyg pati mirtis,
Tylus lyg miegančio kvėpavimas:
„Ilgi takai, šešėlio užkloti,
Kur koja niekieno nėra dar žengusi,
Už tų kalvų, anapus jūrų!
Toli ramybės kraštas plyti,

Bet mirusiųjų žemės dar toliau,
Kur laukia jie, kol bus pamiršti.
Nešviečia čia mėnulis, nesigirdi
Nei garso, nei širdies plakimo,
Tik amžiams tirpstant dūsauja
Šešėliai tylūs.
Tai mirusių Laukimo žemė,
Kur tūno jie mintyse paskendę.

Quenta Silmarillion

Vėlesniais metais mano tėvas rašė naują Senųjų dienų versiją proza, tai rankraštis, pavadintas *Quenta Silmarillion*, kurį toliau vadinsiu QS. Tarpinių tekstų tarp šio ir pirmesnio *Quenta Noldorinwa* (p. 95) rankraščio nėra išlikę, nors jų turėjo būti, bet nuo tos vietos, kur Bereno ir Lutijenos istorija prasideda „Silmariljone", yra keletas nepilnų juodraščių, atspindinčių tėvo dvejones dėl ilgesnės ir trumpesnės legendos versijų. Pilnesnė versija, kurią šiuo tikslu galima pavadinti QS1, buvo atmesta dėl ilgumo, ji baigiasi epizodu, kur Nargotrondo karalius Felagundas perduoda karūną savo broliui Orodretui (p. 101, ištrauka iš *Quenta Noldorinwa*).

Po jo eina pirminis pilnos istorijos juodraštis, ir tai yra antra, „trumpoji", QS2 versija, išlikusi tame pačiame rankraštyje kaip ir QS1. Remdamasis būtent šiomis dviem versijomis parašiau Bereno ir Lutijenos istoriją, kaip ji pateikta išspausdintame „Silmariljone".

1937-aisiais vis dar buvo rašoma QS2, tačiau tais metais atsirado aplinkybių, nesusijusių su Senųjų dienų istorija. Rugsėjo 21-ąją „Allen & Unwin" išleido „Hobitą" ir jis tučtuojau sulaukė sėkmės, o mano tėvas patyrė didelį spaudimą toliau rašyti apie hobitus. Spalio mėnesio laiške Stanley Unwinui, „Allen & Unwin" pirmininkui, jis rašė: „Esu šiek tiek sumišęs. Nesugalvoju, ką dar galėčiau pasakyti apie hobitus. Ponas Beginsas, rodos, visiškai atskleidė ir savo tukiškąją, ir beginsiškąją prigimties puses. Bet galėčiau labai daug pasakyti ir netgi turiu parašęs apie pasaulį, į kurį įsibrovė hobitai." Jis rašė, kad norėtų išgirsti įvertinimą to „pasaulio, į kurį įsibrovė hobitai"; tad jis surinko pluoštą rankraščių ir išsiuntė juos Stanley Unwinui 1937-ųjų lapkričio 15-ąją. Tarp jų buvo ir QS2, parašyta iki tos vietos, kai Berenas paima į ranką Silmarilą, kurį iškrapštė iš Morgoto karūnos.

Daug vėliau sužinojau, kad tarp „Allen & Unwin" išsiųstų tėvo rankraščių buvo „Hamo ūkininkas Gilis", „Ponas Blisas", „Prarastasis kelias" ir dar du rankraščiai, pavadinti „Ilgąja poema" ir „Apie gnomus"; šiuose pavadinimuose šmėsteli lyg ir koks nevilties šešėlis. Akivaizdu, kad šie nepageidaujami rankraščiai atsidūrė ant „Allen & Unwin" stalo be tinkamo paaiškinimo. Aš smulkiai nupasakojau keistą šio rinkinio istoriją „Beleriando baladžių" priede (1985), bet, trumpai tariant, skausmingai akivaizdu, kad *Quenta Silmarillion* (įtraukta į rinkinį „Apie gnomus" su kitais tekstais, tinkančiais prie šios temos) niekada nepasiekė atsakingojo redaktoriaus, išskyrus kelis puslapius, kurie buvo nepriklausomai (ir pagal aplinkybes klaidingai) pridėti prie „Leitiano baladės". Redaktorius buvo visiškai sutrikęs ir pasiūlė sprendimą, kaip galima būtų suderinti „Ilgąją poemą" su šiuo prozos (t. y. *Quenta Silmarillion*) ga-

baleliu (labai teigiamai įvertintu), kuris buvo (visiškai su-
prantama) iš esmės neteisingas. Suglumęs jis išdėstė savo
nuomonę raštiškame atsiliepime ir ant jo leidyklos darbuo-
tojas, taip pat visiškai suprantama, užrašė: „Tai ką dabar
daryti?"

Visa tolesnė painiava baigėsi tuo, kad mano tėvas, nė ne-
įtardamas, kad niekas net neskaitė *Quenta Silmarillion*, pa-
sakė Stanley Unwinui, jog džiaugiasi nebuvęs „su panieka"
atmestas ir kad dabar tikisi „galėsiąs ar pagaliau įstengsiąs
išleisti „Silmariljoną"!"

Kol QS2 buvo išsiųsta, jis tęsė darbą prie kito rankraščio,
„Karcharoto medžioklės", kur pasakojo apie Bereno mir-
tį; šį pasakojimą jis tikėjosi prijungti prie QS2, kai tekstas
bus grąžintas, bet kai tai įvyko 1937-ųjų gruodžio 16-ąją, jis
padėjo „Silmariljoną" į šalį. Tos dienos data pažymėtame
laiške Stanley Unwinui jis dar klausė: „Ką dar gali padaryti
hobitai? Jie gali būti juokingi, bet jų juokingumas provin-
cialus, nebent būtų gretinamas su gilesniais dalykais." Bet
po trijų dienų, 1937-ųjų gruodžio 19-ąją, jis pareiškė „Allen
& Unwin": „Parašiau pirmąją naujos istorijos apie hobitus
dalį – „Ilgai laukta puota"."

Būtent tuo metu, kaip jau rašiau „Hurino vaikų" prie-
duose, nuolatinis „Silmariljono" kūrimas apibendrina-
muoju *Quenta* stiliumi baigėsi pačiame polėkio įkarštyje
pasakojimu apie Turino išvykimą iš Doriato ir tapimą bė-
gliu. Nuo šios vietos tolesnė istorija vėlesniais metais liko
užrašyta ir, taip sakant, sustingusi glausta *Quenta* forma,
o tuo metu, rašant „Žiedų Valdovą", kilo didingos Antrojo
ir Trečiojo amžių struktūros. Bet ši tolesnė istorija yra labai
svarbi senovės legendų dalis, nes paskutinės istorijos (kilu-
sios iš „Prarastųjų sakmių knygos") pasakoja pragaištingą
Hurino, Turino tėvo, istoriją po to, kai Morgotas jį paleido,

ir apie elfų karalysčių – Nargotrondo, Doriato ir Gondolino – žlugimą, apie kurį dainavo Gimlis Morajos kasyklose po daugelio tūkstančių metų:

> Pasaulis buvo dar garbingas
> Anais laikais nerūpestingais
> Prieš Nargotrondo karalius,
> Prieš Gondoliną, kurs tylus
> Už jūrų jau seniai pražuvo,
> Pasaulis dar garbingas buvo.*

Tai turėjo būti viso darbo užbaiga ir karūna – noldorų elfų likimas ilgoje kovoje prieš Morgotą ir Hurino bei Turino vaidmuo visoje istorijoje; istorija baigiasi „Pasakojimu apie Earendilą", kuris pabėga iš degančio Gondolino griuvėsių.

Po daugybės metų viename laiške (1964 m. liepos 16 d.) tėvas rašė: „Pasiūliau jiems Senųjų dienų legendas, bet leidykla jas atmetė. Jie norėjo tęsinio. O aš troškau herojinių legendų ir kilnios romantikos. Taip ir atsirado „Žiedų Valdovas".

*

Kadangi „Leitiano baladė" buvo užmesta, nėra išlikę tikslaus pasakojimo, kas nutiko, kai „Karcharoto nasrai kaukštelėjo lyg spąstai" aplink Bereno ranką, kurioje jis laikė sugniaužęs Silmarilą; norėdami tai sužinoti turime grįžti prie pradinio „Legendos apie Tinuvielę" pasakojimo (p. 70–74), kur yra istorija apie Bereno ir Lutijenos žūtbūtinį bėgimą, apie

---

* Vertė Jonas Strielkūnas.

persekiotojus iš Angbando ir kaip juos suradęs Huanas par-
veda į Doriatą. *Quenta Noldorinwa* tėvas tiesiog pasako,
kad „čia nėra ką daug pasakoti".

Galutinėje istorijoje apie Bereno ir Lutijenos sugrįžimą
į Doriatą pagrindinis (ir svarbiausias) pokytis, kurį reikia
pabrėžti, yra kaip jie pabėga nuo Angbando vartų, kai Kar-
charotas sužaloja Bereną. Šis įvykis, kurio nebepasiekia
„Leitiano baladė", papasakojamas „Silmariljono" žodžiais:

Tad žygis atkovoti Silmarilą, rodės, jau baigsis pragaištimi ir
sielvartu, tačiau tą akimirką virš slėnio sienos pasirodė trys
galingi paukščiai, greitesniais už vėją sparnais plasnojantys į
šiaurę. Paukščiai ir žvėrys buvo girdėję apie Bereno klajones ir
bėdas, pats Huanas liepė visiems gyviams stebėti, ar neprireiks
jų pagalbos. Aukštai virš Morgoto viešpatijos sklendė Toron-
doras ir jo valdiniai, tad dabar, išvydę pamišusį vilką ir Bereno
pražūtį, kuo greičiausiai leidosi žemyn, o piktosios Angbando
jėgos jau išsivadavo iš miego pančių.

Ereliai pakėlė Lutijeną ir Bereną nuo žemės ir nunešė aukš-
tai į debesis. [...]

(Jiems skrendant aukštai virš žemės) Lutijena verkė, nes
manė, kad Berenas neišvengiamai mirs: jis nekalbėjo, neat-
merkė akių ir vėliau nieko neprisiminė apie šitą skrydį. Paga-
liau ereliai nusileido prie Doriato sienų, ir jie atsidūrė mišku
apaugusiame slėnyje, iš kur nevilties apimtas Berenas anąsyk
vogčiomis pasitraukė, palikęs Lutijeną miegančią.

Ereliai paguldė ją Berenui prie šono ir sugrįžo į savo aukš-
tuosius lizdus Krisaigrimo viršūnėse. Pas Lutijeną atbėgo Hu-
anas, ir jie drauge slaugė Bereną, kaip ir anksčiau, kai ji užgydė
Kurufino padarytą žaizdą. Bet šį kartą žaizda buvo baisi ir už-
nuodyta. Ilgai Berenas gulėjo, o jo dvasia klajojo tamsiais mir-
ties pakraščiais, išgyvendama tą kančią, kuri persekiojo Bereną

iš sapno į sapną. Ir staiga, kai Lutijena jau beveik neteko vilties, jis pabudo, pažvelgęs aukštyn išvydo medžių lapus ir dangų. Ir išgirdo, kaip šalia tyliai ir švelniai dainuoja Lutijena Tinuvielė. Jau vėl aušo pavasaris.

Vėliau Bereną vadino Erchamionu, arba Vienarankiu. Kančia paliko ryškų pėdsaką jo veide. Bet vis dėlto Lutijenos meilė grąžino jį į gyvenimą, jis pakilo, ir jie vėl drauge vaikščiojo po miškus.

*

Papasakojau, kaip vystėsi Bereno ir Lutijenos istorija eilėmis ir proza per dvidešimtį metų nuo pirminės „Legendos apie Tinuvielę" versijos. Po pradinių abejonių Berenas, kuris pradžioje buvo Egnoro Girininko sūnus, iš elfų giminės, vadinamos noldoliais (šis žodis į anglų kalbą išverstas kaip „gnomai"), galiausiai tapo sūnumi Barahiro, žmonių vado, vadovaujančio besislapstančių maištininkų grupei, kovojančiai su neapkenčiama Morgoto tironija. Įpinama įsimintina istorija (1925-aisiais „Leitiano baladėje") apie Gorlimo išdavystę ir Barahiro nužudymą (p. 85 ir toliau); ir nors Veanė, kuri pasakoja „prarastą istoriją", nežino, kodėl Berenas atsidūrė Artanore, ir spėja, kad tiesiog dėl pomėgio klajoti (p. 38), po tėvo mirties jis tampa pagarsėjusiu Morgoto priešu ir yra priverstas bėgti į pietus, kur prasideda Bereno ir Tinuvielės istorija, kai jis pažvelgia į ją prieblandoje pro Tingolo miško medžius.

Nuostabus yra „Legendos apie Tinuvielę" pasakojimas apie Bereno nelaisvę pas Tevildo, kačių valdovą, keliaujant į Angbandą ieškoti Silmarilo, taip pat ir vėlesnis šios istorijos pokytis. Bet jei tartume, kad kačių pilis „yra" Saurono bokštas Tol-in-Gaurhote, „Vilkolakių saloje", tai tik ta prasme, kaip jau esu minėjęs kitur, kad pasakojime užima tą pačią vietą. Visais kitais atžvilgiais nėra ko nė ieškoti bent menkiausio panašumo šešėlio tarp abiejų tvirtovių bei jų gyventojų. Siaubingos apsirijusios katės, jų virtuvės ir saulėtos terasos, žavūs pusiau elfiški, pusiau katiniški vardai: Miaugionas, Miaulė, Meoita – viskas pradingo be pėdsako. Bet, nepaisant jų neapykantos šunims (ir taip svarbaus pasakojimui abipusio priešiškumo tarp Huano ir Tevildo), akivaizdu, kad pilies gyventojos nėra paprastos katės: ypač įsidėmėtina ši ištrauka iš „Legendos apie Ti-nuvielę" (p. 63), kalbanti apie „kačių paslaptį, Melko jam patikėtą burtažodį":

o tai buvo magiški žodžiai, kurie rišo jo blogio pilies akmenis vieną prie kito ir pajungė jo valdžiai visus kačių padermės pa-darus, pripildydami juos blogio galių, pranokstančių jų pačių prigimtį; nes jau seniai buvo kalbama, kad Tevildo yra piktoji dvasia žvėries pavidalu.

Šioje ištraukoje taip pat įdomu, kaip pradinio pasakojimo detalės ir elementai pasirodo vėlesnėse versijose, bet jau pakitę, kylantys iš kitokios pasakojimo koncepcijos. Senojoje legendoje Huanas priverčia Tevildo atskleisti burta-žodį, o kai Tinuvielė jį ištaria, Tevildo pilis sudreba ir iš jos sprunka gyventojai (tai yra katės ir katinai). *Quenta Noldorinwa* (p. 125) minima, kad Huanas nugalėjo vilkolakiu pasivertusį siaubingąjį burtininką Thu, Raganių, ir „atėmė iš jo pilies raktus, taip pat išgavo burtažodį, kuris sutvirtino jo užkerėtos pilies sienas ir bokštus. Taigi, tvirtovė griuvo, bokštai nuvirto ir atsivėrė požemiai. Daug kalinių buvo iš-laisvinta [...]."

Čia susiduriame su didžiausiu pakeitimu Bereno ir Lutije-
nos istorijoje, kur ji susipina su visiškai atskira Nargotrondo
legenda. Prisiekęs amžiną draugystę ir pagalbą Barahirui,
Bereno tėvui, Felagundas, Nargotrondo įkūrėjas, įsitraukia
į Silmarilo paiešką (p. 107, 162 eil. ir toliau); čia atsiranda
pasakojimas apie Nargotrondo elfus, kurie persirengę or-
kais pakliūva į Thu nelaisvę ir baigia gyvenimą siaubinguo-
se Tol-in-Gaurhoto požemiuose. Silmarilo paieškos taip pat
paliečia Kelegormą ir Kurufiną, Feanoro sūnus, įtakingus
Nargotrondo veikėjus, dėl pragaištingos priesaikos, kuria
Feanoro giminė pažadėjo kerštą visiems, kas prieš jų valią
paims ar pasilaikys Silmarilą. Lutijena pateko į nelaisvę Nar-
gotronde ir, išgelbėta Huano, buvo įvelta į Kurufino ir Kele-
gormo sąmokslus bei siekius: p. 148–159, 248–249 eil.

Taip pat išlieka pati pasakojimo pabaiga, kuri labai
svarbi, kaip man atrodo, pačiam autoriui. Ankstyviausią
Bereno ir Lutijenos likimo po Bereno mirties Karcharoto
medžioklės metu paminėjimą aptinkame „Legendoje apie
Tinuvielę", bet šioje istorijoje ir Berenas, ir Lutijena yra el-
fai. Tenai sakoma (p. 78–79):

Tinuvielė, sielvarto sugniuždyta, neberado šviesos nei paguo-
dos visame pasaulyje ir netrukus pasekė jį tais tamsiais takais,
kuriais kiekvienas privalo eiti vienas. Tačiau jos grožis ir švel-
nus meilumas palietė netgi šaltą Mandoso širdį ir jis leido jai
išsivesti Bereną atgal į pasaulį, ko niekada vėliau nebuvo leis-
ta jokiam žmogui ar elfui. [...] Tačiau Mandosas pasakė šiems
dviem: „O elfai, aš grąžinu jus į gyvenimą ne tobulam džiaugs-
mui, nes tokio jau nebėra visame pasaulyje, kur karaliauja Mel-
ko juoda širdimi, – ir žinokite, kad tapsite mirtingi kaip žmo-
nės ir, kai jau grįšite čia, tai bus amžinai [...].

Šioje ištraukoje aiškiai sakoma, kad Berenas ir Lutijena toliau gyveno Viduržemėje („ir atliko didingų žygdarbių, ir daug pasakojimų yra sukurta"), bet nepasakoma nieko daugiau, tik kad jie buvo vadinami i-Kilvarton, tai reiškia „mirusieji, kurie atgijo", ir kad „jiedu tapo galingais elfais miškuose Siriono šiaurėje".

Kitoje „Prarastųjų sakmių" istorijoje – „Valarų grįžime" – randame pasakojimą apie tuos, kurie ateina į Mandoso menes (menės vadinamos valaro vardu, bet tikrasis jo vardas yra Ve):

Ten po mirties patekdavo visi elfai iš visų giminių, kurie savo nelaimei būdavo nužudyti ginklais arba mirdavo iš sielvarto dėl nužudytųjų – tik taip galėdavo mirti eldarai, ir tai tik trumpam. Čia Mandosas jiems ištardavo nuosprendį, čia jie laukdavo tamsoje prisimindami praeities žygius, kol ateidavo nustatytas laikas ir jie vėl galėdavo gimti savo vaikuose, vėl galėdavo dainuoti ir juoktis.

Šį aprašymą galėtume palyginti su eilutėmis, neįtrauktomis į „Leitiano baladę", kurios pateiktos 203 puslapyje: „Mirusiųjų žemės dar toliau, kur laukia jie, kol bus pamiršti":

Nešviečia čia mėnulis, nesigirdi
Nei garso, nei širdies plakimo,
Tik amžiams tirpstant dūsauja
Šešėliai tylūs.
Tai mirusių Laukimo žemė,
Kur tūno jie mintyse paskendę.

Samprata, kad elfai miršta tik nuo ginklais padarytų žaizdų arba nuo sielvarto, išliko ir išspausdintame „Silmariljone":

Elfai nemiršta, kol pasaulis gyvas, nebent kas nors juos nužudo ar patys sunyksta graužiami sielvarto (tokia tariama mirtis turi jiems galią). Jie nesilpnėja sendami, gal tik kai kurie nuvargsta per dešimt tūkstančių amžių. Po mirties jie sukviečiami į Mandoso rūmus Valinore, kad iš tenai galėtų, atėjus laikui, sugrįžti. Bet žmonių sūnūs iš tiesų miršta ir palieka šį pasaulį, todėl jie vadinami Svečiais, arba Prašalaičiais. Mirtis yra jų likimas, Iluvataro dovana, kurios, nykstant laikui, jiems pavydės net ir Galingieji.

Man atrodo, kad Mandoso žodžiai „Legendoje apie Tinuvielę", kuriuos citavau anksčiau, t. y. „tapsite mirtingi kaip žmonės, ir kai jau grįšite čia, tai bus amžinai", reiškia, kad jis sujaukė jų, kaip elfų, likimą: mirę kaip elfai jie neatgimė, jiems buvo suteikta unikali galimybė palikti Mandoso menes nepraradus savo asmenybės. Bet vis dėlto jie turėjo sumokėti kainą, nes mirę antrą kartą nebeturėjo galimybės grįžti, jokios „tariamos mirties", jų laukė tokia mirtis, kokią kenčia žmonės dėl savo prigimties.

Toliau *Quenta Noldorinwa* pasakoja (p. 130), kad „Lutijena nusilpo ir užgeso palikdama šią žemę, [...] ji pateko į Mandoso menes ir dainavo jam apie jaudinančią meilę, taip gražiai, kad jam jos pagailo, ko niekada anksčiau nebuvo atsitikę".

Jis iškvietė Bereną ir nutiko taip, kaip Lutijena buvo pažadėjusi bučiuodama jį mirties valandą – kad jie susitiks anapus vakarinių jūrų. Ir Mandosas leido jiems išeiti, bet perspėjo, kad Lutijena taps mirtinga, kaip ir jos mylimasis, turės dar kartą palikti žemę kaip visos mirtingos moterys, o jos grožis teliks atminimas dainose. Taip ir nutiko, bet kalbama, kad Mandosas jiems atsilygino suteikdamas labai ilgą džiaugsmo kupiną gyvenimą, ir jie klajojo nuostabiose Beleriando žemėse nepažindami nei šalčio, nei troškulio, ir nuo to laiko joks mirtingas žmogus nėra kalbėjęs su Berenu ar Lutijena.

Istorijos apie Bereną ir Lutijeną juodraštyje, rengtame *Quenta Silmarillion*, kuris paminėtas p. 204, iškyla mintis apie „likimo pasirinkimą", kurį Berenui ir Lutijenai pasiūlė Mandosas:

Toks buvo pasirinkimas, kurį jis pasiūlė Berenui ir Lutijenai. Jie gali gyventi Valinoro palaimoje iki pasaulio pabaigos, bet tuomet, kai viskas pasikeis, kiekvienas iš jų turės eiti savo tautai paskirtu keliu, o kokį likimą Iluvataras paskyrė žmonėms, Manvė (valarų valdovas) nežino. Arba jie gali grįžti į Viduržemę, kur nėra užtikrinto džiaugsmo ir gyvenimo; tada Lutijena taptų tokia pat mirtinga kaip Berenas, palenkta antrajai mirčiai ir galiausiai turėtų palikti žemę amžinai, o jos grožio atminimas išliktų tik dainose. Šį likimą jie ir pasirinko, taigi, kad ir kokie sielvartai jų laukė, jie liko kartu ir jų keliai nesiskyrė nei šiame, nei kitame pasaulyje. Taigi, iš elfų tik viena Lutijena mirė ir seniai paliko šį pasaulį, tačiau ji sujungė abi tautas ir tapo daugelio pramote.

Ši „likimo pasirinkimo" samprata „Silmariljone", kaip matome, buvo išlaikyta, tik šiek tiek pakeista: čia renkasi viena tik Lutijena, ir šis pasirinkimas kitoks. Dėl savo žygių, iškentėto sielvarto ir dar todėl, kad buvo Melianės duktė, ji vis dar gali palikti Mandoso menes ir gyventi Valinore iki pasaulio pabaigos; bet Berenas čia ateiti negali. Tad, jei ji būtų tai pasirinkusi, būtų išskirta su Berenu dabar ir amžinai: nes jis negalėjo išvengti savo likimo, išvengti mirties – tai Iluvataro dovana, kurios negalima atsisakyti.

Antroji galimybė liko tokia pati ir ji pasirinko ją. Tik taip Lutijena galėjo likti su Berenu „anapus pasaulio": ji turėjo rinktis kitokį likimą, tapti mirtinga ir iš tiesų mirti.

Kaip jau minėjau, Bereno ir Lutijenos istorija nesibaigia Mandoso teismu ir reikia šiek tiek papasakoti, kas buvo po to ir kas nutiko Silmarilui, kurį Berenas išlupo iš geležinės Morgoto karūnos. Tai kelia tam tikrų sunkumų mėginant išlikti šiai knygai pasirinktuose rėmuose, daugiausia todėl, kad Bereno vaidmuo antrajame gyvenime yra glaudžiai susijęs su Pirmojo amžiaus istorija, o tuomet reikėtų užmesti tinklą daug plačiau, nei leidžia šios knygos tikslas.

Kalbėdamas apie *Quenta Noldorinwa*, parašytą 1930-aisiais, kuri paremta „Mitologijos apmatais", bet yra ilgesnė už šį tekstą, paminėjau (p. 95), kad tai „glaustas, trumpas pasakojimas": veikalo antraštėje sakoma, kad tai „trumpa noldolių, arba gnomų, istorija, paimta iš „Prarastųjų sakmių knygos"". Apie šiuos „apibendrinančius" tekstus rašiau „Brangakmenių kare" (1994): „Šiose versijose tėvas rėmėsi (kartu, žinoma, nuolat vystydamas ir plėsdamas) savo didžiaisiais veikalais, kurie iki tol egzistavo eilėmis ar proza, o *Quenta Silmarillion* jis ištobulino būdingą stilių, melodingą, rimtą, elegišką, pilną praradimo jausmo ir laiko gelmės, kurį iš dalies, tikiu, nulėmė literatūrinis faktas, kad jis sutraukė trumpoje, glaustoje istorijoje tas vietas, kurias galėjo labiau išplėsti, detalizuoti, sudramatinti. Užbaigęs ir išleidęs didįjį „trukdį" – „Žiedų Valdovą", jis, regis, grįžo prie Senųjų dienų istorijų, trokšdamas jas atskleisti plačiau, kaip buvo pradėjęs rašydamas „Prarastųjų sakmių knygą". Užbaigti *Quenta Silmarillion* liko jo tikslas; tačiau „didieji pasakojimai" (iš kurių kilo vėlesnės dalys), labai pakeisti nuo pradinės formos, niekada nebuvo užbaigti."

Dabar mums rūpi vėliausiai iš „Prarastųjų sakmių" parašyta istorija, kuri yra pavadinta „Nauglafringo legenda" – toks yra pradinis Nauglamiro, nykštukų vėrinio, pavadinimas. Bet čia susiduriame su vėliausiu tėvo pasakojimu apie Senąsias dienas, parašytu užbaigus „Žiedų Valdovą": naujų pasakojimų nebėra. Ir dar sykį pacituosiu savo svarstymus, pateiktus „Brangakmenių kare": „Atrodo, lyg priėję prie aukšto vėlesnių laikų skardžio krašto žvelgtume į senovės lygumą giliai apačioje. Nes norėdami kalbėti apie Nauglamiro istoriją ir Doriato žlugimą [...] turime grįžti daugiau nei per ketvirtį amžiaus į praeitį, aprašytą *Quenta Noldorinwa*, ir dar toliau." Prie *Quenta Noldorinwa*" (p. 95) aš dabar ir grįšiu pateikdamas atitinkamą tekstą, tik šiek tiek sutrumpintą.

Pasakojimas prasideda istorija apie didįjį Nargotrondo lobį, kurį pasiglemžė piktasis drakonas Glomundas. Po šio drakono, kurį nužudė Turinas Turambaras, mirties Turino tėvas Hurinas su keliais bėgliais slapstėsi miškuose šalia Nargotrondo, kur iki tol nedrįso plėšikauti joks orkas, elfas ar žmogus, bijodami piktos Glomundo dvasios ir jo prisiminimo. Tačiau čia jie rado tokį nykštuką Mimą.

Bereno ir Lutíjenos grįžimas pagal *Quenta Noldorinwa*

Tad Mímas rado Nargotrondo menes ir lobius nesaugomus; jis viską pasiėmė sau ir sėdėjo ten patenkintas, čiupinėdamas auksą ir brangakmenius, leido juos pro pirštus ir prikaustė prie savęs daugybe kerų. Bet Mimo gentis buvo negausi ir godumo apimti bėgliai juos išžudė, nors Hurinas ir norėjo pasigailėti; mirdamas Mimas prakeikė auksą.

[Hurinas nukeliavo pas Tingolą prašyti pagalbos ir Tingolo tauta pernešė lobį į Tūkstantį urvų; tada Hurinas išvyko.]

Tuomet drakono prakeikto aukso kerai ėmė veikti Doriato karalių ir ilgai jis sėdėjo žiūrėdamas į jį, o meilės auksui sėkla jo širdyje prabudo ir ėmė augti. Tad jis sukvietė geriausius meistrus, kurie dar buvo likę vakarų pasaulyje, nes Nargotrondo jau nebebuvo (o apie Gondoliną niekas nežinojo), šie meistrai buvo Nogrodo ir Belegosto nykštukai, kad jie paverstų auksą, sidabrą ir brangakmenius (kurių daugybė dar buvo neapdirbtų) nuostabiais indais bei kitokiais gražiais daiktais, ir kad jie pagamintų nepaprastai gražų vėrinį įstatyti Silmarilui.*

Bet atvykusius nykštukus tuojau apėmė godumas ir lobių troškimas, tad jie sumanė išdavystę. Jie kalbėjo vienas kitam:

– Argi šie lobiai nepriklauso nykštukams lygiai taip pat, kaip elfų karaliui, argi jie nebuvo jėga atimti iš Mimo?

Bet jie geidė ir Silmarilo. O Tingolas vis giliau grimzdamas į burtų vergiją nesumokėjo nykštukams už darbą tiek, kiek buvo žadėjęs, tad jie aštriai susižodžiavo ir Tingolo rūmuose įvyko mūšis. Buvo nužudyta daug elfų ir nykštukų, o pilkapis, kur jie buvo palaidoti, vėliau buvo pavadintas Kumnan-Arasaitu – Godulio kalva. Išlikę nykštukai buvo išvaryti be jokio atlygio ar užmokesčio.

Todėl surinkę kariuomenę iš Nogrodo ir Belegosto jie galiausiai grįžo ir padedami keleto išdavikų elfų, kuriuos buvo užvaldęs turtų troškimas, slapta pateko į Doriatą.

Čia jie užklupo Tingolą medžiojantį tik su keliais kariais, karalius buvo nužudytas, o Tūkstančio Urvų rūmai netikėtai užpulti ir apiplėšti; taip žlugo Doriato šlovė ir Morgotui teliko priešintis viena elfų tvirtovė (Gondolinas), bet ir jos sutemos artėjo.

Nykštukai negalėjo sugauti karalienės Melianės nei jai pakenkti, tad ji iškeliavo ieškoti Bereno ir Lutijenos. Nykštukų kelias į Nogrodą ir Belegostą Mėlynuosiuose kalnuose ėjo per Rytų Beleriandą ir miškus prie Geliono upės, kur kadaise buvo

---

* Vėlesniame pasakojime apie Nauglamirą tvirtinama, kad jį nykštukų meistrai seniai pagamino Felagundui, ir tai buvusi vienintelė brangenybė, kurią Hurinas paėmė iš Nargotrondo ir atidavė Tingolui. Tad Tingolas patikėjo nykštukams *perdaryti* Nauglamirą įstatant į jį Silmarilą, kurį turėjo Tingolas. Būtent ši versija pateikta išleistame „Silmariljone". (Aut. past.)

Damrodo ir Dirielio, Feanoro sūnų, medžioklės plotai. Į pietus nuo šių žemių tarp Geliono ir kalnų buvo Osiriandas, žemė, kur tuomet ramybės ir palaimos apimti gyveno ir klajojo Berenas su Lutijena, tai buvo atokvėpio metas, išprašytas Lutijenos, kol juos abu ištiks mirtis. Jų tauta buvo žalieji pietų elfai. Tačiau Berenas daugiau nebekariavo, o jo žemės buvo nuostabios, kupinos gėlių, ir žmonės vadino tas vietas Kuilvartienu, mirusiųjų, kurie atgijo, žemėmis.

Į šiaurę nuo tų vietų Askaro upę kirto brasta, pavadinta Sarn Atradu, akmenų brasta. Šia brasta turėjo eiti nykštukai norėdami pasiekti kalnų perėjas, vedančias į jų namus; čia Berenas, Melianės perspėtas apie jų atėjimą, kovėsi savo paskutiniame mūšyje. Šiame mūšyje žalieji elfai užklupo nykštukus nepasirengusius, kelio viduryje, apsikrovusius sunkiais prisiplėšto grobio nešuliais; jų vadai buvo užmušti, taip pat ir dauguma karių. Tačiau Berenas pasiėmė Nauglamirą, nykštukų vėrinį su įstatytu Silmarilu; ir kalbama, taip pat dainuojama dainose, kad balta Lutijenos krūtinė, papuošta šiuo nemirtingu brangakmeniu, buvo pats nuostabiausias ir šlovingiausias reginys, vertas paties Valinoro, ir kad Mirusiųjų, kurie atgijo, žemės tapo lyg dievų krašto atspindžiu ir niekada daugiau pasaulyje nebuvo galima pamatyti tokio grožio, tokio vaisingumo ir tokios šviesos.

Bet Melianė perspėjo juos apie prakeikimą, kuris slegia lobį ir Silmarilą. Lobį jie išties paskandino Askaro upėje ir davė jai naują vardą Ratlorielis, Aukso vaga, tačiau Silmarilą pasiliko. Laikui bėgant Ratlorielio žemių grožis išblėso. Nes Lutijena nunyko, kaip ir pranašavo Mandosas, kaip nunykdavo vėlesniųjų dienų elfai, ir dingo iš pasaulio;* Berenas taip pat mirė ir niekas nežino, kur jie vėl susitiks.

---

* Lutijenos mirties būdas pažymėtas kaip taisytinas. Vėliau mano tėvas prie jo parašė: „Tačiau dainuojama, kad tik viena Lutijena iš visų elfų buvo priskirta prie mūsų giminės, ir nuėjo anapus pasaulio, kur mes visi einame." (Aut. past.)

Tingolo įpėdinis buvo Dioras, Bereno ir Lutijenos sūnus, miškų karalius – pats gražiausias iš visų žmonių vaikų pasaulyje, nes buvo kilęs net iš trijų padermių: iš gražiausio ir puikiausio tarp žmonių, iš elfų ir iš dieviškos Valinoro dvasios, tačiau kilmė neapsaugojo jo nuo likimo ir Feanoro sūnų priesaikos. Nes Dioras grįžo į Doriatą ir trumpam laikui atgijo jo senovinė šlovė, nors Melianė ten jau nebegyveno, ji iškeliavo į dievų žemes anapus vakarinių jūrų mąstyti apie savo sielvartus soduose, iš kurių buvo atėjusi.

Tačiau Dioras nešiojo Silmarilą ant krūtinės, šio brangakmenio šlovė plačiai pasklido ir nemirtinga priesaika vėl iškilo iš užmaršties.

Nes, kol šį neprilygstamą brangakmenį nešiojo Lutijena, nė vienas elfas nesiryžo jos liesti, net Maidrosas nedrįso svarstyti tokios minties. Bet dabar, išgirdę apie Doriato atstatymą ir Dioro didžiavimąsi, septyni broliai vėl susirinko iš savo klajonių ir pasiuntė pas Diorą pasiuntinius reikalaudami savo nuosavybės. Tačiau Dioras nenorėjo atiduoti brangakmenio, tad jie užpuolė jį visomis pajėgomis ir kilo antrosios žudynės, per kurias elfai žudė elfus, ir atnešė daugiausia sielvarto. Krito Kelegormas ir Kurufinas, taip pat niūrusis Krantiras, tačiau ir Dioras buvo nužudytas, o Doriatas sugriautas ir jau niekada nebeatsigavo.

Tačiau Feanoro sūnūs neatgavo Silmarilo; nes ištikimi tarnai paspruko išsivesdami Dioro dukterį Elvingą, tad ji išsigelbėjo; jie nešėsi Nauglafringą ir po kurio laiko atvyko prie Siriono žiočių prie jūros.

[Tekste, kiek vėlesniame už *Quenta Noldorinwa*, ankstyvose „Beleriando metraščių" versijose, istorija buvo pakeista, čia Dioras grįžta į Doriatą Berenui ir Lutijenai tebegyvenant Osiriande; o kas jiems čia nutiko, pateiksiu „Silmariljono" žodžiais:

Vieną rudens naktį, jau vėlai, kažkas priėjęs ėmė daužyti Menegroto duris, reikalaudamas įleisti pas karalių. Tai buvo žaliųjų elfų didžiūnas, atskubėjęs iš Osiriando, ir sargybiniai nuvedė jį į menę, kur vienas sėdėjo Dioras. Ten jis tylėdamas padavė karaliui dėžutę ir išėjo. Toje dėžutėje gulėjo Nykštukų Vėrinys su įsodintu Silmarilu. Į jį pažvelgęs Dioras suprato: tai ženklas, kad Berenas Erchamionas ir Lutijena Tinuvielė mirė galutinai ir iškeliavo ten, kur žmonių padermė vyksta pasitikti ne šio pasaulio lemties.

Ilgai žvelgė Dioras į Silmarilą, kurį jo tėvas ir motina parnešė iš žūtbūtinio žygio į Morgoto siaubo tvirtovę. Didis sielvartas jį prislėgė, kad mirtis juos pasiėmė taip greitai.]

Ištrauka iš
„Prarastosios sakmės"
apie Nauglafringą

Čia aš kiek atsitrauksiu nuo chronologinės šios knygos struktūros pateikdamas pasakojimą apie Nauglafringą iš „Prarastųjų sakmių". Taip darau todėl, kad čia pateikta ištrauka yra įsidėmėtinas nuolat besiplėtojančios tėvo kūrybos braižo pavyzdys, atskleidžiantis pastabumą vaizdingoms ir dažnai dramatiškoms smulkmenoms, kuris buvo jam būdingas nuo pat ankstyvųjų „Silmariljono" kūrimo dienų; tačiau pati „Prarastoji sakmė" apie Nauglafringą pernelyg plačiai išsišakoja, todėl netinka šiai knygai. Tad trumpas mūšio prie Sarn Atrado, Akmenų brastos, aprašymas pasirodo *Quenta* p. 219, o „Prarastojoje sakmėje" randame gerokai išsamesnį atpasakojimą, apimantį Bereno ir Naugladuro, Nogrodo Mėlynuosiuose kalnuose nykštukų valdovo, dvikovą.

Ištrauka prasideda nykštukų, grįžtančių po Tūkstančio urvų apiplėšimo ir vedamų Naugladuro, atėjimu prie Sarn Atrado.

Tad visa ši kariuomenė prisiartino [prie Askaro upės], jie ėjo tokia tvarka: priekyje ėjo geriausiai ginkluotieji ir be nešulių, vidury daugybė nykštukų, nešančių Glomundo lobius ir daugybę kitų brangenybių, paimtų iš Tinvelinto rūmų, už jų, raitas ant Tinvelinto žirgo, jojo Naugladuras ir atrodė gana keistai, nes nykštukų kojos yra trumpos ir kreivos; du nykštukai turėjo vesti šį žirgą, nes ėjo jis labai nenoriai, be to, buvo apkrautas sunkiais nešuliais. O už jų traukė didžiulė ginkluota minia, nešanti nedidelius nešulius, tokia tvarka jie ketino kirsti Sarn Atradą savo pražūties dieną.

Ankstyvas rytas užklupo juos prie kranto, vidurdienis regėjo vis dar iš lėto brendančius, issirikiavusius ilgomis voromis, per greitos srovės seklumas. Čia ji išplatėjo ir išsiskirstė į daugybę siauresnių srovelių, čiurlenančių tarp didžiulių akmenų ir ilgų žvirgždo seklumų, nusėtų mažesniais akmenimis. Naugladuras nulipo nuo savo apkrauto žirgo ir jau ruošėsi vesti jį per vandenį, nes priekyje einantys ginkluoti nykštukai jau buvo pasiekę kitą krantą, o jis buvo status ir apaugęs didžiuliais medžiais, kai kurie iš nešančiųjų auksą taip pat buvo ten įkopę, bet kiti vis dar brido, tačiau ginkluotieji pačiame gale kol kas ilsėjosi.

Staiga aplink sugaudė elfų ragai, o vienas [? skambėjo] garsiau ir aiškiau už kitus, tai buvo Bereno, miškų medžioklio, ragas. Iš visų pusių pasipylė laibos eldarų strėlės, kurios nenukrypsta nuo tikslo ir nesileidžia vėjo nunešamos, ir štai, iš už kiekvieno medžio, iš už kiekvieno akmens staiga pasirodė rudieji ir žalieji elfai pilnomis strėlinėmis, šaudantys be perstojo. Naugladuro kariuomenėje kilo triukšmas ir panika, brendantieji metė į vandenį savo aukso naštas ir persigandę mėgino pasiekti kitą krantą, tačiau daugumą jų nukovė negailestingos strėlės, jie krito su visu auksu į Aroso sroves, teršdami skaidrų vandenį savo tamsiu krauju.

Aname krante stovėję kariai susibūrė ir puolė priešus, tačiau šie mikliai spruko nuo jų, o tuo metu [? kiti] pylė nenutrūkstantį strėlių lietų; taip eldarai liko beveik nesužeisti, o nykštukai krito negyvi vienas po kito. Tai buvo didžiulis mūšis Akmenų brastoje [...] Naugladuro akivaizdoje, bet nors jis ir jo karo vadai narsiai vedė savo būrius, negalėjo pasiekti priešo, o tuo metu mirtis skynė nykštukus vieną po kito, kol galiausiai visi pakriko ir metėsi bėgti, pasigirdo skambus elfų juokas, jie liovėsi šaudę, nes sprunkantys nerangūs nykštukai vėjyje plevėsuojančiomis barzdomis buvo labai juokingas reginys. Bet ten stovėjo Naugladuras su keletu karių ir prisiminė Gvendelingos žodžius*, nes štai prie jo artėjo Berenas, kuris sviedė šalin lanką ir išsitraukė žėrintį kardą; o Berenas buvo tvirčiausiai sudėtas iš visų eldarų, nors ir negalėjo lygintis pečių platumu su nykštuku Naugladuru.

Tuomet Berenas tarė:

– Gink savo gyvastį, jei sugebėsi, tu, kreivakoji žudike, kitaip aš ją pasiimsiu. – Ir nors Naugladuras kaip išpirką už savo gyvybę siūlė net Nauglafringą, nuostabųjį vėrinį, Berenas jam atsakė: – Pasiimsiu jį ir taip, kai tave nužudysiu.

Taip jis puolė Naugladurą ir jo palydovus vienas ir, kai nužudė arčiausiai buvusius, kiti išsilakstė lydimi elfų juoko, – taip Berenas pasiekė Naugladurą, Tinvelinto žudiką. Tačiau

---

* Kiek anksčiau šiame pasakojime buvo epizodas, kaip Naugladuras, ruošdamasis palikti Menegrotą, pareiškė, kad Gvendelinga, Artanoro karalienė (Melianė), turėtų keliauti su juo į Nogrodą, tačiau ji atsakė: „Vagie ir žudike, Melko išpera, argi tu toks kvailas, kad nematai pavojaus virš savo galvos." (Aut. past.)

senis aršiai gynėsi, tai buvo nuožmi kova ir dauguma ją ste-
bėjusių elfų baimindamiesi dėl mylimo vado čiupinėjo savo
lankų temples, tačiau Berenas net ir kovodamas šaukė jiems,
kad nesikištų.

Legenda nepasakoja apie šią kovą smulkiai, apie kiekvieną
kirtį ir žaizdą, tik tiek, kad Berenas gavo daugybę smūgių, bet
jo paties sumaniausi kirčiai nedaug tepakenkė Naugladurui
dėl jo dėvimų užburtų šarvų, kalbama, kad kova truko tris va-
landas ir Bereno rankos išvargo, bet tik ne Naugladuro, kuris
buvo įpratęs mojuoti sunkiu kūju kalvėje, ir tikėtina, kad ko-
va būtų pasibaigusi visai kitaip, jei ne Mimo prakeiksmas; nes
matydamas, koks išvargęs Berenas, Naugladuras vis labiau jį
spaudė, kerų sukelto išdidumo apimtas jis pamanė: „Nužudy-
siu šį elfą ir visi kiti išsibėgios", ir tvirtai spausdamas kardą jis
kirto galingą smūgį šaukdamas:

– Štai ir tavo lemtis, miškų nususėli, – bet tuo metu koja
pataikė ant nelygaus akmens ir kluptelėjo, o Berenas išvengė
smūgio ir stvėręs jam už barzdos užčiuopė auksinę antkaklę,
pagriebęs už jos staiga pargriovė Naugladurą ir šis paleido sa-
vo kardą, o Berenas jį pačiupo ir juo nužudė savo priešą sa-
kydamas:

– Aš neteršiu savo kardo tamsiu tavo krauju, tam nėra jokio
reikalo.

O Naugladuro kūnas buvo įmestas į Arosą.

Tada Berenas atsegė vėrinį ir stebėdamasis žvelgė į jį – štai
Silmarilas, tas pats brangakmenis, kurį jis atkovojo Angbande
ir šiuo žygdarbiu pelnė neblėstančią šlovę. Ir jis tarė:

– Dar niekada mano akys, o Fėjų Žibury, nebuvo mačiusios
nė perpus taip žibančio akmens, kaip tu, įsodintas į aukso ir
brangakmenių aptaisą, apipintas nykštukų magijos.

Jis įsakė išvalyti vėrinį ir neišmetė jo, nieko nežinodamas
apie jo galią, bet pasiėmė su savimi į Hitlumo miškus.

Šį „Nauglafringo legendos" fragmentą atitinka tik keli žodžiai iš *Quenta*, cituoti p. 219:

Šiame mūšyje [prie Sarn Atrado] žalieji elfai užklupo nykštukus nepasirengusius, kelio viduryje, apsikrovusius sunkiais prisiplėšto grobio nešuliais; jų vadai buvo užmušti, taip pat ir dauguma karių. Tačiau Berenas pasiėmė Nauglamirą, nykštukų vėrinį su įstatytu Silmarilu [...].

Tai atspindi mano pastabą p. 215, „kad jis sutraukė trumpoje, glaustoje istorijoje tas vietas, kurias galėjo labiau išplėsti, detalizuoti, sudramatinti".

Šį trumpą nukrypimą į „Prarastąją sakmę" apie nykštukų vėrinį užbaigsiu tolesne citata, kuri yra šaltinis istorijos, papasakotos *Quenta* (p. 219–220) apie Bereno ir Lutijenos mirtį bei Dioro, jų sūnaus, nužudymą. Šią ištrauką tęsiu nuo Bereno pokalbio su Gvendelinga (Meliane), kai Lutijena pirmąkart pasimatavo Nauglafringą. Berenas pareiškė, kad ji dar niekada neatrodė tokia nuostabi, tačiau Gvendelinga pasakė: „Vis dėlto Silmarilas buvo įstatytas į Melko karūną, tai buvo pikta lemiantis kalvių darbas."

Tuomet Tinuvielė pasakė, kad netrokšta prabangos ar brangakmenių, o tik elfiško džiaugsmo miškuose, ir norėdama įtikti Gvendelingai nusisegė ir numetė vėrinį; tačiau Berenui tai nepatiko, jam rodėsi, ne mėtyti jį reikia, tačiau saugoti [? lobyne].

Paskui Gvendelinga šiek tiek pagyveno su jais miškuose ir jos sielvartas [praradus Tinvelintą] šiek tiek apmalšo; galiausiai ji panoro grįžti į Lorieną ir jau niekada nebepasirodė žemės gyventojų pasakojimuose; tačiau Bereną su Lutijena netrukus ištiko mirtingųjų likimas, kurį jiems pranašavo Mandosas, išleisdamas iš savo rūmų, bet gali būti, kad prisidėjo ir Mimo prakeikimas, nes šis likimas ištiko juos pernelyg greitai; ir šį kartą jie ne kartu leidosi į kelią, bet tuo metu, kai jų vaikelis Dioras Gražusis buvo dar mažas, Tinuvielė pamažu ėmė nykti kaip vėlesniųjų dienų elfai, ji dingo miškuose ir jau niekas niekada nebematė jos šokant.

O Berenas apieškojo visas žemes nuo Hitlumo iki Artanoro, ir joks elfas niekada nejautė tokios vienatvės kaip jo; netrukus ir jis paliko šį pasaulį, o jų sūnus Dioras tapo rudųjų ir žaliųjų elfų valdovu ir Nauglafringo savininku.

Galbūt tiesa tai, ką kalba elfai, kad jie abu dabar medžioja Oromės miškuose, Valinore, ir Tinuvielė amžinai šoka žaliose Nesos ir Vanos, dievų dukrų, pievose; tačiau didžiulis buvo elfų sielvartas, kai Guilvartonas juos paliko, likus be vado ir sumenkus jų magijai, ėmė mažėti jų skaičius; daugelis iškeliavo į Gondoliną, nes visi elfai paslapčia šnabždėjosi apie augančią jo galybę ir šlovę.

Ir vis dėlto Dioras, kai suaugo, valdė didelę tautą, jis mylėjo miškus kaip ir Berenas, o dainose jis vadinamas Ausiru Turtinguoju, nes jis turėjo tą nuostabųjį brangakmenį, įstatytą į nykštukų vėrinį. Jis pamažu pamiršo pasakojimus apie Bereną ir Tinuvielę, ėmė nuolat nešioti šį vėrinį ant kaklo ir labai jį pamilo; o gandai apie šį vėrinį visoje šiaurėje sklido lyg ugnis per sausus lapus ir elfai kalbėjo vienas kitam:

– Hisilomės miškuose liepsnoja Silmarilas.

„Legenda apie Nauglafringą" smulkiau pasakoja apie Dioro užpuolimą ir jo mirtį nuo Feanoro sūnų rankos, ir ši paskutinė iš „Prarastųjų sakmių", kuriai buvo suteiktas nuoseklus pavidalas, baigiasi istorija apie Elvingos pabėgimą:

Ji klajojo miškuose, ir keletas rudųjų bei žaliųjų elfų susibūrė aplink ją, jie visam laikui paliko Hitlumo miškų laukymes ir iškeliavo į pietus prie gilių Siriono vandenų į malonias žemes.

Ir taip visų fėjų likimai susipynė į vieną giją, o ši gija yra didinga legenda apie Earendelį, ir prie šios legendos pačios pradžios mes dabar priėjome.

*

Toliau *Quenta Noldorinwa* pasakoja apie Gondoliną ir jo žlugimą, apie Tuorą, kuris vedė Idrilę Kelebrindalę, Gondolino karaliaus Turgono dukterį, jų sūnus buvo Earendelis, kuris kartu su jais ištrūko, kai miestas buvo sugriautas, ir atvyko prie Siriono žiočių. Toliau *Quenta* pasakoja Elvingos, Dioro iš Doriato dukters, istoriją ir kaip ji atvyko prie Siriono žiočių (p. 220):

Prie Siriono telkėsi elfai, Doriato ir Gondolino gyventojų likučiai, jie pamilo jūrą ir ėmė statyti dailius laivus, netoli krantų globojami Ulmo. [...]

Tomis dienomis Tuoras pajuto artinantis senatvę ir nebepajėgė įveikti jūros ilgesio; tad pasistatė didingą laivą „Earamę", Erelio Plunksną, ir kartu su Idrile išplaukė į saulėlydį vakarų linkui, ir nė viena legenda daugiau apie jį neužsimena. Tačiau Earendelis Šviesusis tapo Siriono tautos valdovu ir vedė skaisčiąją Elvingą, Dioro dukterį, tačiau ramybės rasti negalėjo. Dvi mintys, susipynusios į vieną, valdė jo širdį – jūros tolių ilgesys ir troškimas pasekti paskui Tuorą su Idrile Kelebrindale, kurie taip ir negrįžo, be to, jis troško surasti paskutinį krantą ir savo mirties kaina nunešti dievams ir Vakarų elfams žinią, kuri sujaudintų jų širdis, išjudintų pasigailėti pasaulio ir vargstančios žmonijos.

Jis pasistatė „Vingilotą", patį gražiausią dainose apdainuotą laivą – „Purslų gėlę", baltas tarsi mėnesiena buvo jo korpusas, auksiniai irklai, sidabriniai vantai, o stiebai buvo karūnuoti brangakmeniais tarsi žvaigždėmis. „Baladėje apie Earendelį" daug dainuojama apie šią jo kelionę, nuotykius jūrose ir žemėse, kur iki tol dar nebuvo žengusi žmogaus koja, ir tolimose salose. [...] Tačiau Elvinga sielvartaudama liko namuose.

Earendelis nerado Tuoro ir net nepriartėjo iki Valinoro krantų, galiausiai vėjai nunešė jį atgal į rytus, nakties tamsos dengiamas jis pasiekė Siriono uostus, kur jo niekas nelaukė ir nepasveikino, nes uostai šie buvo apleisti. [...]

Tai, kad Elvinga, kuri vis dar turėjo Nauglamirą su įsodintu šlovinguoju Silmarilu, gyvena prie Siriono žiočių, tapo žinoma Feanoro sūnums, kurie susirinko iš savo klajonių ir medžioklės takų.

Tačiau Siriono tauta nenorėjo atiduoti šio brangakmenio, dėl kurio kovėsi Berenas, kurį nešiojo Lutijena ir dėl kurio buvo nužudytas Dioras. Taip ištiko trečiosios ir pačios žiauriausios žudynės tarp elfų, trečiasis sielvartas, kilęs dėl prakeiktos priesaikos, nes Feanoro sūnūs užpuolė Gondolino tremtinius ir Doriato tautos likučius, ir nors kai kurie iš jų pavaldinių stovėjo nuošaliai, o keletas kitų pakėlė maištą ir buvo nužudyti už tai, kad padėjo Elvingai priešindamiesi savo valdovų valiai, bet mūšį jie laimėjo. Žuvo Damrodas ir Dirielis, tad iš visų septynių teliko gyvi Maidrosas ir Magloras; tačiau Gondolino tautos likučiai buvo sunaikinti, priversti bėgti arba prisidėti prie Maidroso pavaldinių. Tačiau Silmarilo Feanoro sūnūs neatgavo, nes Elvinga įmetė Nauglamirą į jūrą, iš kur jis nebepasirodys iki pasaulio pabaigos, o pati šoko į bangas ir pavirtusi baltu jūrų paukščiu rypaudama išskrido ieškoti Earendelio pasaulio pakraščiuose.

Tačiau Maidrosas pasigailėjo jos sūnaus Elrondo ir pasiėmė jį su savimi, priglaudė ir auklėjo, nes jo širdį kamavo ir slėgė baisiosios priesaikos našta.

Visa tai sužinojus Earendelį prislėgė sielvartas, ir jis vėl išplaukė į jūras ieškoti Elvingos ir Valinoro. „Sakmėje apie Earendelį" pasakojama, kad galiausiai jis pasiekė Stebuklingą-sias salas, šiaip ne taip išvengė prakeikimo ir surado Vienišąją salą, Šešėlių jūras ir Fėjų įlanką pasaulio pakraštyje. Vienintelis iš visų gyvų žmonių jis išsilaipino nemirtinguose krantuose ir užkopė į nuostabiąją Koro kalvą, vaikščiojo tuščiais Tuno keliais ir ant jo rūbų bei batų nusėdo deimantų ir brangakmenių dulkės. Bet į patį Valinorą jis eiti nedrįso.

Šiaurės jūrose jis pastatė bokštą, kuriame visi jūrų paukš-čiai kartais galėjo atgauti jėgas, ir nuolatos liūdėjo gražiosios Elvingos laukdamas jos sugrįžimo. O „Vingilotas" buvo ant jų sparnų iškeltas į dangų ir dabar plaukioja padebesiuose ieško-damas Elvingos; nuostabi ir stebuklinga yra ta laivė, žvaigždžių nušviesta dangaus gėlė. Tačiau saulė jį apdegino ir mėnuo me-džiojo jį danguose, ilgai Earendelis klajojo virš žemės mirgėda-mas lyg žvaigždė paklydėlė.

Čia baigiasi *Quenta Noldorinwa* pradinis pasakojimas apie Earendelį ir Elvingą, tačiau vėliau jis buvo visiškai pa-keistas atsisakant minties, kad Bereno ir Lutijenos Silma-rilas visam laikui pražuvo jūroje. Perrašytas pasakojimas skamba taip:

Tačiau Maidrosas neatgavo Silmarilo, nes Elvinga, matydama, kad viskas prarasta, o jos vaikai Elrosas ir Elrondas paimti į ne-laisvę, išvengė Maidroso karių ir su Nauglamiru ant krūtinės metėsi į jūrą ir pražuvo, kaip manė žmonės. Tačiau ją išgel-bėjo Ulmas, ant jos krūtinės tarsi žvaigždė švietė Silmarilas, ir nuskrido ji virš vandenų ieškoti Earendelio, savo mylimojo. Vieną naktį, kai Earendelis stovėjo prie laivo vairo, pamatė ją artėjant tarsi baltą debesį, greitai skriejantį mėnesienoje, tarsi keistą žvaigždę virš jūros, blankią liepsną ant audros sparnų.

Dainuojama, kad ji krito į laivo denį netekusi jėgų, arti mirties dėl tokio greito skridimo, ir Earendelis priglaudė ją prie krūtinės. Ryte jis stebėdamasis pamatė savo žmoną tikruoju pavidalu, miegančią, o jos plaukai krito jam ant veido.

Nuo šios vietos *Quenta Noldorinwa* pasakojimas, didžiąja dalimi perrašytas, iš esmės sutampa su „Silmariljono" istorija, tad užbaigsiu šią knygą citata iš šio veikalo.

Ryto ir vakaro žvaigždė

Be galo sielojosi Earendilis ir Elvinga dėl sugriautų Siriono uostų ir į nelaisvę patekusių sūnų. Bijojo, kad jie gali būti nužudyti, tačiau taip neatsitiko. Magloras pasigailėjo Elroso ir Elrondo ir rūpestingai juos augino; kad ir keista, tarp vaikų ir Magloro gimė meilė. Tačiau Magloro širdį kamavo ir slėgė baisiosios priesaikos našta.

Earendilis jau nieko nebesitikėjo iš Viduržemio kraštų, tad apimtas nevilties vėl apsigręžė ir, užuot grįžęs namo, dar kartą pasuko į Valinorą. Šį kartą greta jo buvo ir Elvinga. Earendilis dabar dažniausiai stovėdavo laivo pirmagalyje, Silmarilą pritvirtinęs sau ant kaktos [...]

Earendilis pirmasis iš gyvų žmonių išlipo į nemirtingųjų krantą. Elvingai ir tiems, kurie su juo buvo – trims jūrininkams, drauge su juo raižiusiems visas jūras, Falatarui, Erelontui ir Airandirui, – Earendilis kalbėjo tokiais žodžiais:

– Čia kelsiu koją tik aš vienas, kad ant jūsų nekristų valarų rūstybė. Į tą pavojų žengsiu vienas Dviejų Tautų vardu.

Tačiau Elvinga nesutiko:

– Tuomet mūsų keliai amžinai išsiskirtų. Dalysiuosi su tavimi visus pavojus, kurie tavęs laukia.

Ji šoko į baltas bangų putas ir nubėgo pas Earendilį. Bet šis nusiminė, nes baiminosi, kad bet kuris atėjūnas iš Viduržemio, peržengęs Amano ribą, gali supykdyti Vakarų Valdovus. Abu jie atsisveikino su kelionės draugais ir išsiskyrė su jais amžinai.

Dabar Earendilis tarė Elvingai:

– Lauk manęs čionai. Tik vienas gali perduoti žinią, ir ta lemtis skirta man.

Jis vienišas užkopė aukštyn ir pasiekė Kalakiriją. Kraštas jam pasirodė tuščias ir tylus. Mat Earendilis, kaip kadaise ir Morgotas su Ungolianta, atvyko šventės laiku, ir beveik visi elfai buvo iškeliavę į Valimarą ar susirinkę Manvės rūmuose ant Tanikvetilio, ir tik vienas kitas liko budėti ant Tiriono sienų.

Vis dėlto kažkas iš tolo pastebėjo Earendilį ir jo nešamą didžią šviesą ir nuskubėjo pranešti į Valimarą. Earendilis užlipo ant žaliosios Tunos kalvos ir pamatė, kad viršuje tuščia. Įžengė į Tirioną, bet ir miesto gatvėse nieko nebuvo. Earendilis vaikščiojo sunkia širdimi manydamas, kad net ir Palaimintąjį kraštą ištiko kokia neganda. Jis suko iš vienos tuščios gatvės į kitą, o ant jo rūbų ir apavo gulė deimantinės dulkės, ir lipdamas ilgais baltais laiptais jis tviskėjo ir švysčiojo. Earendilis garsiai sušuko keliomis kalbomis, ir elfų, ir žmonių, tačiau nesulaukė jokio atsako. Todėl apsisuko grįžti atgal prie jūros. Tačiau vos spėjo žengti į pakrantę vedančiu keliu, kai kažkas nuo kalvos viršūnės kreipėsi į jį galingu balsu:

– Būk pasveikintas, Earendili, žymiausias iš jūrininkų. Laukėme tavęs, bet atėjai nepastebėtas! Ilgėjomės tavęs, bet pasirodei, kai buvome beprarandą viltį! Būk pasveikintas, Earendili, nešantis šviesą, pirmesnę nei Saulė ar Mėnulis! Didingiausias iš Žemės Vaikų, žvaigždė tamsoje, brangakmenis saulėlydyje, spindulingasis ryto aušroje!

Taip kalbėjo Eonvė, Manvės šauklys, atkeliavęs iš Valimaro. Jis liepė Earendiliui eiti ir stoti prieš Ardos Galinguosius. Earendilis pasuko į Valinorą, į Valimaro menes, ir daugiau niekada nežengė į žmonių žemes. Valarai susirinko tartis, jie pasikvietė ir Ulmą iš jūros gelmių. Stojęs jų akivaizdoje, Earendilis kreipėsi į Galinguosius Dviejų Tautų vardu. Jis prašė atleidimo noldorams, gailestingumo dėl jų begalinių kančių, malonės ir pagalbos žmonėms ir elfams jų bėdose. Ir jo malda buvo išklausyta.

Tarp elfų pasakojama, kad paskui Earendilis pasitraukė ir leidosi ieškoti žmonos Elvingos, o Mandosas prabilo apie jo likimą:

– Ar gali mirtingasis žmogus dar tebegyvendamas žengti ant nemariosios žemės ir vis dėlto likti gyvas?

Tačiau atsiliepė Ulmas:

– Tam jis gimė šiame pasaulyje. Ir sakyk man: ar jis Earendilis, Tuoro sūnus iš Hadoro giminės, ar vis dėlto sūnus Idrilės, Turgono dukters iš Finvės elfų giminės?

– Lygiai taip, – ginčijo Mandosas, – ir noldorai, savo noru pasitraukę į tremtį, negali čionai sugrįžti.

Visiems baigus kalbėti, Manvė paskelbė savo sprendimą:

– Man suteikta galia spręsti šitą bylą. Earendilis leidosi į šį pavojų skatinamas meilės Dviem Tautoms, ir tas pavojus ant jo nekris. Nekris pavojus ir ant jo žmonos Elvingos, nepabūgusios grėsmės iš meilės savo vyrui. Tačiau jie abu daugiau niekada nebevaikščios tarp elfų ar žmonių Tolimosiose Žemėse. Toks mano nuosprendis jiems: Earendilis ir Elvinga, ir jų sūnūs kiekvienas galės patys pasirinkti, su kuria tauta susieti savo likimą ir kurios tautos lemtis jų laukia.

[Earendiliui ilgai negrįžtant Elvinga išsigando ir pasijuto vieniša; bet jis ją surado klajojančią jūros pakrante]. Tačiau netrukus juos pašaukė į Valimarą, ir ten jiems buvo paskelbtas Vyriausiojo karaliaus nuosprendis.

Jį išklausęs Earendilis tarė Elvingai:

– Dabar turi rinktis, nes man pasaulis įkyrėjo.

Ir Elvinga, prisiminusi Lutijeną, pasirinko būti su Iluvataro Pirmagimiais. Tai išgirdęs, taip pat nusprendė ir Earendilis, nors jo širdis labiau linko prie žmonių tautos, prie tėvo giminės. Tada valarų paliepimu Eonvė nukeliavo prie Amano kranto, kur Earendilio bendrakeleiviai tebelaukė žinių. Šauklys susodino juos į laivą, ir valarai su didžiausiu vėju nuginė juos tolyn į rytus. O Vingilotą valarai pašventino ir perkėlė per Valinorą į patį pasaulio pakraštį. Ten jis nėrė pro Nakties Duris ir buvo iškeltas į dangaus okeaną.

Nuostabaus grožio buvo tas laivas, kupinas banguojančios liepsnos, šviesus ir tyras. Earendilis Jūrininkas stovėjo prie jo vairaračio, tviskėdamas elfų brangakmenių dulkėmis, o Silmarilas kybojo jam ant kaktos. Toli jis keliaudavo tuo laivu, pasiekdamas net bežvaigždes tuštumas, tačiau dažniausiai jį regėdavo rytą ar vakare švytintį saulėtekio ar saulėlydžio gaisuose, kai grįždavo į Valinorą iš kelionių už pasaulio ribų.

Elvinga su juo tenai nekeliaudavo, nes nebūtų ištvėrusi bekraščių, šalčiu stingdančių tuštumų. Ji labiau mėgo žemę ir nuo jūros ar kalvų pučiančius švelnius vėjus. Todėl šiaurės pusėje, prie Skiriančiųjų jūrų, jai pastatė baltą bokštą, ir tenai kartais suskrisdavo visi jūros paukščiai pailsėti. Pasakojama, kad Elvinga, kadaise pati buvusi paukščiu, išmoko paukščių kalbą. O paukščiai išmokė ją skraidyti, jos sparnai buvo balti su sidabro atspindžiu. Kartais, kai Earendilis grįždamas jau artėdavo prie Ardos, ji skriedavo jo pasitikti taip, kaip tada, senovėje, kai buvo išgelbėta nuo pražūties jūroje. Ir akyliausieji iš elfų, gyvenančių Vienišojoje saloje, regėdavo ją tarsi spindintį baltą paukštį, nurausvintą saulėlydžio, kai ji džiugiai sklęsdavo pasveikinti į uostą grįžtančio Vingiloto.

Vingilotas, pirmą kartą pakėlęs bures į dangaus jūras, iškilo netikėtai, šviesus ir tviskantis. Viduržemio gyventojai stebėjosi, išvydę jį iš toli, ir palaikė tai ženklu. Pavadino tą ženklą Gil-Esteliu, Didžiosios Vilties žvaigžde. Ir kai ši nauja žvaigždė pasirodė vakare, Maidrosas tarė savo broliui Maglorui:

– Juk tai tikrai Silmarilas, dabar švytintis vakaruose?

O ką galima pasakyti apie Bereno ir Lutijenos iškeliavimą iš šio pasaulio? Tariant *Quenta Silmarillion* žodžiais: Niekas nematė, kaip Berenas ir Lutijena paliko pasaulį, nei žino, kur ilsisi jų kūnai.

PRIEDAI

„LEITIANO BALADĖS" PATAISYMAI

Viena iš pirmųjų, o gal pati svarbiausia, literatūrinių užduo-
čių, viliojusi tėvą užbaigus „Žiedų Valdovą", buvo grįžti prie
„Leitiano baladės", bet (nereikia nė sakyti) ne tęsiant pasa-
kojimą nuo tos vietos, kur jis sustojo 1931-aisiais (Bereno ko-
vos su Karcharotu prie Angbando vartų), o viską pradedant
iš naujo. Rašymo istorija labai sudėtinga ir čia jau nebereikia
jos kartoti, tik pasakyti, kad nors iš pradžių tėvas ėmėsi iš
naujo perrašyti visą „Baladę", šis noras greit išgaravo, o gal
atsirado svarbesnių reikalų, tad tebuvo parašyta keletas pa-
krikų puslapių. Vis dėlto pateiksiu „Baladės" ištrauką kaip
naujojo eiliavimo pavyzdį po ketvirčio amžiaus pertraukos,
pasakojančią apie Gorlimo Nelaimingojo išdavystę, kuri lė-
mė Bereno tėvo Barahiro bei visų jo bendrininkų nužudymą,
kai gyvas teliko vienas Berenas. Tarp naujųjų ištraukų ši yra
pati ilgiausia, ją galima sulyginti su pradiniu tekstu, pateikia-
mu 85–94 puslapiuose. Verta paminėti, kad Sauronas (Thu),

atvykęs iš Gaurhoto salos, čia pakeičia Morgotą, o ir pagal ei-
liavimo būdą tai visiškai kita poema.

Pradedu nuo trumpos ištraukos, pavadintos „Palaimin-
tasis Ailuino ežeras", kuri neturi atitikmens senajame teks-
te: tai yra 1–26 eilutės.

Garsėjo jie drąsa neišmatuojama
Ir žygdarbių nesuskaičiuojama gausybe,
Tad jų galvų medžiotojams netrukus
Išgirdus artinantis juos bėgt teliko.
Ir nors žadėtas dosniai buvo   5
Atlygis už kiekvieną jų,
Tačiau karys nė vienas neištrūkdavo
Žinių nunešti Morgotui.
Slapto jų guolio nieks susekti negalėjo
Tyruose už tamsių pušynų,   10
Kurie plytėjo nuo Dortoniono
Iki kalnų sniegynų.
Ten ežerėlis buvo tarp kalvų įspraustas,
Dieną dangaus žydrynę atspindėjo,
Naktimis tapdavo veidrodžiu žvaigždžių, kurias   15
Valarė Elberetė danguje pasėjo.
Palaiminta kadaise ši vieta
Palaima ta pačia vis dar alsavo,
Morgoto blogis, sėjantis kančias,
Čia dar neprasigavo.   20
Tankus beržynas ir viržynai platūs
Šią vietą slėpė nuo kiekvieno žvilgsnio,
Pro viržių kilimą kyšojo
Lyg žemės kaulai tamsūs akmenys.
Tad čia prie vienišojo Ailuino   25
Valdovas su kariais ištikimais prisiglaudė.

APIE NELAIMINGĄJĮ GORLIMĄ

Gorlimas Nelaimingasis, sūnus Angrimo,
Buvo vienas jų,
Legendos kalba, kad praradęs viltį jis
Tapo aršiausias ir narsiausias iš visų.   30
Laimingos buvo dienos, kai jis vedė
Mergelę dailią, Eilinelė ji vardu,
Bet karui stojus jam išvykti teko, o kai sugrįžo,
Jau neberado jis savų namų.
Namas sudegintas, įgriuvęs stogas,   35
O Eilinelės, nuostabiosios Eilinelės, nebėra,
Ar mirusi, ar į vergiją išvesta – nieks nežinojo,
Likimas koksištiko ją.
Juodu šešėliu ta diena
Jo širdį užgulė ir vis dėlto   40
Viltis silpnutė vis joje kirbėjo,
Naktim miegot neduodavo.
Galbūt iki ateinant priešams
Pasprukt ji spėjo,
Ir klaidžioja dabar viena   45
Miškų šešėliuos.
Galbūt ji dar gyva, galbūt nemirusi,
Ir ieško jo vis neprarasdama vilties.
Tad kartkartėmis jis slaptavietę palikdavo
Ir eidavo namų savųjų apžiūrėt.   50
Tačiau nebuvo žiburio griuvėsiuose tamsiuos,
Tik sielvartas kaskart gilėdavo,
Tuščiai jis laukdavo ir dairėsi,
Tuščiai tikėjosi.

Tuščiai ar dar blogiau – šnipų Morgoto,   55
Puikiausiai reginčių tamsoj, aplink knibždėjo,

Jie pastebėjo čia ateinantį Gorlimą
Ir žinią nunešė.
Ir štai atėjo dar viena naktis,
Kai sutemos rudens tamsėjo,   60
Keliūkštis vedė piktžolėm apaugęs
Ir gūdžiai kaukė šaltas vėjas.
Pamatė žiburį jis iš toli,
Širdis nutirpo draskoma vilties ir baimės.
Priėjo jis artyn ir pažvelgė pro langą –   65
Tai buvo Eilinelė!
Pažino ją iškart, nors alkis ir kančia
Raukšlėm išraižę buvo veidą švelnų,
Jos švelnios akys ašarom pasruvusios,
Suplyšę rūbai, susivėlę garbanos.   70
„Gorlimai, ak Gorlimai, – verkė tyliai
Ir skruostais ašaros tekėjo, –
Tu miręs, ak, išties, tu miręs,
Nes taip palikt manęs tu negalėjai!
Be meilės aš nuo šiol gyvent turiu   75
Tarytum vienišas akmuo!“

    Jis šūktelėjo – žiburys užgeso,
Tik vėjas kaukė, staugė tolumoj vilkai
Ir šlykščios pragariškos letenos
Suspaudė jo pečius tvirtai.   80
Priešo tarnai sučiupo jį, surišo
Ir skubiai nugabeno pas Saironą –
Žiauriausią ir bjauriausią iš visų Morgoto pakalikų,
Vaiduoklių ir vilkolakių valdovą.
Galingoje tvirtovėje Gauroto saloje   85
Jis buvo įsikūręs, bet dabar
Keliavo lydimas kariuomenės gausios,
Morgoto palieptas surasti maištininką Barahirą.

Stovyklą netolies jis buvo įsirengęs,
Ten budeliai savąją auką nutempė 90
Ir parbloškė supančiotą ant žemės
Gorlimą nelaimingąjį.
Kankinimais žiauriais jo valią
Jie stengėsi palaužti,
Priversti išdavystės kaina 95
Kančios išvengti.
Bet jis tylėjo, nepravėrė lūpų,
Priesaikos savo neatsižadėjo.
Galiausiai pasitraukė jo kankintojai,
Trumpas atokvėpis atėjo, 100
Bet štai tamsus pavidalas atslinko,
Pasilenkė prie jo ir tarė tyliai,
Kalbėdamas apie brangiausią ir mieliausią,
Apie jo žmoną Eilinelę:
    „Jei tau sava gyvybė nebrangi, 105
Tai pagalvok, kad žodžių keletu galėtum
Išlaisvint ir save, ir ją,
Abu kartu toli nuo karo pasitrauktumėt."
Ir štai Gorlimo širdyje,
Ilgai kančios kamuotoj ir draskytoj, 110
Troškimas kilo nenumaldomas
Savąją žmoną pamatyti.
(Nes iš jų žodžių jis suprato,
Kad ji taip pat Saurono pagrobta kankinasi.)
Ir jo ištikimybė susvyravo, 115
Galvą nuleidęs stojo priešais akmeninį sostą jis.
Sauronas tarė: „Tu, niekingas mirtingasai,
Ką aš girdžiu? Derėtis su manim panorai?
Kalbėk teisybę, nemeluok!
Koks tavo atlygis? Ko reikalauji?" 120

Gorlimas tarsi po sunkia našta palinko
Ir dar žemiau nuleido galvą,
Ir sunkiai tardamas žodžius iš lėto
Išsakė savo prašymą:
Kad Eilinelę švelniąją surasti jis galėtų,   125
Kartu su ja išvyktų, kur nesiekia karas,
Abu laisvi, abu laimingi,
Globojami Karaliaus.

   Sauronas tuoj klastingai nusišaipė:
„Pigiai tu parsiduodi, verge!   130
Labai mažai prašai už tokią gėdą
Ir tokią išdavystę didelę!
Aš tavo prašymą išpildysiu mielai!
Dabar kalbėk! Aš laukiu!"
Gorlimas sudrebėjo, žengė atbulas,   135
Tačiau niaurus Saurono žvilgsnis jį sulaikė,
Meluoti jis nedrįso, tad
Žingsnis po žingsnio, žodis paskui žodį,
Numynė iki galo neištikimybės taką,
Išduodamas valdovą savo, brolius.   140
Išspaudęs sunkiai paskutinį žodį,
Susmuko prie Saurono kojų.

   O tas smagiai balsu nusikvatojo:
„Tu, menkas kirmine nelemtas,
Stokis tuoj pat, nuosprendį išklausyki,   145
Išgerki taurę mano paruoštą!
Kvailys esi! Tu tematei vaiduoklį,
Kurį sukūriau tavo protui suvedžioti,
Nieko daugiau nebuvo tavo namuose,
Veržeis į šaltą šmėklos guolį.   150

Tavoji Eilinelė mirusi seniai,
Dailus jos kūnas kirmėles maitina,
Tad pasiimki atlygį žadėtąjį,
Keliauk ten, kur ir ji:
Kartu su Eilinele žemėje gulėsi   155
Ir karo jau neberegėsi!"

    Gorlimas buvo nuvestas šalin
Ir nužudytas žiauriai,
Jo kūną įmetė durpynan,
Kur jau seniai dūlėjo kaulai Eilinelės.   160
Taip žuvo nelaimingasis Gorlimas,
Sulig atodūsiu paskutiniu save prakeikęs,
Ir taip galiausiai Barahiras
Sučiuptas buvo Morgoto pabaisų.
Palaiminimą seną sunaikino išdavystė,   165
Kurs saugojo krantus Ailuino,
Slapti keliai, slapti takeliai
Priešui atviri paliko.

APIE BERENĄ, BARAHIRO SŪNŲ, IR JO IŠSIGELBĖJIMĄ

Iš šiaurės debesis niūrus atslinko
Ir šaltas vėjas stūgavo viržynuos,   170
Liūdni ir tamsūs po žemu dangum
Plytėjo vandenys Ailuino.
O Barahiras tarė Berenui:
„Gerai žinai, kad iš Gauroto
Atvyko gaujos mūs medžiot prakeiktos,   175
O maisto jau beveik neturime.

Žinau, sunki tau tenka užduotis, norėčiau,
Kad mums dar likusius kelis draugus tu aplankytum,
Surinktum, ką jie duoti gali,
Naujienas sužinotum. 180
Sėkmingos tau kelionės, vaike,
Mūsų nedaug beliko,
Todėl nenoriai mes tave išleidžiame,
O ir Gorlimas nežinia kur dingo.
Galbūt jis sužeistas, o gal jau nebegyvas. 185
Keliauk, vaikeli, ir sėkmė tave telydi."
Ilgai skambėjo Bereno širdy šie žodžiai –
Jo tėvo žodžiai paskutiniai.

Per pelkes ir miškus, viržynus, erškėtynus
Jis brovėsi be kelio ir be tako, 190
Kraštus nežinomus pasiekė,
Stovyklos Saurono ugnis iš tolo matė.
Vilkų staugimą, orkų klegesį girdėjo,
Apsunko kojos, akys kelio neberodė,
Krūmynuose užuoglaudą suradęs 195
Olon barsuko išliaužė jis pamiegoti.
Girdėjo pro miegus didžiulį būrį
Einant (o gal tiktai sapnavo),
Šarvai žvangėjo, trypė kojos,
Juokas nemalonus skardeno. 200
Paskui nugrimzdo jis tamson
Ir pasijuto lyg klampiam dumble įstrigęs,
Ir muistėsi lyg skęstantis žmogus,
Pasiekti trokštantis vandens paviršių.
Stovėjo medžiai greta pelkės negyvi, 205
Barškėjo šakos, vėjas kaukė,
Drebėjo ant šakų juodi

Lapai – ne lapai – paukščiai,
Kraujas lašėjo nuo snapų
Ir žemėn tiško,   210
O Berenas mėgino išsipainioti iš maurų,
Į krantą irtis.
Ir štai pamatė jis per tamsius vandenis
Tarytum šmėklą kokią priartėjant,
Prakalbo ji: „Buvau Gorlimas,   215
Dabar tesu šešėlis,
Sužlugusių vilčių, tikėjimo sugriauto –
Išduotas išdavikas...
Tad kelkis, Berenai, skubėki!
Laiko nedaug beliko!   220
Morgotas sužinojo, kur jūs pasislėpę,
Jo letena jau gniaužia gerklę tavo tėvo."
    Paskui apsakė, kokia velniška klasta apgautas buvo,
Papasakojo apie savo išdavystę,
Tuomet maldavo atleidimo   225
Ir graudžiai verkdamas tamsoj išnyko.
Prabudo Berenas, pašoko lyg įgeltas,
Jam pyktis širdyje tarsi liepsna sukilo,
Tad, savo kardą, lanką pasičiupęs,
Lyg elnias greitakojis pasileido per viržynus.   230
Dar rytui neišaušus leidos jis į kelią,
Tačiau tik temstant vakarui Ailuino vandenis pasiekė,
Tirštėjo sutemos ir žemę dengė,
Vakaruose saulėlydis raudonas blėso.
Krauju pasruvę buvo vandenys Ailuino,   235
Krauju užlieti akmenys ir purvas sutryptas.
Varnai maitėdos medžiuose tupėjo,
Krauju varvėjo jų snapai
Ir kruvinos mėsos skutai naguos kabėjo.

„Cha, cha, jis per vėlai atėjo!" – vienas sukrankė.   240
Atsiliepė kiti lyg aidas:
„Cha! Per vėlai, jis per vėlai atėjo!"
    Surinkęs tėvo kaulus Berenas
Palaidojo, virš kapo akmenis sukrovė,
Bet jokio ženklo neįrašė ir nepaliko jokio žodžio.   245
Tik viršutinį akmenį triskart kardu įkirto,
Triskart sušuko tėvo vardą.
„Atkeršysiu už tavo mirtį, – jis prisiekė, –
Net jei keliaut reikėtų iki pat Angbando vartų."
Tuomet nusigręžė ir vienišas tamsoj ištirpo,   250
Net ašaros išspausti negalėdamas –
Per daug stiprus jo skausmas buvo...
Ir pernelyg gili žaizda...

    Jo priešai nesisaugojo ir drąsiai jautėsi,
Tad pėdsakus surast sunku nebuvo,   255
Kaustyti jų batai žemę ištrypė,
Mažai tepaisydami atsargumo,
Jie pūtė vario trimitus, triukšmavo.
O paskui juos atsargiai, tyliai,
Bet greitai lyg skalikas, pėdsakus užuodęs,   260
Keliavo Berenas.
Ir ten, kur Rivilo srovė tamsi
Serecho pelkėse ištirpsta,
Jis rado tėvo žudikus,
Aptiko savo priešus.   265
Krūmynuose kalvos šlaite
Užsiglaudė jis, priešus suskaičiavo –
Ne tiek jau daug, kad baimė imtų,
Tačiau vis tiek per daug pakloti vienišam jo kardui.
Lyg driežas tarp viržynų prišliaužė arčiau.   270

Žygio išvarginti beveik visi kariai miegojo,
Tačiau vadai sėdėjo išsidrėbę aplink laužą,
Gėrė ir gyrėsi grobiu savuoju.
Kiekvieną daiktą leido per rankas
Ir pavydėjo viens kitam kiekvieno menkniekio,   275
Stovyklą Barahiro apiplėšus
Nuo mirusiųjų kūnų surinkto.
O vienas jų iškėlė žiedą,
Juokėsi smagiai ir dėstyti pradėjo:
„Štai pažiūrėkit, ką radau,   280
Nuo paties Barahiro piršto nuplėšiau!
Dabar jis mano! Jei teisingos kalbos sklinda,
Kažkoks valdovas elfų jam šį žiedą dovanojo
Už paslaugas niekingas.
Klastingi elfų dirbiniai – tas žiedas   285
Jam neišgelbėjo gyvybės,
Bet aukso jame nemažai,
Tad aš jį pasiliksiu.
Ir nors Sauronas, senis, žiedą šį įsakė jam atnešti,
Tačiau, man rodos, jo lobynuose netrūksta aukso,   290
Todėl klausykit atidžiai, prisiekt turėsit –
Nebuvo jokio žiedo ant Barahiro rankos!"
Staiga strėlė atskriejo iš tamsos,
Jo gerklę pervėrė tyliai suzvimbus,
Ant žemės krito jis kiek ilgas   295
Ir besivaipančiu snukiu į purvą dribo.

       O Berenas staiga iššoko iš tamsos,
Tris priešus, kelią jam pastojusius, kardu nukovė,
Pačiupo žiedą, sumojavo dar kardu
Ir greitai vėl tamsoj prapuolė.   300
Nespėjus jiems nei mirktelėti, nei surikt,

Ištirpo jis nakty tarsi nebuvęs,
Bet atsipeikėję jie keikdamiesi šoko vytis
Iškėlę vis dar kruvinus kardus.
Jie kaukė, staugė, griežė dantimis,   305
Viržynuos kojos pynės,
Ir į kiekvieną lapą, į kiekvieną virpantį šešėlį
Jie laidė strėlę po strėlės.

    Laimingą valandą Berenas buvo gimęs –
Šarvai tvirti jį nuo strėlių apgynė,   310
Nykštukų darbo, Nogrode nukalti,
Dainuojant kūjams savo dainą.
Baimės nejausdamas, globojamas tamsos,
Slapstytis jis mokėjo išmintingai,
Priešus už nosies juokdamasis pavedžiojo   315
Ir pelkėse pradingo.

    Tad kalbos apie Bereno žygius plačiai pasklido,
Minėjo žmonės jį tarp tų pačių narsiausių,
Kalbėjo net, kad vardas jo didesnis už vardus
Net Barahiro, Bregolaso ir Hadoro Auksaplaukio.   320
Bet ne šlovė dabar rūpėjo Berenui,
Tik sielvartas nagais lediniais draskė širdį
Ir rodės, visa laimė, visas džiaugsmas
Gyvenime pasibaigė ir nebegrįš.
Dabar tik vieno troško jis,   325
Tik vienas noras dar širdy liepsnojo,
Kad skaudžiai už visas piktadarybes
Susimokėtų Morgotas.
Į kovą veržės jis nepaisydamas nei pavojų, nei mirties,
Tik vieno baiminosi – vergo pančių,   330
Ir troško mirtimi kančias užbaigt,
Tačiau mirtis jį vis aplenkdavo.

Jis vienišas daugybę žygių
Didvyriškų atliko
Ir kurstydamos viltį kalbos   335
Apie jo narsą sklido.
Šnabždėjo žmonės „Berenas" ir švito širdys,
Slapčia jie imdavo savus kardus galąsti,
Apie jo lanką, apie kardą aštrųjį
Prie židinio ugnies dainuodavo dainas,   340
Kaip priešus savo jis užklupdavo,
Nukaudavo jų vadą, išguldydavo karius
Ar pats slaptavietėje užkluptas
Pasprukdavo neįtikėtinu būdu.
Dainavo žmonės apie iššudytus žudikus,   345
Apie medžiotojus, pakliuvusius į pasalą,
Druno gaisrus ir Ladrose kovas,
Apie Gorgolo Mėsininko galvą nukirstą,
Kaip sprukdavo vilkai tarsi šunėkai cypdami,
Kaip vienišas karys net trisdešimt paklojo,   350
Ir mūšy sužeistas į ranką buvo
Net pats Sauronas.
Tad vienas jis apsčiai įvarė baimės
Morgoto pašlemėkams, jo tarnams ir pakalikams.
Globojo jį pelkynai ir miškai,   355
Ištikimai nuo priešų slėpė.
Budrių akių palaukės pilnos buvo
Ir Berenas galėjo viską sužinoti,
Žinių atnešdavo draugai –
Pūkuoti, kailiniuoti ir sparnuoti.   360

    Bet bėgliui laimė nesišypso amžinai –
Morgoto letena plaukuota
Ilgiausia ir stipriausia buvo iš visų,
Tad teko pasiduoti.

Išsibėgioję priešai vėl sugrįždavo,   365
Du stodavo į vieno nužudyto vietą.
Ugnis prislopo, dainos tilo
Viltis užsmaugta buvo, maištininkai iššudyti
Ir sutemos tirštėjo, medis krito,
Užgeso židinys.   370
Ir orkų ordos tarsi upės išsiliejo,
Užklojo žemę lyg naktis tamsi.

    Jie Bereną tarytum žvėrį užspeitė,
Vilties sulaukt pagalbos nebeliko,
Tad teko rinktis jam, ar mirt   375
Ar pabėgt, palikus kraštą mylimą,
Kur tamsius vandenis Ailuino
Nendrynai slepia
Ir saugo pelkės akmeninį
Bevardį kapą.   380

    Išėjo jis, kai nesvetingą šiaurės žemę dengė
Žiemos naktis šalta,
Tik sūkurys ant sniego, šmėsteli šešėlis,
Ir jo jau nebėra.
Dortoniono griuvėsius paliko,   385
Ailuino vandenis blausius,
Ir niekada jau nebegrįžo
Į tuos kraštus.
Templė jo lanko jau nebedainuos slapta,
Nebeatskries iš tamsumos strėlė   395
Ir jo medžiojama galva
Viržynuose nebesislėps.
Žvaigždynas, sidabrinę šviesą liejantis,
Erškėčiu Degančiu žmonių pramintas,
Paliko šiaurėj virš prakeiktos žemės šviesti,   400
O Berenas pradingo.

Patraukė jis pietų kraštuosna,
Sunkus ir pavojingas kelias,
Siaubingosios viršūnės Gorgorato
Šešėlių gaubiamos priešakyje bolavo.   405
Į kalnus šiuos nedrįso kopti
Net ir narsiausi iš visų žmonių,
Ir neregėjo vimdančiai stačių
Pietinių skardžių,
Viršūnės aštrios dangų rėžė,   410
Šlaitai jų smigo į šešėlius,
Kurie nuo amžių dengė lygumą,
Kol dar nebuvo sukurti saulė ir mėnuo.
Slėniuose sklaidėsi pikti kerai,
Ten karčiai saldūs vandenys tekėjo,   415
Skalavo niūrius akmenis.
Bet tolumoj, kur žvilgsnis nesiekia
Jokio mirtingojo žmogaus,
Ir tik ereliai nuo viršūnių savo gali pamatyti;
Lyg atspindžiai žvaigždžių vandenyje   420
Mirgėjo pilkuma šviesi –
Beleriandas, ak Beleriandas,
Nuostabios elfų žemės vardas.

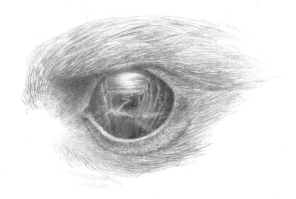

ORIGINALIŲJŲ TEKSTŲ
VARDŲ SĄRAŠAS

Sudariau šį vardų sąrašą (apsiribodamas vardais ir pavadinimais, kurie pasitaiko čia pateiktose tėvo tekstų ištraukose), kuris akivaizdžiai nėra išsamus, siekdamas dvejopo tikslo.

Nė vienas iš jų nėra nepakeičiamas pačiai knygai. Visų pirma norėjau padėti skaitytojui nepasiklysti tarp daugybės vardų (ir jų formų) ir atsirinkti tuos, kurie iš tiesų svarbūs pasakojime. Antra, kai kurie vardai, kurie tekste pasitaiko rečiau ar išvis tik vieną kartą, yra paaiškinti šiek tiek plačiau. Pavyzdžiui, nors pačiam pasakojimui tai nėra svarbu, skaitytojas gali norėti sužinoti, kodėl eldarai vengia vorų „dėl Ungveliantės" (p. 38).

Ailuinas ežeras Dortoniono šiaurės rytuose, prie kurio
       Barahiras su draugais buvo įsirengę slaptavietę.

Aglonas   siauras tarpeklis tarp Taur-na-Fuino ir
       Himringo kalvos, kurį valdė Feanoro sūnūs.

Ainurai	„Šventieji", valarai ir majarai. [Pavadinimas „majarai" yra gana vėlyvas, atitinkantis ankstesnę sampratą: „Kartu su didžiaisiais atvyko daug menkesnių dvasių, kurios buvo jiems giminingos, bet menkesnės galios" (tokios kaip Melianė).]
Aižintis ledas, Helkaraksė	sąsiauris tolimoje šiaurėje, skiriantis Viduržemę ir Vakarines žemes.
Amanas	žemė vakaruose už Didžiosios jūros, kur gyveno valarai (Palaimintasis kraštas).
Anfauglitas	Dusinantys Smėlynai. Žr. *Dor-na-Fauglitas, Troškulio lyguma.*
Angainuras	didžiulė grandinė, nukalta valaro Aulės, kuria buvo sukaustytas Morgotas (vėliau – Angainoras).
Angamandas	Geležies pragarai. Žr. *Angbandas.*
Angbandas	milžiniška požeminė Morgoto tvirtovė Viduržemės šiaurės vakaruose.
Angrimas	Gorlimo Nelaimingojo tėvas.
Angrodas	Finrodo (vėliau Finarfino) sūnus.
Arda	Žemė.
Artanoras	Anapusinis kraštas, šalis, vėliau pavadinta Doriatu, Tinvelinto (Tingolo) karalystė.
Arjadoras	Šešėlių kraštas, žmonių duotas pavadinimas Hisilomei (Dor-Lominui). Žr. *Hisilomė.*
Askaras	Osiriando upė, vėliau pervadinta Ratlorionu, „Aukso vaga", kai joje paskendo Doriato lobiai.

Aulė	didysis valaras, dar žinomas kaip Kalvis Aulė; jis valdo visus amatus ir visas medžiagas, iš kurių padaryta Arda.
Ausiras	Dioro vardas.
Balrogai	[„Prarastosiose sakmėse" teigiama, kad jų buvo šimtai. Jie vadinami „galingaisiais demonais"; dėvi geležinius šarvus, jų nagai plieniniai, o ginklai – ugniniai bizūnai.]
Purslų raiteliai	elfų gentis, pavadinta solosimpais, vėliau telerais, trečiasis ir paskutinis pulkas, leidęsis į Didžiąją kelionę.
Barahiras	žmonių vadas, Bereno tėvas.
Baugliras	Smaugikas, noldorų Morgotui duotas vardas.
Belegas	Doriato elfas, puikus lankininkas, dar vadinamas Kutalionu, Tvirtalankiu; artimas Turino Turambaro palydovas ir draugas, tragiškai kritęs nuo jo rankos.
Belegostas	vienas iš dviejų didžiųjų nykštukų miestų Mėlynuosiuose kalnuose.
Beleriandas	(anksčiau vadintas Broseliandu), platus Viduržemės kraštas, sugriautas ir paskandintas Pirmojo amžiaus pabaigoje, nusidriekęs nuo Mėlynųjų kalnų rytuose iki Šešėlio kalnų šiaurėje (žr. *Geležies kalnai*) ir vakarinių pakrančių.
Beoras	pirmųjų žmonių, atėjusių į Beleriandą, vadas. Žr. *edainai*.
Boldogas	orkų vadas.

Bregolasas   Barahiro brolis.

Dagmoras   Bereno kardas.

Daironas   Artanoro dainius, laikomas vienu iš trijų
geriausių elfų muzikantų; pirmose versijose –
Lutijenos brolis.

Damrodas ir *Dirielis*   jauniausi Feanoro sūnūs.
(Vėliau pavadinti Amrodu ir Amrasu.)

Degantis Erškėtis   Grįžulo Ratų žvaigždynas.

Didžioji Vakarų jūra, Belegaeras   vandenys tarp Viduržemės
ir Amano.

Didžiosios žemės   kraštas į rytus nuo Didžiosios jūros:
Viduržemė, nors „Prarastosiose sakmėse“
šis terminas nevartojamas.

Dievai   žr. *valarai*.

Dievų Pjautuvas   Grįžulo Ratų žvaigždynas [kurį Varda
pakabino šiaurėje priminti Morgotui, kad jo
žlugimas neišvengiamas].

Dioras   Bereno ir Lutijenos sūnus; tėvas Elvingos, kuri
buvo Elrondo ir Elroso motina.

Doriatas   vėlesnis Artanoro pavadinimas, platus
miškingas kraštas, kurį valdė Tingolas
(Tinvelintas) ir Melianė (Gvendelinga).

Dor-Lominas   žr. *Hisilomė*.

Dor-na-Fauglitas   didelė žole apaugusi lyguma Ard-galeno
šiaurėje prie Nakties kalnų (Dortonionas),
kuri buvo paversta dykuma (žr. *Anfauglitas*,
Troškulio lyguma).

Dortonionas Pušų kraštas; didelis pušynais apaugęs kraštas Beleriando šiaurėje; vėliau pavadintas Taur-na-Fuinu, Nakties mišku.

Drunas kraštas šiaurinėje Ailuino ežero pusėje, niekur daugiau neminimas.

Draugluinas didžiausias iš Thu (Saurono) vilkolakių.

Earamė Erelio plunksna, Tuoro laivas.

Earendelis (vėliau Earendilis), Tuoro ir Idrilės, Gondolino karaliaus Turgono dukters, sūnus, vedęs Elvingą.

Edainai Antroji tauta, žmonės, bet dažniausiai vartojamas nusakyti trims elfų draugų giminėms, kurios pirmosios atėjo į Beleriandą.

Egnoras bo-Rimionas elfas medžiotojas, Bereno tėvas, vėliau pakeistas Barahiru.

Egnoras Finrodo (vėliau Finarfino) sūnus.

Eilinelė Gorlimo žmona.

Elberetė Žvaigždžių karalienė, žr. *Varda*.

Eldalija (elfų tauta), eldarai.

Eldarai elfų tautos, kurios leidosi į Didžiąją kelionę nuo savo atbudimo vietos, ankstyvuose tekstuose kartais reiškia visas elfų tautas.

Elfinesė pavadinimas, apimantis visas elfų gyvenamas žemes.

Elrondas iš Rivendeilo Elvingos ir Earendelio sūnus.

Elrosas Elvingos ir Earendelio sūnus, pirmasis Numenoro karalius.

Elvinga Dioro dukra, ištekėjusi už Earendelio, Elrondo ir Elroso motina.

Eonvė Manvės šauklys.

Erchamionas Vienarankis, Berenui duotas vardas, kitos formos *Ermabvedas*, *Elmavoitė*.

Esgalduinas Doriato upė, tekanti pro Menegrotą (Tingolo rūmus) ir įtekanti į Sirioną.

Feanoras vyriausias Finvės sūnus, Silmarilų kūrėjas.

Felagundas noldorų elfas, Nargotrondo įkūrėjas, prisiekęs ištikimybę Barahirui, Bereno tėvui. [Apie Felagundo ir Finrodo vardų santykį žr. p. 96.]

Fingolfinas antrasis Finvės sūnus, žuvęs dvikovoje su Morgotu.

Fingonas vyriausias Fingolfino sūnus; noldorų karalius po tėvo mirties.

Finrodas trečiasis Finvės sūnus. [Vėliau pervadintas Finarfinu, kai Finrodu buvo pavadintas jo sūnus, Finrodas Felagundas.]

Finvė vedė antrąjį elfų pulką, noldorus (noldolius), Didžiosios kelionės metu.

Gaurotai Thu (Saurono) vilkolakiai; Gaurotų sala, žr. *Tol-in-Gaurotas*.

Geležies kalnai dar vadinami Karčiosiomis kalvomis. Didžiulė kalnų grandinė, atitinkanti vėlesnį Ered Vetriną, Šešėlio kalnus, supanti Hisilomę (Hitlumą) iš rytų ir pietų pusių, žr. *Hisilomė*.

Gelionas didžiulė upė Rytų Beleriande, į kurią įteka upės iš Mėlynųjų kalnų Osiriande.

Giesmininkas Tinfangas   garsus menestrelis [Tinfangas kvenijos kalba – *timpinen* „fleitininkas"].

Gilimas   milžinas, paminėtas Lutijenos kerų giesmėje auginant savo plaukus (p. 51), neminimas niekur kitur, tik „Leitiano baladėje", kur jis vadinamas „Erumano milžinu" [tai kraštas Amano pakrantėje, kurio šešėliai tamsiausi ir giliausi pasaulyje].

Gimlis   senas ir aklas noldorų elfas, ilgai kalėjęs Tevildo nelaisvėje, pasižymėjęs nepaprastai aštria klausa. „Sakmėje apie Tinuvielę" neatlieka jokio vaidmens, neminimas jokioje kitoje sakmėje ir niekur kitur.

Ginglitas   upė, įtekanti į Narogą aukščiau Nargotrondo.

Glomundas, Glorundas   ankstesni Glaurungo, Drakonų tėvo, vardai; tai milžiniškas Morgoto slibinas.

Gnomai   ankstyvasis noldolių, noldorų vertimas, žr. p. 30.

Gondolinas   slaptas miestas, įkurtas Turgono, antrojo Fingolfino sūnaus.

Gorgolas Mėsininkas   Bereno nukautas orkas.

Gorgoratas   (t. p. Gorgorotas) Siaubo kalnai, pietiniai Dortoniono šlaitai.

Gorlimas   vienas iš Barahiro, Bereno tėvo, bendražygių; jis išdavė Morgotui (vėlesniame tekste Sauronui) jų slaptavietę. Dar vadinamas Gorlimu Nelaiminguoju.

Grondas   Morgoto ginklas, milžiniškas vėzdas, dar vadinamas Požemių kūju.

Guilvartonas   žr. *i-Kuilvartonas.*

Gulbių uostas žr. „Pastabas apie senąsias dienas", p. 21.

Gvendelinga   ankstesnis Melianės vardas.

Hadoras   didis žmonių vadas, dar vadinamas Auksaplaukiu, senelis Hurino, kuris buvo Turino tėvas ir Huoro, kuris buvo Tuoro, Earendelio tėvo, tėvas.

Himlingas   didžiulė kalva rytų Beleriando šiaurėje, Feanoro sūnų tvirtovė.

Hirilornas   Medžių karalius, milžiniškas bukas netoli Menegroto (Tingolo rūmų); jo šakose buvo namelis, kuriame kalėjo Lutijena.

Hisilomė   Hitlumas. [„Prarastųjų sakmių" laikų vardų rodyklėje rašoma: „Dor-Lominas, arba Šešėlių kraštas, eldarų pavadintas Hisilome (tai reiškia „šešėliuose skendinti prieblanda") [...] taip pavadinta dėl to, kad virš Geležies kalnų, į rytus ir pietus nuo jos, labai retai sušvinta saulė."]

Hitlumas   žr. *Hisilomė.*

Huanas   milžiniškas skalikas iš Valinoro, tapęs Bereno ir Lutijenos draugu ir juos išgelbėjęs.

Hurinas   Turino Turambaro ir Nienoros tėvas.

Idrilė   vadinama Kelebrindale, Sidabrapėde, Turgono, Gondolino karaliaus, dukra, ištekėjusi už Tuoro, Earendelio motina.

Ilkorinai, Ilkorindai   elfai, gyvenantys ne Kore, t. y. elfų mieste Amane.

Indravangai   (taip pat *indrafangai*) ilgabarzdžiai, Belegosto nykštukai.

Ingvilas   upelis, įtekantis į Narogą prie Nargotrondo (vėliau pavadintas Ringvilu).

Išorinės žemės   Viduržemė.

Ivarė   garsi elfų dainė, „ta, kuri groja prie jūros".

Ivrinas   ežeras prie Šešėlio kalnų, iš kurio išteka Narogas.

Kalakirija   tarpeklis Valinoro kalnuose, kur stovėjo elfų miestas.

Karcharotas   žr. *Karkarasas*.

Karčiosios kalvos   žr. *Geležies kalnai*.

Karkarasas   milžiniškas vilkas, saugojęs Angbando vartus (vėliau pervadintas Karcharotu), Peiliadantis, jo uodegą Lutijena pamini savo kerų giesmėje.

Kelegormas   Feanoro sūnus, vadinamas Gražiuoju.

Koras   elfų miestas Amane ir kalva, ant kurios jis stovi; vėliau miestas buvo pervadintas Tunu, o Koras liko tik kalva. [Dar vėliau miestas tapo Tirionu, o kalva – Tuna.]

Krantiras   Feanoro sūnus, vadinamas Tamsiuoju.

i-Kuilvartonas   „mirusieji, kurie vėl atgijo", tai Berenas ir Lutijena, sugrįžę iš Mandoso rūmų; *Kuilvartienas* – žemė, kur jie gyveno (vėliau pavadinta Guilvartonu).

Kuivienenas   Atbudimo vandenys; Viduržemės ežeras, prie kurio atsibudo elfai.

Kum-nan-Arasaitas Godulio kalva, supilta ant Menegrote
nužudytųjų kapo.

Kurufinas Feanoro sūnus, vadintas Naginguoju.

Ladrosas sritis Dortoniono šiaurės rytuose.

Leitiano baladė žr. p. 80.

Lorienas valarai Mandosas ir Lorienas vadinami broliais,
Fanturais: Mandosas buvo Nefanturas, o Lo-
rienas – Olofanturas. Pasak *Quenta*, Lorienas
buvo sapnų ir vizijų kūrėjas, o jo sodai dievų
žemėje buvo patys gražiausi pasaulyje, ten
gyveno daugybė nuostabių ir didingų dvasių.

Mablungas Sunkiarankis, Doriato elfas, Tingolo
kariuomenės vadas; kartu su Berenu dalyvavo
Karkaraso medžioklėje.

Magloras antrasis Feanoro sūnus, žymus dainius ir
menestrelis.

Majarai žr. *Ainurai*.

Maidrosas vyriausias Feanoro sūnus, vadinamas
Aukštuoju, vėliau pervadintas Maedrosu.

Mandosas galingas valaras. Jis yra teisėjas ir mirusiųjų
namų valdovas, galėjęs iškviesti nukautųjų
dvasias [*Quenta*]. Žr. *Lorienas*.

Manvė vyriausias ir galingiausias valaras, Vardos vyras.

Medžioklių kalvos (taip pat Medžioklių aukštuma),
aukštumos į vakarus nuo Narogo upės.

Melianė Artanoro (Doriato) karalienė, ankstesniuose
rankraščiuose Gvendelinga; majarė, atėjusi
į Viduržemę iš valaro Lorieno karalystės.

Melko galingas piktasis valaras, Morgotas (vėlesnė forma Melkoras).

Menegrotas žr. *Tūkstantis Urvų.*

Mėlynieji kalnai didžiulė kalnų grandinė rytiniuose Beleriando pasieniuose.

Miaulė katinas, Tevildo virėjas.

Mimas nykštukas, įsikūręs Nargotronde po slibino išvykimo ir prakeikęs lobius.

Mindebas upelis Doriate, Siriono intakas.

Mirtinas Nakties Šešėlis Taur-na-Fuino vertimas; žr. *Nakties kalnai.*

Miško elfai Artanoro elfai.

Nakties kalnai aukštumos (Dortonionas, Pušų kraštas), kurios buvo pradėtos vadinti Nakties mišku (Taurfuinas, vėliau Taur-na[nu]-fuinas).

Nanas apie jį žinoma tik tai, kad jis turėjo kardą Glendą, minimas Lutijenos kerų giesmėje (žr. *Gilimas*).

Nan Dumgortinas Tamsių stabų kraštas, kur Huanas surado Bereną ir Lutijeną po jų pabėgimo iš Angbando. Aliteracinėje poemoje „Sakmė apie Hurino vaikus" (žr. p. 71) yra tokios eilutės:

Nan Dungortine bevardžiai dievai
Šešėlių slaptumoj šventyklose gyvena,
Senesni už Morgotą, už senovės valdovus,
Aukso dievus vakarų tvirtovėj.

Nargotrondas didžiulis miestas-tvirtovė, įkurtas Felagundo prie Narogo upės vakarų Beleriande. Dažnai vartojamas „karalystės" prasme, t. p. „iš Nargotrondo".

Narogas upė vakarų Beleriande; žr. *Nargotrondas.*

Naugladuras Nogrodo nykštukų valdovas.

Nauglamiras Nykštukų vėrinys, kuriame buvo įtaisytas Bereno ir Lutijenos Silmarilas.

Nesa Oromės sesuo ir Tulko žmona. Žr. *Valierės.*

Nogrodas vienas iš dviejų didžiųjų nykštukų miestų Mėlynuosiuose kalnuose.

Noldoliai, vėliau *noldorai* antrasis eldarų būrys, leidęsis į Didžiąją kelionę; juos vedė Finvė.

Oikerojus nuožmus katinas karys, tarnavęs Tevildo, nužudytas Huano.

Orodretas Felagundo brolis, valdęs Nargotrondą po Felagundo mirties.

Oromė valaras, vadintas Medžiotoju; ant savo žirgo lydėjo eldarų būrius Didžiojoje kelionėje.

Osiriandas Septynių upių kraštas, Gelionas ir jo intakai, ištekantys iš Mėlynųjų kalnų.

Palaimintoji karalystė žr. *Amanas.*

Palisoras Didžiųjų žemių sritis, kur prabudo elfai.

Purslų raiteliai elfų gentis, pavadinta solosimpais, vėliau telerais, trečiasis ir paskutinis pulkas, leidęsis į Didžiąją kelionę.

Raganiaus sala   Tol Sirionas.

Ratlorionas   Osiriando upė, žr. *Askaras.*

Ringilas   Fingolfino kardas.

Rivilas   upelis, prasidedantis Dortoniono vakaruose ir įtekantis į Sirioną Serecho pelkėse, į šiaurę nuo Tol Siriono.

Sarn Atradas   Akmenų brasta, kur Askaro upę Osiriande kerta kelias, vedantis į nykštukų miestus Mėlynuosiuose kalnuose.

Saugoma lyguma   plačiai išsidriekusi lyguma tarp Narogo ir Teiglino upių, Nargotrondo šiaurėje.

Serechas   didžiulės pelkės, kur Rivilas įteka į Sirioną; žr. *Rivilas.*

Silmarilai   trys brangakmeniai, pripildyti Dviejų Valinoro medžių šviesos; juos sukūrė Feanoras. Žr. p. 33–34.

Silpionas   Baltasis Valinoro medis, nuo kurio žiedų lašėdavo sidabro rasa, dar vadinamas Telperionu.

Sirionas   didelė Beleriando upė, prasidedanti Šešėlio kalnuose ir tekanti į pietus, skirianti Rytų Beleriandą nuo Vakarų Beleriando.

Stebuklingosios salos   salos Didžiojoje jūroje.

Šešėlio jūros   sritis Didžiojoje vakarų jūroje.

Šešėlio kalnai   žr. *Geležies kalnai.*

Tangorodrimas   kalnai virš Angbando tvirtovės.

Tanikvetilis   aukščiausias Amano kalnas, Manvės ir Vardos buveinė.

Taurfuinas, Taur-na-fuinas   (vėliau Taur-nu-Fuinas) Nakties miškas; žr. *Nakties kalnai.*

Tavrosas   valarui Oromei nykštukų duotas vardas, reiškiantis Miškų Viešpats; vėliau pervadintas Taurosu.

Tevildo   kačių valdovas, galingiausias iš visos kačių giminės, laikytas piktąja dvasia (žr. p. 45), artimas Morgoto bendražygis.

Thu   Raganius, svarbiausias Morgoto tarnas, gyveno elfų bokšte Tol Sirione, vėliau pavadintas Sauronu.

Timbrentingas   Tanikvetilio vardo forma senąja anglų kalba.

Tingolas   Artanoro (Doriato) karalius; ankstesnis vardas Tinvelintas. [Jo vardas buvo Elvė, jis vedė trečiąjį elfų būrį, telerus, Didžiosios kelionės metu, bet Beleriande žinomas kaip Pilkasis Apsiaustas (tai ir reiškia Tingolas).]

Tinuvielė   Prieblandos Dukra, lakštingala, Bereno Lutijenai duotas vardas.

Tinvelintas   Artanoro karalius, žr. *Tingolas*, tai vėlesnis jo vardas.

Tirionas   elfų miestas Amane, žr. *Koras.*

Tol-in-Gaurotas   Vilkolakių sala, Tol Siriono pavadinimas po to, kai jį užgrobė Morgotas.

Tol Sirionas   sala Siriono upėje, kur stovėjo elfų tvirtovė; žr. *Tol-in-Gaurotas.*

Torondoras erelių karalius.

Troškulio lyguma žr. *Dor-na-Fauglitas.*

Tulkas valaras, *Quenta* aprašytas kaip stipriausias iš visų dievų, kuriam niekas neprilygo žygdarbiais nei meistriškumu.

Tuoras Turino pusbrolis, Earendilio tėvas.

Turinas Hurino ir Morvenos sūnus; pavadintas Turambaru, Lemties šeimininku.

Turingvetilė šiuo vardu Morgotui prisistatė šikšnosparniu pasivertusi Lutijena.

Tūkstantis Urvų, Menegrotas slapta Tinvelinto (Tingolo) tvirtovė prie Esgalduino upės Artanore.

Uinena majarė (žr. *Ainurai*). Jūrų valdovė, kurios plaukai išsidriekę per visus vandenis po dangumi; paminėta Lutijenos kerų giesmėje.

Ulmas Vandenų Viešpats, didysis valaras, valdantis jūras.

Umbot-Muilinas Prieblandos pelkės, kur Arosas, pietinė Doriato upė, įteka į Sirioną.

Umujanas senas katinas, Tevildo pilies vartų sargas.

Ungveliantė milžiniška vorė, gyvenusi Erumane (žr. *Gilimas*), kuri padėjo Morgotui sunaikinti Du Valinoro Medžius; (vėlesnė forma Ungolianta).

Valarai Galybės; ankstyvesniuose tekstuose vadinami „dievais". Didingos būtybės, laikų pradžioje įžengusios į pasaulį. [„Prarastojoje sakmėje

apie ainurų muziką" Eriolas sako: „Norėčiau
sužinoti, kas tie valarai, ar jie dievai?" Ir
sulaukia tokio atsakymo: „Taip ir yra, nors apie
juos žmonės pasakoja daug keistų ir nuo tiesos
nutolusių pasakų, vadindami juos keistais
vardais, kurių čia neišgirsi."]

Valierės   valarų karalienės; šioje knygoje paminėtos tik
trys – Varda, Vana ir Nesa.

Valinoras   valarų kraštas Amane.

Valmaras, Valimaras   valarų miestas Valinore.

Vana   Oromės žmona. Žr. *Valierės.*

Varda   didžiausia iš valierių; Manvės žmona,
žvaigždžių kūrėja [todėl vadinama Elberete,
Žvaigždžių karaliene].

Veanė   „Sakmės apie Tinuvielę" pasakotoja.

Vienišoji sala, Tol Eresėja   didelė sala Didžiojoje jūroje netoli
Amano krantų; labiausiai nutolusi į rytus nuo
Nemirtingųjų žemių, kur gyveno daug elfų.

Vingelotė   „Jūros putų gėlė", Earendelio laivas.

Žalieji elfai   Osiriando elfai, dar vadinami laikvendais.

J. R. R. TOLKIEN

BERENAS IR LUTIJENA

Iš anglų kalbos vertė
Vilma Rinkevičiūtė

Iliustravo *Alanas Lee*

Redaktorė *Edita Šatkauskienė*
Konsultantai *Marija Ger, Eglė Jasevičiūtė, Kastytis Zubovas*
Viršelį lietuviškam leidimui pritaikė *Agnius Tarabilda*
Meninis redaktorius *Agnius Tarabilda*
Maketavo *Jurga Meškauskė*

Tiražas 3000 egz.
Išleido leidykla „Alma littera“,
Ulonų g. 2, LT-08245 Vilnius
Interneto svetainė: www.almalittera.lt
Spausdino UAB „BALTO print“,
Utenos g. 41A, LT-08217 Vilnius